Martina Kempff

PENDEL-VERKEHR

Ein Eifel-Krimi

Piper München Zürich

Mehr über unsere Autoren und Bücher:
www.piper.de

Von Martina Kempff liegen vor:
Die Marketenderin (Piper)
Die Rebellin von Mykonos (Piper)
Die Schattenjägerin (Piper)
Die Eigensinnige (Piper)
Die Königsmacherin (Piper)
Die Beutefrau (Piper)
Die Welfenkaiserin (Piper)
Einkehr zum tödlichen Frieden (Piper)
Die Kathedrale der Ketzerin (Pendo)

FSC
www.fsc.org
MIX
Papier aus verantwortungsvollen Quellen
FSC® C083411

Originalausgabe
1. Auflage Oktober 2010
3. Auflage April 2012

Umschlaggestaltung: semper smile, München
Umschlagmotiv: Chris Close/Riser/Getty Images
Satz: Kösel, Krugzell
Gesetzt aus der Sabon
Papier: Munken Print von Arctic Paper Munkedals AB, Schweden
Druck und Bindung: CPI – Clausen & Bosse, Leck
Printed in Germany ISBN 978-3-492-25833-3

Für Anneliese und Klaus Quetsch,
die mir mit Humor und Holz
Herz und Heim in der Eifel erwärmt haben.

Hermann Löns über die Eifel:

Sie ist ein Naturkind mit Vergangenheit,
eine Schönheitskönigin ohne Schminke,
eine Verführerin ohne Absicht …
Und alle bleiben ihr treu!

Ich auch?

Vorspeise

Schneifel-Stipp

Kalte Kalbsleberstreifen in Birnen-Gorgonzolasoße mit gerösteten Pinienkernen und altem Balsamico

Mich kann nichts mehr erschüttern. Verrat, Lug, Betrug, übelste Verbrechen, ja, sogar Morde habe ich hautnah erlebt und mit knapper Not überlebt. Aber jetzt ist in meinem Leben und meiner Umgebung endlich Ruhe eingekehrt. Ich habe meine Wunden geleckt, meine Seele geheilt und bin auf seltsame Weise in der Heimat meiner Vorfahren angekommen.

Hier im Grenzort Kehr, diesem abgelegenen Flecken der Schnee-Eifel, genannt die Schneifel, werde ich in wenigen Wochen die *Einkehr* eröffnen, ein Restaurant, in dem ich anderen Menschen jene Gerichte vorsetzen möchte, die mir selbst schmecken. Vor mir liegt ein fast leeres Blatt. Die erste Vorspeise ist bereits notiert.

Natürlich sieht man mir die Freude am Essen an. Dünne Köchinnen lassen ebenso wie stumpfe Messer an der Qualität der Zubereitung zweifeln.

Gudrun ist dünn, aber die lasse ich ja auch nicht an den Herd. Mit ihrem Organisationstalent und einem gewissen herben Charme wird sie im Gastraum beweisen, dass sie mehr als nur Kühe melken und Kälbchen auf die Welt bringen kann. Sehr praktisch, dass sie jetzt im Restaurant selbst wohnt; ihr früherer Hof wurde einem Künstler aus Texas übereignet, der sich hier allerdings noch nicht hat blicken lassen.

Ihres sehr unregelmäßigen Temperamentes wegen überlasse ich das Begrüßen der Gäste lieber Hein. Der ehemalige Eventmanager verliert sein sonniges Gemüt nur dann, wenn es um Vater und Mutter geht. Über die wir aus gutem Grund nie sprechen, obwohl ich mein Restaurant in seinem ehemaligen Elternhaus eröffnen werde. Manchmal frage ich mich allerdings, was es in ihm auslösen wird, ausgerechnet im künftigen Raucherzimmer, dem früheren Schlafzimmer seiner Eltern, rauchenden Gästen marinierte Putenbrust in Orangen-Senf-Soße mit Bärlauchschaum zu servieren. Falls die von ihrer Sucht Desensibilisierten das überhaupt zu schätzen wissen.

Heute erinnert nichts mehr an die Kammer, in der Hein gezeugt wurde; dafür hat mit ingeniösem handwerklichen Geschick sein Lebensgefährte Jupp gesorgt. Dieser Schrank von einem Kerl darf sein Faible für selbst geklöppelte Spitzendeckchen und Trockenblumen in meinem Restaurant allerdings nicht ausleben. Aber er wird zur Stelle sein, wenn der Herd streikt, es reinregnet oder das Klo verstopft ist. Auf ihn ist immer Verlass, außer wenn es seiner uralten, in ihrer Demenz gelegentlich sehr hellsichtigen Mutter Agnes schlecht geht, die er mit Hein im gemeinsamen Losheimer Domizil pflegt.

Und dann ist da noch Marcel.

Der Zausel aus Belgien. Polizeiinspektor in Sankt Vith und in seiner Freizeit mein ... tja, was ist er denn? Freund schon, aber doch eigentlich nicht so richtig. Nach den schrecklichen Geschehnissen des vergangenen Jahres ist etwas zwischen uns passiert: Er hat mich quasi genötigt, ihm das Du anzubieten. Dann hat er mich geküsst. Irgendwie peinlich in meinem Alter. Schließlich werde ich zur Eröffnung der *Einkehr* schon fünfzig.

Jedenfalls gab es nach dem Kuss nur zwei Möglichkeiten: ihn in das Anderthalbpersonenbett einzuladen, das ich, wie auch mein völlig vergammeltes finsteres Haus und meinen unerzogenen Hund Linus, voriges Jahr geerbt habe, oder ihn rauszuwerfen. Nach heftigem Ringen mit heimtückischen Hormonen habe ich mich als vernünftige Matrone für Letzteres entschieden. Meine neue Zukunft soll von keinem Mann geprägt werden. Mit Schaudern denke ich an mein früheres Leben als Berliner Moderedakteurin zurück. Da hatte ich einem Mann, einem verheirateten zudem, die Entscheidungsfreiheit über mein Privatleben eingeräumt. Vierzehn quälende Jahre lang.

Die Botschaft dieses einmaligen Kusses von Marcel Langer anzunehmen hätte bedeutet, mich wieder Gefühlen auszuliefern, die unkontrollierbar sind. Um uns herum geschieht genügend Unkontrollierbares. Bestimmten Unwägbarkeiten, die man schon im Vorfeld ausräumen kann, sollte man als künftige Geschäftsfrau, die in der Eifel leben bleiben will, aus dem Weg gehen.

Am Tag nach dem Kuss bin ich also nach Berlin zurückgefahren, um dort meinen Haushalt aufzulösen und Vorbereitungen für die Verlagerung meines Lebensmittelpunktes in die Eifel zu treffen. Voller Vorfreude auf ein künftiges beschauliches Landleben kehrte ich zwei Monate später in die Gegend zurück, die ich jetzt mein Zuhause nenne.

Marcel tat erfreulicherweise so, als wäre der Kuss nie vorgefallen, und half mir gemeinsam mit meinen anderen neuen Freunden, zunächst den verfallenen Hof meines Vaters einigermaßen winterfest zu machen. Mit dem Berliner Kontinentalklima vertraut, sah ich dem Winter auf der Schneifel gelassen entgegen. Doch eine Außentemperatur von fünfzehn Grad minus in einem unisolierten, der rauen Natur von allen Seiten ausgesetzten Bruchsteinhaus auf einer windigen Anhöhe ließ mich bald eine neue Relativitätstheorie entwickeln. Ich überwinterte also in mehreren unkleidsamen Pulloverlagen. Im Frühling änderte Hein meinen Spitznamen Michelinweibchen in Sklaventreiberin um, weil ich darauf drängte, das Restaurant zur Sommersaison zu eröffnen. Aber da hatte ich meine Rechnung ohne die geradezu mediterran anmutende Gleichmut der Eifeler gemacht – der Freunde/Teilhaber und Handwerker. Stets schien die helfende Hand andernorts dringender gebraucht zu werden. Die Eröffnung der *Einkehr* verschob sich also um ein halbes Jahr.

Gudruns Bemerkung, ich solle mir das nicht so zu Herzen *holen*, bestätigte meinen Verdacht, dass man in der Eifel nur das holen kann, was bereits vor Ort ist, in dieser dünn besiedelten Gegend also eher selten einen Handwerker. Da dem hiesigen Dialekt das Wort *nehmen* in jeglichen Zusammensetzungen fremd ist und ich dazugehören wollte, holte ich mir also vor, diese Eifeler Einstellung zu überholen, um als Einheimische in die Gemeinschaft aufgeholt zu werden.

Das scheint mir gelungen zu sein. Denn die Igelfrau, die ich gestern in Krewinkel kennenlernte, betrachtete mich ohne Arg und Misstrauen. Sie offerierte mir interessante Kräuter aus eigenem Anbau für das Restaurant. Eigentlich heißt sie Cora, aber ihr graues Stoppelhaar, die verschmitzten Augen und die Himmelfahrtsnase mit dem winzigen schwarzen Punkt darauf lassen nun mal Gedanken an einen Igel aufkommen. Cora konnte mir zwar nicht das Gebäude zeigen, wo Marcel vor seiner Poliziskarriere eine Kneipe geführt hatte, aber sie stellte mir den Oberguru ihrer ökologisch ausgerichteten Wohngemeinschaft vor, den langbärtigen Zopfträger Viktor. Ein bedächtiger Mann, der weise asiatische Sprüche klopfte und meinem Restaurant eine interessante Zukunft auspendelte. Ich zuckte kurz zusammen: Chinesen wünschen ihren Feinden eine interessante Zukunft. Aber wem im Gaststättengewerbe überhaupt eine Zukunft in Aussicht gestellt wird, der sollte nicht klagen; also packen wir's an!

Erstes Gericht

Verlorene Wachteleier
in Honigsenfschaum auf Rucolakresse, von Hackklößchen begleitet

Was sich da gerade am helllichten Tag vor meinem künftigen Restaurant aus einem Sportwagen mit offenem Verdeck windet, kann nur ein Geist sein. Gespenster erscheinen zwar normalerweise nachts und entsteigen dann eher wabernden Nebelbänken als Autos mit Berliner Kennzeichen. Erst gestern hat mir Schamane Viktor aus dem belgischen Krewinkel noch versichert, auf dem alten, oftmals eingenebelten Hexenhügel Kehr müsse man jederzeit auf das Erscheinen von Boten aus einem Jenseits gefasst sein. Schon der Name des Örtchens weise schließlich darauf hin: *Kehr!,* hätten die Hexen des alten Weges einander raunend aufgefordert, wenn ein unliebsamer Schemen ihre Kreise störte.

Ob allerdings dieser aktuellen Erscheinung aus meiner Vergangenheit mit dem Kehrbesen beizukommen ist, wage ich angesichts der deutlich erkennbaren Körpermasse innerhalb der Konturen zu bezweifeln. Was zum Teufel sucht mein abgelegter Berliner Lover Hans-Peter auf der Kehr? Hoffentlich nicht mich; jene Katja, die er vierzehn Jahre lang am ausgestreckten Arm hatte verhungern lassen, rein seelisch, versteht sich angesichts meines Umfangs – diese Katja gibt es nicht mehr.

Er greift in den Wagen und hebt einen Säugling heraus. Ich versteinere. Mit dem Kind habe ich nichts zu schaffen, kommt mir jener Gedanke, der wohl in manchem Mann aufsteigt, dem eine frühere Geliebte ein Baby präsentiert. Eine aufwallende Hitzewelle erinnert mich daran, dass ich eine Frau und zudem nicht mehr gebärfähig bin. Das Kind in den Armen balancierend, schaut Hans-Peter unsicher zu der offen stehenden Tür, neben der das halb fertig gemalte Restaurantschild an der verklinkerten Hauswand lehnt. Dann fällt sein Blick auf mein ihm vertrautes altes Auto, das jetzt allerdings ein belgisches Kennzeichen trägt. Rote Zahlen.

»Der Mann sieht gut aus«, seufzt Gudrun, die sich neben mich ans Fenster gestellt hat, »ist aber offensichtlich vergeben. Auch wenn er nicht weiß, wie man ein Kleinkind hält. Was der hier wohl will?«

Ich zerquetsche das soeben geformte und mit einem Hauch frischer Minze versetzte Hackbällchen in meiner Hand.

»Kannst ihn haben«, murmele ich, gleich darauf wünschend, den Satz nie ausgesprochen zu haben. Gudruns Sehnsucht nach Mann und Kind hat sie schon einmal fast ins Verderben geführt. Fehlt gerade noch, dass sie sich in Hans-Peter verguckt!

»Wieso?«, hakt sie überrascht ein. »Ist der denn dir?«

»Nein!«, blaffe ich sie an. Vom Eifeler Besitzpronomen und der bevorstehenden unausweichlichen Begegnung gänzlich überfordert, reagiere ich zu langsam, als mein Hund Linus aus der Küche jagt. Er will tatsächlich nur spielen, aber das hatte ich diesem Schaf in der Vermummung eines Labrador-Staffordshire-Terriers anfangs ja auch nicht abnehmen wollen. Die riesige Bestie mit dem schwarz glänzenden Fell erschreckt selbst den abgebrühtesten Viehdoktor. Ich zögere einen Moment, möchte diesem ungebetenen Gast ungern den Schreck seines Lebens ersparen. Aber da ist der Säugling auf seinem Arm, der gerade lauthals zu plärren beginnt. Nicht, dass Linus dem Kind ein Haar krümmen würde, aber Hans-Peter könnte es vor lauter Angst fallen lassen. Oder es unwillkürlich so fest drücken, dass es sich alle Knochen bricht. Oder es dem Ungeheuer zum Fraß vorwerfen, gewissermaßen opfern, um sein eigenes Leben zu retten. Ja, so etwas traue ich ihm zu. Also renne ich hinaus.

Der Anblick, der sich mir jetzt bietet, entschädigt mich fast für jahrelanges vergebliches Warten am Telefon, für die Vorwände, Lügen und Ausflüchte jenes Mannes, von dem ich mir meine jungen Jahre habe stehlen lassen, für die Einsamkeit des früheren Daseins der heimlichen Geliebten.

Hans-Peter zittert am ganzen Leib. Mit vor Schreck geweiteten Augen blickt er auf den für ihn bedrohlich bellenden Linus, der um ihn herumspringt, als wolle er ihn einkreisen. Jetzt rächen sich Hans-Peters Versuche, der Tierliebe seiner Tochter mit Meerschweinchen, Hamstern, Schildkröten, Kanarienvögeln und Fischen beizukommen. Hätte er ihr den so heiß gewünschten Hund nicht verweigert, hätte er begriffen, dass ein derart eifriges Stummelschwanzwedeln harmlose Freude ausdrückt. Ich beobachte, wie der Berliner Lokalpolitiker seine bei Menschen erfolgreichste Waffe einsetzt: den Augenkontakt. Wäre Linus tatsächlich ein gefährlicher Hund, hätte er mit dieser Provokation den Kampf um den höheren Rang aufgenommen, und Hans-Peter wäre erledigt gewesen. Aber der Schwanz wedelt weiter. Vorsichtig nähert sich Hans-Peter wieder seinem Auto. So intensiv mit dem Überleben beschäftigt, merkt er nicht einmal, dass ich aus der Tür gestürzt bin. Linus freut sich über Hans-Peters Absicht. Dieser Hund liebt Autofahrten. Und weiß auch, dass Menschen in ihren Blechkisten oft Essbares lagern. Mit einem Satz springt er in den Wagen.

»Linus!«, übertöne ich das Schreien des Kindes und wedele mit meiner rinderhackverschmierten Hand. Der Hund gehorcht, hopst aus dem Wagen, rennt zu mir, leckt mir die Hand ab und legt sich mir dann zu Füßen.

»Katja!«

»Hans-Peter!«

Das Kind verstummt.

»Also doch«, höre ich Gudrun neben mir murmeln.

»Seit wann hast du einen Hund?« Seine Stimme klingt brüchig, und er macht keinerlei Anstalten, näherzutreten.

»Seit wann hast du ein kleines Kind?«, gebe ich zurück.

»Das würde ich dir gern erklären.«

Ausgerechnet dieser Satz! Den ich in meinem früheren Leben aus diesem Mund so oft gehört habe. Der Satz, mit dem jede aufkeimende Hoffnung regelmäßig zunichtegemacht wurde. Hier, in die frische Eifeler Luft hineingesprochen, lässt er mir wieder Tränen in die Augen steigen. Lachtränen. Ich plumpse neben Linus auf die zwei Stufen, die in mein künftiges Restaurant führen, und kann überhaupt nicht mehr aufhören zu lachen. Entsetzt betrachtet Gudrun meinen wogenden Körper.

»Was ist los, Katja, kann ich dir helfen?«

»Geh mit Linus spazieren«, bringe ich zwischen zwei Lachsalven hervor.

Anordnungen schätzt Gudrun überhaupt nicht. Schon gar nicht, wenn sie sich von einem interessanten Mann entfernen muss. Wir leben schließlich in einer extrem dünn besiedelten, männerarmen Gegend.

»Ich bringe ihn lieber ins Schlafzimmer …«

»Raucherzimmer!«, weise ich sie zurecht und lache weiter.

»Holen Sie einen Kaffee?«, wendet sie sich mit ihrem charmantesten Lächeln an Hans-Peter und streicht sich mit der freien Hand eine verirrte blonde Haarsträhne aus dem leicht geröteten Gesicht.

Verunsichert blickt er von ihr zu mir.

»Gern«, antwortet er höflich, das Angebot als Aufforderung missverstehend: »Wo ist er denn?«

Ich bekomme vor lauter Lachen einen Schluckauf und kann nicht antworten.

»Mache ich frisch«, erwidert Gudrun, der die kleine Kommunikationsstörung entgangen ist. »Sie können auch einen Schnaps haben, wenn Ihnen jetzt danach ist. Und der Hund ist wirklich lieb. Sie brauchen keine Angst zu haben. Ich bin gleich wieder da.«

Als ob ihn das vor mir schützen würde.

Sie packt den widerstrebenden Linus am Halsband und zerrt ihn ins Haus.

Jetzt tritt Hans-Peter näher. Ich werde augenblicklich ernst, erhebe mich und blicke meiner tot gewünschten Vergangenheit in die Augen.

»Warum bist du so plötzlich aus Berlin verschwunden?«, fragt er und sieht mich mit dem Dackelblick an, der mich früher immer zum Schmelzen gebracht hat. Er streckt die Hand aus, zieht sie aber ungeschickt wieder zurück. Schließlich habe ich mir meine von Linus ablecken lassen. Da kriegt der hundelose Großstädter Kontakthemmungen. Was mir nur recht ist.

»Ich bin dir keine Rechenschaft schuldig«, erkläre ich und drehe mich einfach um. Er folgt mir mit dem Säugling auf dem Arm ins Haus und stößt fast mit Gudrun zusammen, die geräuschvoll die Tür zum künftigen Raucherzimmer ins Schloss fallen lässt.

»Beim Googeln habe ich dein Restaurant gefunden«, erklärt er, lässt sich unaufgefordert auf einem Küchenstuhl nieder, das Kind umständlich auf seinem Schoß platzierend.

»Da siehst du's!«, ruft Gudrun. »Hein hat dir doch gesagt, dass der Internetauftritt was bringt! Wie schön, dass du dadurch einen alten Freund wiedergetroffen hast! Ich bin die Gudrun.«

»Hans-Peter Kellenhusen«, sagt er, Gudruns ausgestreckte Rechte ergreifend, ohne sich zu erheben. Er nickt zu dem Wurm hinunter: »Bin leider nicht so gut im Umgang mit dem Kleinen.«

»Liegt wohl kaum an mangelnder Übung«, quetsche ich hervor. Hörbar schnappe ich nach der Luft, in der er den nächsten Satz kurz hängen lässt: »Meine Kinder sind aus dem Haus.«

Wenn die Kinder aus dem Haus sind ... Jahrelang hat er mich damit hingehalten.

Ich fange mich schnell wieder. »Du wolltest doch Kaffee machen«, wende ich mich an Gudrun.

»Bitte keine Umstände«, floskelt er.

»Natürlich nicht«, versetze ich, deute auf das Kind und füge hinzu: »Wenn du schon eine Dame in andere gebracht hast. Meine Nachfolgerin?«

»Meine Tochter«, murmelt er. Wohl um nicht noch schlimmere Missverständnisse aufkommen zu lassen, fügt er eilig hinzu: »Sie ist die Mutter. Das ist mein Enkelkind. Vinzenz.«

»Falls Sie Zucker und Milch holen ...«, bemerkt Gudrun und stellt Zuckerdose und Milchkännchen vor ihm hin.

»Danke«, antwortet er und setzt mit unerträglicher Wohlerzogenheit hinzu: »Wenn euch Milch und Zucker ausgegangen sind, übernehme ich gern den Einkauf.«

»Den würdest du hier überholen«, bemerke ich und kläre dann rasch auf: »*Nehmen* heißt auf Eifelerisch *holen*.« Ich will ihn nicht erlösen, sondern ohne weitere Ablenkung den Grund seines Aufkreuzens erfahren.

Er kommt dann auch sehr schnell zur Sache. Das Kind muss gewickelt und gefüttert werden. Mit beidem habe er Probleme.

»Warum hat deine Tochter dir das Baby überhaupt aufgehalst?«

»Sie leidet unter postnatalen Depressionen«, erwidert Hans-Peter unglücklich. »Ihr Therapeut hat ihr zu einer Erholungsreise allein mit ihrem Mann geraten. Da ich aber den Eifelurlaub mit meiner Frau schon gebucht hatte, nahmen wir kurz entschlossen Vinzenz mit.«

»Und wieso ist deine Frau plötzlich in den Fütter- und Wickelstreik getreten?«, will ich wissen. Kopfschüttelnd sehe ich zu, wie Gudrun meinem alten Lover das Kind vorsichtig abnimmt und es versonnen an sich drückt. Mit neugeborenen Kälbchen geht sie weitaus weniger liebevoll um.

»Windeln und Essen sind im Wagen«, raunt er meiner künftigen Bedienung mit jenem charmanten Grübchenlächeln zu, das ich einst unwiderstehlich gefunden hatte. Gudrun drückt ihm das Kind wieder in den Schoß und rennt los.

»Nun?«, hake ich ungeduldig nach.

»Sie ist nicht in den Streik getreten«, antwortet er, holt tief Luft und sagt tonlos: »Sie ist verschwunden.«

»Wie, verschwunden?«

»Weg. Einfach weg«, erwidert er. »Sie wollte sich hier in alten Bunkern nach Mopsfledermäusen umsehen – das ist ihr Forschungsgebiet, und deswegen sind wir ja auch hier, aber sie ist einfach nicht wiedergekommen.«

»Wann war das?«, frage ich.

»Vorgestern«, flüstert er.

»Vorgestern! Warum zum Teufel hast du deine Frau bei der Polizei nicht als vermisst gemeldet?«

»Polizei! Das geht doch nicht!«, erwidert er entsetzt. »Ich kann mir keinen Skandal leisten. Sie wird schon wiederkommen. Ich kenne sie. Es ist ihre Art, mich zu bestrafen.«

»Also hattet ihr Streit?«

Er hebt die Schultern. »Nur eine kleine Auseinandersetzung«, wiegelt er ab.

»Weil du die Kellnerin angemacht hast?«, kann ich mich nicht enthalten zu fragen, füge aber rasch hinzu: »Darunter würde sie doch nicht ihr Enkelkind leiden lassen!«

»Sie denkt bestimmt, dass sich im Hotel die nette junge Frau Marion um Vinzenz kümmert, die ihn uns schon am zweiten Tag abgenommen hat. Aber die hat heute frei. Und weil ich hier sonst niemanden kenne …«

»… hast du dir deine Google-Information über mich zunutze gemacht und willst das Kind bei mir abladen, bis sich Madame wieder bequemen, Gatten und Enkel die Ehre zu erweisen!«

»Ganz so ist es nicht«, verteidigt er sich und sie. »Ich habe mich wirklich darauf gefreut, dich wiederzusehen. Ist ja auch ein unglaublicher Zufall, dass du ausgerechnet …«

»Und wenn ihr nun was passiert ist?«, unterbreche ich ungeduldig.

»Doch nicht Gaby!«, ruft er. »Die ist sehr zäh, hat einen schwarzen Gürtel, kann sich jedes Angreifers erwehren und ist bei allem, was sie tut, außerordentlich umsichtig.«

Erstaunlich. Da erfahre ich in wenigen Minuten mehr über Gaby von Krump-Kellenhusen als zuvor in vierzehn langen Jahren. Hans-Peter hatte sie mir früher als ein kapriziöses Persönchen mit labilem Charakter beschrieben, eine Societydame, die wegen ihrer psychischen Probleme gänzlich von ihm abhängig und nur an Shoppen, ihrer Frisur und dem Erhalt ihrer Ehe interessiert gewesen sei.

»Wenn sie hier in zersprengten Bunkern rumkraxelt, kann sie in eine Spalte gefallen sein ...«

»Unmöglich«, wehrt er ab, »da ist sie in Indien schon in ganz anderen Massiven herumgeturnt. Sie ist eine geübte Bergsteigerin und sichert sich immer ab.«

Mit den Bergen hatte er es ja auch. Eine ferne Erinnerung an seinen Lustschrei »Matterhorn« steigt in mir auf. Sogar den hatte ich offenbar nur geborgt.

Jetzt, da Hans-Peter so gar keine zärtlichen Gefühle mehr in mir auslöst, würde ich diese Frau sehr gern kennenlernen.

»Schau mal, wer hier ist!«

Gudrun tritt zur Seite und gibt den Blick auf unseren Freund Marcel Langer frei. Ich schüttele den Kopf. Nicht über den schwarzen Fleck, den ihm offenbar ein kappenloser Filzstift auf die hellblaue Hemdtasche geschmiert hat. Solches bin ich bei diesem liebenswerten belgischen Schludrio gewöhnt. Aber das Windelpaket in seiner vom Körper abgespreizten Hand wirkt schon arg verfremdend.

»Das ist ein alter Freund von Katja aus Berlin«, erklärt Gudrun begeistert.

»*Der* alte Freund?«, fragt Marcel gedehnt. Er kennt meine Vergangenheit. Als Einziger. Weil ich in eine Mordgeschichte verwickelt gewesen war und er Informationen über mich benötigte. Von meinen anderen Eifeler Freunden hat mich noch nie jemand nach meinem Leben vor der Kehr befragt. Höflichkeit oder Desinteresse, hatte ich mich in der ersten Zeit gewundert. Heute weiß ich, dass es keines von beiden ist. In diesem Grenzgebiet hat man jahrzehntelang die direkte Frage den Zöllnern überlassen und erachtet es heute noch als ungehörig, eine solche zu stellen. Man gesteht jedem das Recht zu, sein Geheimnis zu schützen. Wiewohl man sich natürlich auf diskrete Weise bemüht dahinterzukommen. Zudem gehört zum Überleben in diesem rauen Land seit jeher die Kunst dazu, alles Unerwartete und Unvertraute erst einmal mit Missachtung zu strafen. Ganz gleich, ob man nun einem Tornado, einem Krieg, einem Wildschwein, einem Ehebruch oder einem fremden Menschen ausgesetzt ist. Weder bereitet man sich darauf vor, noch wird es hinterher aufgearbeitet. Man verharrt, bis das Störende von selbst vorübergeht, man wieder normal weitermachen und so tun kann, als wäre es nie geschehen. Bleibt das Neue, wie ich zum Beispiel auf der Kehr, findet man Wege, es auf möglichst günstige Weise ins eigene Leben einzufügen, falls man es nicht irgendwie ausmerzen kann. Sogar Marcel Langer, der Polizeiinspektor aus Sankt Vith, hält außerhalb der polizeilichen Ermittlungsarbeit jegliche Form von Vergangenheitsbewältigung und Ursachenforschung, ja sogar die Begriffe selbst, für Unfug.

Kurzum, für die Leute auf der Kehr fing mein Leben

erst an, als ich vor über einem Jahr hier auftauchte und alles durcheinanderbrachte. Seitdem die Ordnung wiederhergestellt ist, gehöre ich plötzlich genauso dazu wie die Flechten, die sich nach einem Gewitter in den Spalten eines vom Blitz getroffenen Baumes niederlassen. Ich gehöre jetzt so sehr dazu, dass auch mir der Mann aus meiner Vergangenheit wie ein Eindringling vorkommt.

Der Mann. Auf Marcels zutreffende Unterstellung brauche ich nicht einzugehen, denn Hans-Peter stellt sich eilfertig selbst vor und streckt die Rechte aus.

Die Marcel nicht ergreift, da er mit nervenzermürbender Langsamkeit die Windeln auf dem Tisch deponiert.

»Marcel Langer«, übernehme ich die Vorstellung, während Gudrun das Kind ergreift und neben meiner Minzhackschüssel mit sicheren Griffen auswickelt. »Polizeiinspektor aus Sankt Vith.«

Der kleine Teufel, der mich schon seit Hans-Peters Erscheinen reitet, verschafft sich Gehör: »Eben genau der Mann, den wir in dieser prekären Lage jetzt brauchen. Marcel, die Ehefrau von Herrn Kellenhusen ist spurlos verschwunden.«

»In Belgien?«, fragt Marcel.

»Wieso Belgien?«, will Hans-Peter wissen.

»Weil er dann ermitteln muss. Das ist hier Grenzgebiet«, kläre ich den Berliner Lokalpolitiker auf, »und Fledermausbunker kennen keine Grenzen.«

»Stimmt nicht«, widerspricht mir Marcel. »Die Bunker haben die Deutschen gebaut. Aber was hat das mit dem Verschwinden Ihrer Frau zu tun?«

Hans-Peter schaut versonnen zu, wie Gudrun den Enkel mit einer neuen Windel versieht, murmelt erst:

»Schöne Hände«, reagiert nicht auf meinen empörten Einwurf: »Aber die Grenzen wurden doch ständig verschoben« und sagt dann stolz zu Marcel: »Meine Frau stammt aus einer Familie von extrem erfolgreichen Fledermausforschern und ist heutzutage die größte Koryphäe auf diesem Gebiet.«

Und deine Geliebte war eine übergewichtige Moderedakteurin, denke ich, mühsam den Zorn über meine mit Einfalt gepaarte Überheblichkeit von fast anderthalb Jahrzehnten unterdrückend. Mit diesem einen Satz sind alle Vorhänge gefallen, und ich muss einer sehr unangenehmen Realität ins Auge schauen. Hans-Peter hat mich nicht nur hingehalten, sondern auf der ganzen Linie belogen. Das in seiner Eingeengtheit bedauerliche, ihm angetraute Geschöpf der alten Tage, das hat es nur in seinen Gesprächen mit mir gegeben. Für mich und sein eigenes Selbstwertgefühl hatte er jene Ehefrau erfunden, die er sich erträumt hatte. Ein von ihm gänzlich abhängiges armes Hascherl, das den Kopf in die Ofenröhre stecken würde, wenn es seines einzigen Sinns, nämlich des lebenserhaltenden Ehemannes, beraubt werden würde. Aus lauter Solidarität mit einem solch erbärmlichen weiblichen Schicksal hatte ich natürlich nichts einzufordern gewagt. Und hatte, um selbst nicht unterzugehen, mit meinen Pfunden feministisches Selbstbewusstsein demonstrieren wollen. Aber ich hatte mit ihnen gewuchert. Und verloren.

Ich starre den Mann mit dem schütteren Haar, dem geliehenen Fledermausruhm und dem schon wieder plärrenden Enkel an. »Tu, tu, tu«, beschwichtigt Gudrun, steckt dem Kind einen Löffel Babybrei in den Mund und wirft Hans-Peter einen verschwörerischen Blick zu. »Braves Baby!«

»Als Fledermausforscherin hat sie in den *deutschen* Bunkern ein weites Betätigungsfeld«, überlegt Marcel. »Wann ist sie denn verschwunden?«

Hans-Peter antwortet erst nach kurzem Zögern. Marcels Augen verengen sich – oh, wie ich diesen Blick kenne und einst gefürchtet habe!

»Vorgestern!«, wiederholt er entsetzt. »Und da haben Sie bisher nichts unternommen?«

Hans-Peter nickt zu dem Säugling hin. »Ich musste doch auf das Kind aufpassen. Und Fledermäuse sind nachtaktiv. Es kommt immer wieder vor, dass sie mal eine Nacht wegbleibt.«

»Aber gleich zwei?«, fragt Marcel.

Hans-Peter schüttelt den Kopf. »Deswegen mache ich mir ja jetzt auch Sorgen.« Er zieht aus der Windeltasche einen Messtischplan und breitet ihn aus.

»Hier hat sie die Bunker eingezeichnet, die sie aufsuchen wollte.«

»Wieso hat sie den Plan nicht mitgenommen?«

»Sie wusste wohl auch ohne genau, wo sie hinwollte«, erwidert er.

»Dann weiß ich es auch«, bemerkte Marcel. »Es gibt hier ganz in der Nähe einen sehr großen Bunker, den sich die Umweltfritzen immer wieder vorholen, weil die Spalten voller Fledermäuse stecken. Sonst finden die armen Viecher ja keine Höhlen mehr zum Überwintern. Gehört zum Projekt Grüner Wall. Da schauen wir mal als Erstes nach. Kommen Sie!«, nickt er Hans-Peter mit der Autorität eines belgischen Staatsbeamten zu und steckt meine Taschenlampe ein, die wegen gelegentlichen Stromausfalls griffbereit auf dem Büfett steht.

Ich schiebe Gudrun die Hackschüssel zu.

»Mach bitte weiter«, fordere ich sie auf. Kommt überhaupt nicht infrage, dass sich der Mann meiner Vergangenheit mit einem Mann aus meiner Gegenwart allein auf den Weg und dabei möglicherweise mich zum Thema macht. Ungehaltenes Bellen dringt aus dem künftigen Raucherzimmer. Ich öffne die Tür, genieße kurz den Augenblick, in dem sich Hans-Peter angstvoll an Marcel klammern will, aber in letzter Sekunde Haltung wahrt und nur leicht schlotternd hinter den belgischen Polizisten zurückfällt. Ich höre sein Ausatmen, als ich Linus an die Leine nehme.

»Nur damit er nicht überfahren wird«, sage ich. »Im Wald lasse ich ihn gleich wieder los.«

»Muss das sein?«, fragt Hans-Peter.

»Vielleicht brauchen wir einen Spürhund«, bemerkt Marcel, der das verspielte, in jeder Hinsicht gänzlich unnütze Tier genauso kennt wie ich.

»Einen Bluthund«, setze ich zähnefletschend noch einen drauf, um Hans-Peters Unbehagen zu erhöhen.

»Seit wann halten Sie sich denn in dieser Gegend auf?«, fragt Marcel, als wir aus dem Haus treten und auf die Landstraße zusteuern.

»Seit vier Tagen«, erwidert Hans-Peter, blickt auf das Gebäude jenseits der Straße und bemerkt erschüttert: »Mein Gott, ist das ein heruntergekommener Hof! Was für Leute wohnen da denn?«, wendet er sich an mich.

»Nur ein Leut«, gebe ich scharf zurück. »Ich.«

»Das ist nicht wahr!«

»Ein Land, in dem Menschen ihre Häuser unverputzt lassen, um zweimal in der Woche gut essen gehen zu können, kann nicht durch und durch schlecht sein«, zitiere ich Konrad Beikirchers Kommentar zu Belgien.

Hans-Peter sieht mich etwas ratlos an. Ich drücke Marcel die Leine in die Hand und springe auf die andere Straßenseite.

»Jetzt bin ich in Belgien«, kläre ich auf und kehre mit ein paar Schritten nach Deutschland zurück.

»Ah! Daher das komische Nummernschild an deinem Auto«, lässt sich Hans-Peter ins nächste Fettnäpfchen fallen.

»Ich wüsste nicht, was an unseren Kennzeichen komisch sein soll«, bemerkt Marcel prompt und hält mir die Leine wieder hin.

»Und du hast dein ganzes Leben in Berlin für ... für das hier aufgegeben? Deine schöne Wohnung gegen den Einödhof da drüben eingetauscht? Wozu? Um in der Pampa fremde Leute zu bekochen? Ich meine, du warst früher doch mal wer!«

»Wer denn?«, gebe ich spitz zurück, als wir von der Landstraße aus einen Waldweg betreten und ich Linus von der Leine befreien kann. Dass Hans-Peter meine Frage nicht beantwortet, wundert mich nicht, wohl aber, dass er keinen Kommentar zum Westwall abgibt, zu den Steinen der Höckerlinie, die jetzt unseren Weg säumen und von Linus gelegentlich beschnüffelt werden. Großstädter haben offenbar keine Augen für bösartige Eingriffe in die Natur. Aber diesem Großstädter muss ich wohl nachsehen, dass er sich um seine Frau sorgt. Wie ja früher auch schon.

»Könnte Frau Klein etwas mit dem Verschwinden Ihrer Gattin zu tun haben?«, fragt Marcel sachlich.

Ich bleibe wie angewurzelt stehen.

»Das ist doch nicht dein Ernst!«, blaffe ich den Polizisten an.

Der meidet meinen Blick.

»Was soll Katja denn damit zu tun haben?!«, tönt Hans-Peter empört.

»Mir sind hier zu viele Zufälle im Spiel. Dass Ihre Frau ausgerechnet in den hiesigen Bunkern auf Fledermausjagd geht, Sie zufällig im Restaurant einer Frau auftauchen, mit der Sie eine jahrelange …«, er räuspert sich vernehmlich, »… Freundschaft verbindet …«

»Das war alles geplant«, gibt Hans-Peter leise zu. »Ich habe Katja gesucht. Las dann im Internet von dem Restaurant. Habe dann zur Gegend das Stichwort Mopsfledermaus eingegeben. Meine Frau war Feuer und Flamme. Sie jagt übrigens keine Fledermäuse; sie studiert sie und hat sich darauf gefreut, das Nützliche mit dem Angenehmen zu verbinden. Dann habe ich den Urlaub gebucht.«

»Und du willst davon wirklich nichts gewusst haben?«, wendet sich Marcel an mich.

Ich fasse es nicht. Jetzt kennt mich dieser Mann seit anderthalb Jahren und stellt eine solche Frage!

»Ich weiß doch immer alles!«, schreie ich ihn an. »Und darum habe ich natürlich Gaby von Krump-Kellenhusen im Fledermausbunker aufgelauert und ihr dort den Schädel eingeschlagen!«

»Entschuldigung, aber du hast mir schon mal Entscheidendes verschwiegen«, erwidert Marcel leise und fordert uns auf, ihm durch den hohen Farn zu folgen. Ich kenne den gespenstischen Anblick, der sich uns gleich bieten wird, doch Hans-Peter ist gänzlich unvorbereitet.

»Das gibt es doch gar nicht«, flüstert er erschüttert, blickt hinab in die von allen möglichen Pflanzen überwucherte Schlucht mit der riesigen zerklüfteten Betonwand. Zwei schmale Eingänge deuten den Einstieg in die Unterwelt an.

Linus jault kurz auf und prescht dann durch den Wald davon. »Linus! Hiergeblieben!«, rufe ich, aber natürlich vergebens.

»Vorsicht«, warnt uns Marcel, als wir uns an den Abstieg begeben. Ich gleite aus, falle auf den Hintern und rutsche nach unten. In seinen schwarzen, inzwischen eingestaubten Halbschuhen versucht Hans-Peter, wie ein aus der Übung geratener Seiltänzer die Balance zu halten. Glücklich unten angelangt, nähert er sich der Öffnung, in deren nach unten führendes Dunkel ich hineinsehe.

»Da wird sie doch nicht etwa reingegangen sein!«, bemerkt er entgeistert.

»Ist doch nichts neben dem Himalaja«, werfe ich ein, »da, wo sie doch sonst immer so flink rumkraxelt.«

Marcel, der sich an einem viereckigen Betonloch zwischen den Eingängen zu schaffen gemacht hat, zieht sein Handy aus der Tasche.

»Wen rufst du an?«, frage ich.

Er antwortet nicht, sondern spricht leise ins Gerät. Uns hält er mit einer Handbewegung auf Abstand.

»Blut«, verstehe ich, und »mögliche Gewalttat«.

Hans-Peter wird kreidebleich.

»Ihr beide geht am besten zur *Einkehr* zurück«, sagt Marcel sachlich. »Die Kollegen aus Schleiden werden gleich hier sein. Geht genau den gleichen Weg zurück, damit ihr nicht noch mehr Spuren zerstört.«

»So sagen Sie doch! Was ist da?!«, ruft Hans-Peter.

»Es sieht nach Blut aus«, erwidert der belgische Polizist. »Nicht viel, aber auch nicht wenig, vielleicht ein paar Tage alt. Muss nicht unbedingt etwas bedeuten. Nein, bleiben Sie, wo Sie sind!«

»Du hast von *möglicher Gewalttat* gesprochen, Marcel!«

»Ist ja auch nicht auszuschließen. Sammele lieber Linus ein, Katja. Der bellt ja wie verrückt.«

»Gaby hat Blutgruppe Null«, sagt Hans-Peter und starrt auf den Rand des Betonlochs.

»Nicht näher kommen. Gehen Sie«, befiehlt Marcel und setzt begütigend hinzu: »Sie können doch das Blut Ihrer Frau, falls es das ist, sowieso nicht identifizieren.«

Zittrige, kaltnasse Finger greifen nach meinen. Ich zucke kurz zusammen. Die erste Berührung nach anderthalb Jahren. Nach einer Stunde des Wiedersehens. Irgendwas, das ich nicht benennen kann, geht tief drinnen in mir vor. Irgendwas bricht da auf, was längst begraben sein sollte. Jetzt bloß nicht der Dackelblick. Ich schaue zu Marcel hinüber. Eine schlanke Statue mit erhobenem Arm. Mund und Augen gleichen Strichen.

»Komm, beruhige dich, alles wird gut«, sage ich mehr zu mir als zu Hans-Peter, als ich mit ihm an der Hand wieder emporklimme, »freu dich doch, dass da unten keine Leiche liegt.«

»Dein Zynismus ist unerträglich!«, schreit er mich an, reißt seine Hand los, verliert die Balance und stürzt zurück ins Loch.

Ich kümmere mich nicht um ihn, bin irgendwie erleichtert, seine Hand nicht mehr in meiner zu spüren, steige allein auf und rufe laut meinen Hund. Der kommt nicht, sondern bellt weiter. So, wie ich ihn noch nie gehört habe. Irgendwie verzweifelt. So, als ob er *mich* rufen würde. Als ob er ratlos sei. Von böser Ahnung beflügelt, fange ich an zu rennen. Jetzt, etwa hundert Meter vom Bunker entfernt, sehe ich Linus zwischen zwei Fichten, von denen eine tot ist.

Genau wie die Frau, die auf eine Decke gebettet neben meinem Hund liegt.

»Nein!«, schreie ich in den Wald hinein. »Nein!«

Ich kenne die Tote. Es ist nicht Hans-Peters Frau.

Zweites Gericht

Katjas Mammutragout

Hirschbraten in Printen-Backpflaumen-Soße auf Mammutpasta mit gerösteten Steinpilzblättchen und Cranberrys

»Nichts anfassen«, höre ich Marcel von fern rufen. Ich schalte seine Stimme aus, lasse mich auf dem Waldboden nieder, blicke auf die geschlossenen Augen der sogar mit offenem Mund friedlich lächelnden toten Frau, bette ihr winziges altes Köpfchen auf meinen Schoß und streichele ihr sanft die Schläfen. Tränen rinnen mir über die Wangen und tröpfeln auf die von einem verblichenen, aber sauber gebügelten Blümchenstoff verhüllte ausgemergelte Brust der Greisin.

Linus hat das Bellen eingestellt und sich neben uns gelegt. Er stößt kleine fiepende Klagelaute aus. Auch er hat Agnes gekannt, die Mutter von Jupp. Die ich noch nie irgendwo anders als in ihrem Bett in der winzigen Dachstube gesehen habe. Seit Jahren hat sie dort vor sich hingedämmert, liebevoll umsorgt von ihrem Sohn Jupp und dessen Lebensgefährten, meinem Freund und Geschäftspartner Hein. Einem ihrer seltenen lichten Momente habe ich meine Freiheit zu verdanken. Eine seltsame Frage steigt in mir auf: Hat sie vor ihrem Tod durch die Bäume in den Himmel hineinblicken können?

»Gott sei Dank!«

Der erbarmungslose Erleichterungsschrei reißt mich

aus der Versenkung. Ich würdige Hans-Peter keines Blickes.

»Wie kommt Jupps Mutter hierher?«, fragt Marcel erschüttert. Er fällt neben mir auf die Knie und streichelt Agnes' Hände. Dass sie tot ist, verwundert ihn ebenso wenig wie mich. Bei jedem unserer Besuche hatten wir uns darüber gewundert, dass sie noch lebte. Vorsichtig lege ich ihren Kopf wieder auf das nach Veilchen duftende frisch bezogene Daunenkissen und erhebe mich.

»Weg, weg! Ein großes Tier!«, stößt Hans-Peter plötzlich aus.

Marcel richtet sich langsam auf und blickt in die Richtung, die Hans-Peters zitternder Arm anweist.

»Ah, jetzt wissen wir, wie Mutter Agnes in den Wald gekommen ist!« Zu Hans-Peter gewandt fragt er kopfschüttelnd: »Haben Sie noch nie ein Pferd gesehen?«

»Ja, natürlich«, stottert der Berliner, »aber so zwischen den Bäumen im Gegenlicht ...«

Ich kann ihm seinen Schreck nicht verdenken. Jumbo ist ausgesprochen Respekt einflößend, mit seinen mächtigen Ausmaßen gewissermaßen eine fleischgewordene Erinnerung an vorzeitliche Riesenviecher. Neben diesem kolossalen braunen Ardenner wirkt sogar der vierschrötige Jupp wie ein kleiner Knabe. Das Tier am Zügel haltend, stapft er mit gesenktem Haupt auf uns zu. Unter den schweren Hufen des formidablen Rückepferdes bebt der Waldboden im langsamen Takt eines Trauermarschs. Aus verweinten Augen im noch mehr als sonst geröteten Gesicht sieht uns Jupp blicklos an, reicht dem ihm fremden Hans-Peter die Zügel, fällt vor seiner Mutter auf die Knie und bricht in ein lautloses Weinen aus, das seinen ganzen breiten Körper erschüttert.

Marcel berührt ihn sanft an der Schulter.

»Es tut mir so leid, Jupp«, sagt er, »aber wir müssen reden. Die Schleidener Polizei wird gleich hier sein.«

Jupp wendet sich abrupt um.

»Die Polizei?«, fragt er genauso entsetzt wie Hans-Peter soeben. »Was soll die denn hier?«

Ich kann Hans-Peters verzweifelte Versuche, mir Jumbos Zügel in die Hand zu drücken, nicht mehr ignorieren und schnauze ihn an: »Bind ihn fest! Sind genug Bäume hier!«

»Festbinden?«, fragt Jupp tonlos. Prompt hält er Marcel seine Hände hin wie der Verbrecher, der alles gestanden hat und nur noch abgeführt werden möchte.

»Warum?«, fragt Marcel und schiebt Jupps Hände sanft fort.

»Sie wollte das so«, flüstert Jupp. »Allein. Sie war heute Morgen ganz klar. So wie lange nicht mehr. Ich habe sie angefleht. Es ging ihr doch besser. Sie sollte nicht allein sterben. Aber sie wollte es so. Im Wald. Noch einmal lebendes Holz sehen, hat sie geflüstert. Es war ihr letzter Wunsch.«

Er reißt die Augen weit auf und schreit uns an: »Sie hat mich nie um etwas gebeten! Nie etwas gefordert! Ich musste es doch tun!«

Ich zupfe Marcel am Hemd.

»Lass ihn Mutter Agnes nach Hause bringen«, flüstere ich. »Das muss die deutsche Polizei doch nicht wissen.«

»Warum Polizei?«, fragt Jupp beunruhigt. »Meine Mutter ist nach sehr langer Krankheit gestorben. Ganz normal.«

»Und keineswegs unerwartet«, setze ich hinzu. »Schnell, wir helfen dir, sie aufs Pferd zu laden.«

»Nein!«

Marcel ist sehr bestimmt. »Tut mir leid, Jupp, aber das

geht wirklich nicht. Es gibt noch einen anderen Fall; deshalb kommt die Polizei her, und dessen Aufklärung darf nicht behindert werden.«

Ich finde die Sache höchst unbehaglich, muss aber Marcel recht geben. Jumbos Eindrücke im Waldboden lassen sich nicht ungeschehen machen und könnten die polizeilichen Ermittlungen in eine falsche Richtung lenken. *Mopsfledermausforscherin von Mammut verschleppt*, titele ich in Gedanken eine Schlagzeile. Und frage mich betroffen, wieso ich sogar angesichts des Todes einer mir nahestehenden Frau immer noch in verkaufsträchtigen Häppchen denke. Was muss passieren, damit ich endlich den Zynismus meines alten Berliner Reporterlebens loswerde?

»Ich kann sie doch nicht hier liegen lassen!«, jammert Jupp.

»Du sagst der Schleidener Polizei genau, wie es war, und dann ist gut. In der Pathologie werden sie eine natürliche Todesursache feststellen«, sagt Marcel und setzt wie nebenbei hinzu: »Oder etwa nicht?«

Da ist sie wieder, die gut getimte perfide Ermittlungstaktik des belgischen Polizisten. Eine erneute Mahnung, keine zärtlichen Gefühle gegenüber diesem scheinbar so verständnisvollen Mann aufkommen zu lassen. Angeekelt betrachte ich den schwarzen Filzschreiberfleck auf seiner Hemdtasche. Darunter schlägt kein Herz.

Jupp entgeht Marcels Unterstellung gänzlich: »Pathologie! Die schneiden doch nicht meine Mama auf!«

»Keine Sorge, Jupp, gängiges Gift lässt sich im Körper relativ leicht nachweisen beziehungsweise ausschließen.«

Jupp wird kreidebleich.

»Bei einer Frau, die mit Medikamenten vollgepumpt ist?«, werfe ich ein. »Und hör auf, den Ermittler zu spielen. Darfst du gar nicht. Du bist auf bundesdeutschem Gebiet.«

»Hilfe!«, schreckt uns ein fast erstickter Schrei auf. Ich wende mich um, blicke über Jumbos bestaunenswert stattliches Hinterteil hinweg auf die interessantere Szene am Kopfende. Mit gesenktem Riesenhaupt stupst das Pferd Hans-Peter auf den Baum mit den roten Beeren zu, an den es sich offenbar nicht hat anbinden lassen, und fahndet mit geöffnetem Maul in der Körpermitte des Mannes nach Fressbarem. Menschen, die sich diesem Tier zu nähern wagen, haben schließlich immer ein Leckerli in der Tasche. Das weiß Linus auch, der jetzt laut bellend an dem armen Großstädter hochspringt. Hans-Peter weiß das nicht. Augen und Mund sind aufgerissen, als er mit panischen Bewegungen Pferdekopf und Hundeleib von sich abzuwehren sucht. Dabei fängt er sich einen solch heftigen Nasen- oder besser gesagt Nüsternstüber von Jumbo ein, dass er das Gleichgewicht verliert, am Baum vorbei auf den Waldboden stürzt und eine kleine Farnkolonie niederbügelt.

»Das reicht«, schimpft Marcel, während Jupp und ich unsere Tiere von Hans-Peter wegziehen. »Ihr geht jetzt allesamt ins Restaurant und wartet dort auf die Polizei!«

»Ich lasse meine Mama nicht allein«, widerspricht Jupp.

»Ja, du bleibst besser hier. Schon wegen Jumbo«, stimmt der Polizist zu und reicht ihm sein Handy. »Du kannst Hein Bescheid sagen, wenn du magst.«

»Wie großzügig!«, bemerke ich und wende mich an Jupp, der das Handy schon am Ohr hält: »Sag ihm nichts mehr. Schon gar nicht, wenn er an der Mitgefühlmasche strickt. Kenne ich. Er wird nur alles gegen dich verwenden und dich einlochen wie mich damals.«

»Katja …«

»Nix Katja! Ich entziehe Ihnen das Du, Herr Polizeiinspektor!«, versetze ich mit Blick auf einen arg ramponierten Hans-Peter, bei dem ich das eigentlich viel lieber tun würde.

»Er nimmt nicht ab!« Jupp wedelt so verzweifelt mit dem Handy, als könne er den gewünschten Gesprächspartner herausschütteln.

»Vielleicht ist er im Restaurant«, sage ich und setze mich so schnell in Bewegung, wie es einem Menschen meiner Statur eben möglich ist. »Komm, Linus!«

»Warte, Katja!«

»Die Zeiten sind vorbei, Hans-Peter«, trällere ich und lege noch einen Zahn zu. Jahrelang hatte ich auf diesen schrecklichen Menschen gewartet, auf kostbare Stunden der Zweisamkeit in meiner Wohnung. Aus Angst vor Entdeckung waren wir nie ausgegangen. Von einem Waldspaziergang zu zweit hatte ich nicht einmal zu träumen gewagt. Und jetzt ist mir der Gedanke schier unerträglich, mit diesem Mann in einer von Romantikern als Idyll anerkannten Umgebung allein zu sein. Ich renne immer schneller.

Kurz vor der Ziellinie holt mich Hans-Peter ein. Kein Wunder, dass Hein nicht abgehoben hat: Sein Handy liegt auf der Kommode im Flur.

Ich stürze in die Küche. Gudrun legt den Finger auf die Lippen und deutet auf das Baby, das im Plastikzuber auf meiner frisch gewaschenen Wäsche liegt und schläft.

»Wo ist Hein?«, bringe ich keuchend hervor, lasse mich auf einen Stuhl fallen und wische mir mit Küchenpapier mein schweißnasses Gesicht ab.

Gudrun vergisst die von ihr selbst soeben angeordnete

Schweigepflicht, als Hans-Peter hinter mir in die Küche stolpert.

»Wie seht ihr denn aus?«, ruft sie entsetzt. Das Baby beginnt augenblicklich ungehalten zu schreien.

»Später«, winke ich ab. »Kümmere dich um das Kind. Die Polizei kommt gleich. Wo ist Hein?«

»Polizei?!«

»Wo ist Hein?«

Gudrun stopft dem Kind den herausgefallenen Schnuller wieder in den Mund.

»Bei seinen Trockenblumen. Ich habe ihm schon gesagt, dass du ihm fürs Restaurant keine abholst. Mein Gott, Sie armer Mann«, wendet sie sich an Hans-Peter, »sind Sie etwa in den Bunker gefallen? So etwas kann fürchterlich ausgehen. Aber zum Glück scheinen Sie nicht verletzt zu sein. Geben Sie mir Ihre Jacke, damit ich sie ausbürsten kann.« Ihr Lächeln wirkt auf mich ähnlich süßlich verdorrt wie Heins elende Trockenblumen.

Als er noch nicht mit Jupp zusammenwohnte, hatte er das Gestrüpp genauso abgelehnt wie ich und es ihm austreiben wollen. Wie ihn Jupp dann dazu gebracht hat, es nicht nur schön zu finden, sondern sogar selbst herzustellen, gehört zu den unergründlichen Rätseln des Zusammenlebens. Wie auch die Frage, weshalb er das Zeug nicht bei sich, sondern unbedingt hinter meinem Haus anbauen wollte. Seine Antwort, dass es in meinem an das Bruchsteinhaus angebauten Schuppen besser trocknen könne und keine langen Wege zurücklegen solle, fand ich ebenso schräg wie seine ständig wechselnden Haarfarben und das Faible für bunte Schuhe. Ich habe ihn machen lassen, mir aber nie zugemutet, das Endprodukt anzusehen. Meine eigenen Küchenkräuter ziehe ich in meinem neu angelegten Restaurantgarten mit Minitreibhaus. In das ich demnächst jene Pflänzchen setzen werde, die mir die Igelfrau Cora aus Krewinkel in Aussicht gestellt hat. Die wiederum eine andere Form des Zusammenlebens pflegt, mit vielen Menschen auf recht eng begrenztem Raum.

In meiner Jugend nannte man das Kommune, heute heißt das WG. In Coras Fall alternative WG, kurzum Sekte, was den braven Bürger gruseln und genau den Abstand halten lässt, den sich die Bewohner einer solchen WG von der Konvention auch wünschen. Wie alle Menschen, die aus der Norm fallen. »Solange er mich nicht anfasst …«, war der gängige Spruch der Herren in meiner Redaktion, als sich bei uns der erste Schwule outete. Als ob der Typ jetzt jeden Mann bespringen wollen würde. Dass man als Anderslebender eher zurückhaltend ist und sich erlaubt, gerade besonders wählerisch zu sein, will einem die Gesellschaft nicht zugestehen. Als extrem Übergewichtige weiß ich, wovon ich spreche. Und wenn es sich nicht gerade um die Scientologen oder Zeugen Jehovas handelt, sind nach meiner Erfahrung auch Mitglieder religiös oder philosophisch abweichender Gruppierungen eher scheu, sich mitzuteilen oder zu missionieren.

Deshalb hatte es mich verblüfft und mir durchaus auch geschmeichelt, wie offen sich Cora mir gegenüber verhalten hat und wie gastfreundlich ich in dem Haus aufgenommen wurde, das ganz offensichtlich eine Kommune Anderslebender mit buddhistischen Neigungen beherbergt. Das schloss ich aus den in vielen Größen und aus vielen Materialien gefertigten herumstehenden lächelnden dicken Sitzgöttern. Viel Rot, Gelb und Orange. Oberguru ist offensichtlich der blau gewandete Victor, der Bart und Haare im Schritt zusammenflechten könnte, wenn ihm danach der Sinn stände. Um ihn herum wuselten nur Frauen und Kinder, was mich sofort an einen Harem mit angeschlossenem Kindergarten denken ließ. Allerdings kam mir Cora nicht gerade wie eine Frau vor, die sich von einem Mann was sagen lassen würde; sie wirkt sehr keck und selbstbewusst. Haremsdamen stelle ich mir unterwürfiger vor, aber was weiß ich schon davon? Ich hatte mich nur ein paar Stunden in diesem Haus aufgehalten, aber dem ersten Anschein nach schien niemand gegen seinen Willen dort zu sein. Die Räume im Untergeschoss waren hell und freundlich eingerichtet; alles wirkte sehr natürlich und fröhlich. Es wurde viel gelacht. Auch als Victor der *Einkehr* eine interessante Zukunft auspendelte. Die möglicherweise schon vor der Eröffnung mit einem Paukenschlag begonnen hat und mich gar nicht beglückt.

Ich hole tief Luft, springe auf und renne aus dem Haus zu meinem belgischen Hof auf der anderen Straßenseite. Hans-Peter ist schon wieder hinter mir. Ohne Jacke. Gudrun hat es tatsächlich geschafft, sich ein Stück Manneshülle zu erobern.

»Hein, du musst sofort kommen!«, rufe ich, nachdem ich das kleine Gatter zum hinteren Teil meines Grundstücks aufgestoßen habe. Erst sehe ich nur einen großen blauen Müllsack. Und dann Hein, der uns entgeistert anstarrt. Danach den grünen Strauch, den er in der Hand hält und der zu ausladend ist, als dass er ihn hinter sich verstecken könnte. Was er dennoch versucht.

Das ist keine Trockenblume, die er in seinem Biedermeierzimmer liebevoll ausstellen wird. Endlich begreife ich, weshalb mir in mancher Sommernacht der Geruch von verbranntem Gummi in die Nase gestiegen war. Ich hatte geglaubt, die Duftstoffe von irgendwelchen Güllezusätzen hätten sich durch die Ritzen meines leider immer noch ziemlich baufälligen Hauses gestohlen. Auf Marihuana bin ich nie gekommen.

Eine Hand krallt sich in meine Schulter.

»Das ist doch …«

»… Hein«, sage ich zu Hans-Peter und bürste seine Hand fort. »Darf ich vorstellen: mein alter Freund Hans-Peter Kellenhusen aus Berlin. Hein Mertes, mein neuer Freund aus der Eifel, der Trockenblumenmeister von der Kehr.«

Hein macht keine Anstalten, dem ihm Unbekannten die Hand zu reichen. Unter dem schneeglöckchenweißen Schopf ist sein Gesicht knallrot geworden. Am liebsten hätte ich ihm eine gepfeffert. Da geht bei mir ein belgischer Polizist ein und aus, und er erdreistet sich, an meiner Hauswand auf belgischem Gebiet eine Hanfplantage anzulegen! Wie konnte mir das nur entgehen! Jetzt rächt es sich, dass ich keinen überflüssigen Schritt tue, nicht einmal um mein eigenes Haus herum. Eine diffuse Ahnung steigt in mir auf. Droht mir etwa die Kontrolle über mein friedliches Dasein auf der Kehr zu entgleiten? Das darf und werde ich nicht zulassen; dafür habe ich zu hart für ein Leben ohne Stress gekämpft.

»Koreanischer Bergahorn«, murmelt Hein, »ein erprobtes Mittel gegen Durchfall und Schlafstörungen.«

»Das ist strafbar«, tönt der Berliner Politikbeamte.

»Wir sind hier in Belgien; Be-NE-lux«, schnauze ich ihn mit besonderer Betonung der mittleren Silbe an. »Selbst dir sollte bekannt sein, dass da andere Gesetze gelten.« Wenn ich auf Hein sauer bin, heißt das noch lange nicht, dass ein Außenstehender meinem Eifeler Freund juristische Vorhaltungen machen darf. Hier halten wir zusammen und regeln gewisse Abweichungen von der Norm untereinander.

»Mir ist bekannt, dass entgegen allgemein verbreiteter Ansicht sogar in den Niederlanden der Anbau dieser Pflanze aus gutem Grund verboten ist«, gibt er pikiert zurück. »Und der Verkauf des getrockneten Produkts ist dort ebenfalls gesetzeswidrig und wird nur geduldet. Und das auch nicht mehr lange. Weil sich nämlich die *Belgier* über ihre Drogentoten beschwert haben.«

Drogentote. Du meine Güte. Heins Spezialteemischung für seine Schwiegermutter. Die jetzt tot ist. Ich mühe mich, Ordnung in meine durcheinanderwirbelnden Gedanken, Verdächtigungen und Vermutungen zu bekommen. Nur eine Eingebung bleibt hängen: An Marihuana stirbt man normalerweise nicht.

»Hein«, sage ich leise, ohne Hans-Peter einer Erwiderung zu würdigen, »es ist etwas passiert. Im Wald. Mutter Agnes ist ...«

Hein lässt das Gewächs fallen. Hans-Peter tritt näher, beugt sich zu dem Grünzeug runter, reißt ein Blatt ab, zerreibt es zwischen den Fingern und hält es sich an die bereits gerümpfte Nase.

Tot?, formulieren Heins Lippen sprachlos. Ich mustere ihn genauer. Seine Augen sehen für das Wörtchen Wald nicht überrascht genug aus. Aber vielleicht ist das Unwahrscheinliche durch die Wahrnehmung des schon lange Erwarteten noch gar nicht richtig bei ihm angekommen.

Ich nicke. »Die Polizei ist schon da.«

»Wieso denn Polizei?«, fragt Hein stotternd. Statt zu fragen, *wo* die Polizei denn sei, sich gewissermaßen zu vergewissern, dass er eben richtig gehört hat.

»Du wusstest Bescheid«, flüstere ich. »Hast du sie etwa auf ihr Kissen im Grünen gebettet?«

»Wo ist Jupp?«

»Bei seiner Mutter. Und Marcel. Im WALD!«

»Wieso im Wald?«

Kommt ein bisschen spät.

Im Gegensatz zu Gudrun; plötzlich springt die mit dem Kind im Arm herbei und faucht: »Du und deine Kräuter!«

»Wieso ich?«, frage ich verwirrt und starre auf den Hanf schnuppernden Berliner. Sind jetzt etwa alle von Sinnen?

»Diese kahle Esotante aus Krewinkel! Die war eben im Restaurant, für dir diese verdammten Kräuter zu bringen. Stell dir vor, fast hätte sie Vinzenz entführt! Ich konnte sie gerade noch abhalten, das Kind mitzuholen!«

»Vinzenz?«

»Um Gottes willen!«

Hans-Peter vergisst seine Antidrogenkampagne, starrt Gudrun entsetzt an und scheint mit sich zu ringen, ob er ihr den Säugling entreißen oder sie aus lauter Dankbarkeit mitsamt Kind umarmen soll. Auf den Zehenspitzen wippt Gudrun förmlich auf ihn zu. Den Wunsch nach einer Umarmung, nach einer Anerkennung ihrer Heldentat erfüllt er ihr nicht. Er ist offensichtlich schlichtweg darüber entsetzt, in was für ein Umfeld er bei der unschuldigen Heimsuchung seiner Exgeliebten geraten ist. Ich kann es ihm nicht verdenken. Meine erste Begegnung mit der Eifel war kein Stück gemütlicher. Leute, nehmt die Eifelkrimis ernst! Hier geschehen tatsächlich ständig schreckliche Dinge, weiß der Teufel, woran das liegt.

»Diese Frau wohnt in einer Sekte, Katja! Wer weiß, was die mit kleinen Kindern machen! Worauf hast du dich da nur eingelassen!«

Auf Cora, die Igelfrau, die Kräuterhexe. Die sich morgens statt Kaffee wahrscheinlich das Blut von Säuglingen zuführt, die bei einem grausamen mitternächtlichen Ritual auf einem schwarzen Altar dem Satan geopfert wurden. Und das mitten in der Eifel. Sei gegrüßt, liebes Mittelalter. Ich hole tief Luft.

»Gudrun, wir haben jetzt andere Probleme. Gib dem Mann sein Kind zurück, und sag ihm, er soll sich vom Acker machen!«, sage ich, bemüht um ruhige Autorität. Schließlich muss jetzt irgendjemand für irgendeine Ordnung sorgen. Die schon wieder durch das Eindringen Fremder durcheinandergeraten ist.

»Es *ist* nicht mein Kind.«

»Das ist mir scheißegal!«, schreie ich ihn an. »Merkst du denn nicht, dass du hier nur störst?«

»Meine Frau ist verschwunden ...«

»Ja, und dein Kind oder dein Enkel wäre fast entführt worden, aber wir haben soeben eine Leiche im Wald gefunden, und die geht jetzt vor.«

»Eine Leiche ...?«, ruft Gudrun entsetzt. »Was für eine ...« Jetzt bröselt sie. Hans-Peter fängt sie und das Kind auf. Die ersehnte Umarmung. Endlich.

»Wir haben Mutter Agnes tot aufgefunden«, kläre ich Gudrun auf.

»Im Wald?«, kommt ihre Stimme, klein, ungewöhnlich zart und wohlig.

»Es war ganz furchtbar«, bestätigt Hans-Peter tröstend. Er stützt sie fürsorglich und denkt bestimmt eher an das behufte Ungeheuer als an das friedliche Totenlager der alten Frau im Farn. Zur verhinderten Entführung seines Enkels äußert er kein Wort. Klar, er will den Balg sowieso loswerden; deshalb ist er ja überhaupt bei mir aufgetaucht, der verlogene Schuft.

Ich blicke auf den Drogenbaron und das klebrige Pärchen, das mit dem Säugling ein vorzügliches Abbild der Heiligen Familie abgäbe. Zu weiteren Ausführungen verspüre ich nicht die geringste Lust. Soll Hans-Peter den beiden anderen doch alles erzählen! Ich brauche jetzt Ruhe, muss die Eindrücke der letzten Stunde verkraften, will allein sein mit meiner Trauer um Mutter Agnes, meiner Wut auf Hein und meinem Schrecken über das gewalttätige Eindringen der Vergangenheit in meine friedliche Gegenwart. Ohne weiteren Kommentar wende ich mich ab. Zwischen zwei Holzlatten des Gatters flattert ein einsames Hanfblättchen. Ich stecke es mir rasch in die Hosentasche, den großen Haufen soll Hein gefälligst sofort entsorgen. Was er nicht tut. Er rennt hinter mir her.

»Wo genau ist Jupp jetzt?«

»Räum deinen Müll weg«, sage ich ungehalten. »Später«, sagt er und hastet ohne Antwort auf seine Frage davon. So groß ist der Wald schließlich nicht.

»Warte, Katja«, ruft Hans-Peter und eilt mit Gudrun an der Hand ebenfalls herbei. »Wir müssen reden!«

»Redet miteinander«, schlage ich vor. »Ihr habt euch bestimmt noch viel zu sagen.«

Da ich befürchte, auch in meinem Haus gestört zu werden, steige ich in mein altes Auto. Ich verwerfe den Gedanken, zum Ardenner Grenzmarkt nach Losheim zu fahren, um irgendetwas einzukaufen. Ich kann jetzt keinen Rummel um mich herum gebrauchen, keine schnatternden Menschen vor den Kassen, keine Weihnachtsmusik von der Krippana gegenüber. Und ich möchte weder erstarrte Froschschenkel in der Tiefkühlabteilung sehen noch an die armen Kaffeebauern in Südamerika denken, denen es bei dem ohnehin so unfair gehandelten Produkt gleichgültig sein kann, dass deutsche Touristen für ein paar Cent Ersparnis nach Belgien reisen. Da mache ich mich lieber der ökologischen Sünde schuldig, ohne Ziel mit dem Auto durch die Hügellandschaft der Ardennenausläufer zu gondeln. Nischt als Jejend, sagt man in Berlin zu diesen gloriosen Aussichten über nicht immer sanft geschwungene bewaldete und grasbewachsene Anhöhen. Die schmale gewundene Schlaglochstraße führt an kleinen Bächen entlang, vorbei an Kuhweiden und einsam gelegenen Gehöften, die aus rein nützlichen Erwägungen erbaut wurden und sich jeglicher fotogener Optik verweigern. Wie so oft stehen die Windräder auf der belgischen Seite still, blicken vielleicht neidvoll, vielleicht mitleidig auf die deutschen Schwestern in der Nähe, deren Flügel sich so emsig drehen. Fernab zeugen scharfe Einschnitte in den Wäldern von den Stürmen, die über sie hinweggefegt sind. Hier und da ein abgeknickter Baumstamm, der sich ausnimmt wie der lang gewordene letzte schwarze Zahn im Mund eines Greises aus der Dritten Welt. Kein einziges Ausflugslokal, keine bunten Willkommensschilder, keine Tourist Information, kein Fahrradverleih, nicht einmal ein Kiosk. Nein, anbiedernd lieblich ist die Schneifel wahrlich nicht, das wäre gar nicht zu ertragen. Sie ist wild, rau, ungestüm, schroff und seit über einem Jahr meine Heimat. Weil ich hier mein Leben auf die Reihe bekommen und Freunde gefunden habe.

Viele Stunden später

»Ich finde es penetrant, wie du mich siezt!«

Marcel wischt sich die Krümel meiner im Ofen vergessenen und daher leider vertrockneten Hackbällchen aus dem unregelmäßig gestutzten Schnauzbart und kickt einen kleinen durchsichtigen Gegenstand unter den Küchentisch. Seufzend lasse ich mein Übergewicht sacken, sorgsam darauf bedacht, dem belgischen Polizisten den Anblick eines Klempnerdekolletés zu ersparen, angle den Schnuller und werfe ihn in den Müll.

Marcel schüttelt den Kopf, fischt das Teil wieder heraus und legt es mit der jetzt minzblattgarnierten Spitze auf den Tisch. »Würde ich nicht tun. Vielleicht braucht ihn dein Freund ja noch, für das Baby stillzustellen.«

»Bestimmt sogar«, sage ich, ebenso über das Eifeler *für zu* seufzend wie auch über die Tatsache, dass sich Gudrun in Heins ehemaligem Kinderzimmer jetzt nicht nur allein einquartiert hat. Wie schon so oft kann Marcel meine Gedanken lesen.

»Gönn es ihr doch.«

Was denn, der glaubt doch nicht etwa, ich sei eifersüchtig? Nur die Sorge um meine künftige Kellnerin lässt mich auf diesen dummen Spruch überhaupt eingehen: »Sie haben keine Ahnung, wovon Sie sprechen, Herr Polizeiinspektor, dieser Mann ist dazu konstruiert worden, um Frauen unglücklich zu machen.«

»Du solltest nicht immer nur von dir ausgehen.«

»Er hat mich nicht unglücklich gemacht.«

»Du hast mit ihm also das reine Glück erlebt?«

Die Wendung des Gesprächs ärgert mich.

»Ich wäre Ihnen sehr verbunden, wenn Sie auf die vertrauliche Anrede verzichten würden, Herr Polizeiinspektor.«

»Für die Verbundenheit ist mir kein Opfer zu groß, Frau Klein.«

»Außerdem finde ich es geschmacklos mit dem Säugling im Wäschekorb daneben. Ganz davon abgesehen, dass die beiden bestimmt vergessen werden, das Kind zu wickeln, und ich meine ganze Wäsche noch mal machen kann.«

»Lehr mich einer, Eure Prioritäten zu verstehen«, weicht Marcel in der Anrede auf die Eifeler Hybridbezeichnung zwischen dem förmlichen Sie und dem vertraulichen Du aus. »Findet Ihr es nicht erheblich geschmackloser, sich zu einer anderen Frau ins Bett zu legen, während die eigene vermisst wird?«

Recht hat er. Frühestens morgen werden wir wissen, ob das Blut am Bunkerstein von Gaby stammt. Die Zeitungen werden morgen auch ein Bild der Vermissten bringen. Ich habe mir das Foto genau angesehen, als Hans-Peter es den Polizisten aus Schleiden aushändigte. Zum ersten Mal blickte ich meiner einstigen Konkurrentin in die kunstvoll geschminkten saphirgrünen Augen. Auf früheren schwarz-weißen Pressefotos war ihr die Löwenmähne immer ins ebenmäßige Gesicht gefallen, weit über die Schultern herabwallende kastanienbraune Locken, wie ich heute auf Hans-Peters abgegriffenem Portemonnaiefoto feststellen konnte. Eine klassische Schönheit, die sicherlich schon Fettabsaugung erwägt, wenn das kleine Schwarze in Größe 36 auf den Hüften spannt. *Mein* kleines Schwarzes könnte auf dem Kleiderbügel als kleines Gothik-Eventzelt durchgehen. Aber genau so etwas trug ich, als mich Hans-Peter auf einem Berliner Wohltätigkeitsbasar einst angebaggert hat. Warum nur, wenn neben ihm eine solche Julia-Roberts-Göttin erstrahlte? Weil er sich einmal im Leben nicht an herausstakenden Hüftknochen blaue Flecken holen wollte? Aber ein so übergewichtiges Kontrastprogramm hält man doch nicht über vierzehn Jahre aus!

»Vielleicht hat er mich wirklich geliebt.«

Leider spreche ich den Gedanken laut aus.

Erschrocken erwarte ich von Marcel einen beißenden Hinweis auf das Foto dieser hinreißenden Societydame und fordere im vorauseilenden Rechtfertigungszwang meine Sarkasmusquelle zum Sprudeln auf.

»Das hat er bestimmt«, schockt mich die Erwiderung des belgischen Polizisten, »so wie Ihr ihn ja auch geliebt …«, er legt eine Pause ein, setzt fragend nach: »… habt? Aber möglicherweise solltet Ihr Euch eher überlegen, ob dieser Mann es wirklich wert war, Euch Eure besten Jahre zu stehlen.«

»Hat er nicht …«, setze ich an, als uns ein leichtes Klopfen am Fenster aufschreckt. Linus, der in seinem Korb im Flur geschlafen hat, beginnt, laut zu bellen, und hopst in die Küche.

Betroffen schauen wir uns an.

»Hein hat einen Schlüssel«, flüstere ich. »Außerdem bleibt er in Euskirchen, solange Jupp da vernommen wird … Oje, Gudrun hat vergessen, Jumbo zu füttern.« Ich werfe Linus ein Hackbällchen zu – als ob das ein verfressenes Pferd trösten könnte.

»Ein Diättag wird ihn schon nicht umbringen«, sagt Marcel. Er öffnet das Fenster und lässt die kalte Oktobernacht hineinwehen.

»Als ich euch da sitzen sah«, höre ich Coras fröhliche Stimme, »dachte ich, klopfste mal an und fragst, welche von diesen Kräutern du als Pflanzen einsetzen willst. Lasst ihr mich rein?«

Das Fenster reicht genau bis zu dem schwarzen Punkt auf ihrer Nasenspitze. Die zurückweicht, als mein schwarzer Höllenhund seine Pfoten aufs Fensterbrett setzt und die Zähne fletscht.

»Besser durch die Tür.«

Ich lasse die Frau im viel zu großen grauen Jogginganzug ins Haus, führe sie in die Küche, deute auf die unversorgten, zum Teil schon trostlos schlappen Kräuter auf der Anrichte und bemerke schuldbewusst: »War ein hektischer Tag heute, hatte einfach keine Zeit, mich zu kümmern.« Eilig ziehe ich eine Karaffe aus dem Weinregal und lasse Wasser hineinlaufen.

»Klar, so kurz vor einer Restauranteröffnung ...«, sagt Cora, ängstlich vor Linus zurückweichend, der die späte Besucherin auf verborgene Naschereien untersuchen möchte.

»Nee, wir haben andere Sorgen.« Viel zu viele, um sie vor einer nächtlichen Besucherin auszubreiten. »Gib dem Hund ein Hackbällchen, dann frisst er dich nicht«, sage ich und reiche ihr die Schüssel mit den Überresten. Mit der freien Hand deute ich auf den Mann am Küchentisch. »Das ist übrigens Marcel Langer.«

»Hallo, Marcel«, sagt Cora, nachdem sie Linus ein Hackbällchen zugeworfen und ihm todesmutig den dicken Nacken gestreichelt hat. Sie streckt eine lange knochige Hand aus. »Ich bin die Cora.«

Seitlich sende ich ihm einen Blick zu. *So ist sie eben.* Gesellschaftliche Normen sind ihr wohl ebenso zuwider wie jegliches Unkraut, das ihre Kräuter zu ersticken droht.

»Sie wohnen in Belgien?«, fragt der Polizist.

Sie wirft einen vorwurfsvollen Blick in meine Richtung. »Seit wann siezen mich deine Freunde?«, fragt sie mich anklagend, wendet sich dann an Marcel und bemerkt: »Ja, wir wohnen in Krewinkel, das ist immer geradeaus den Berg runter.«

»Ich weiß, wo Krewinkel liegt«, gibt Marcel leicht gequetscht zurück. »Ich stamme von da.«

»Ah, dann bist du also der Bulle, der da mal eine Kneipe hatte! Deinetwegen habe ich Katja kennengelernt! Die uns unsere Kräuter abkaufen will. Da ist ja ein

Dankeschön fällig.« Coras Strahlen kann auch Marcel nicht widerstehen. Er nimmt die dargebotene Hand und lächelt mühsam.

»Und wie habt ihr euch kennengelernt?«

Er weiß, dass ich so gut wie nie unterwegs bin.

»In Krewinkel. Vor unserem Haus. Sie wollte wissen, wo deine frühere Kneipe stand. Aber weil das vor meiner Zeit war, konnte ich ihr das natürlich nicht verraten.«

»Er ist ja auch schon sehr lange kein Gastwirt mehr, sondern damit beschäftigt, böse Menschen einzubuchten«, bemerke ich leicht verärgert, dass Marcel jetzt über meine heimlichen Nachforschungen Bescheid weiß. Nicht auszudenken, was er da hineininterpretieren könnte. Wenn ich ihn vor einer halben Ewigkeit nicht geküsst hätte, wäre mir jetzt entschieden wohler zumute.

»Nicht nur das …« Cora hebt die Augenbrauen, beugt sich vor und tippt Marcel mit dem Zeigefinger auf die Brust. »Jetzt weiß ich es wieder. Ich habe dich doch gestern erst gesehen, beim Kreisel in Sankt Vith. Da hast du den Verkehr geregelt.« Sie blickt unter den Tisch. »Übrigens hattest du da zwei verschiedenfarbige Socken an; das sah sehr lustig aus.«

Jetzt hebe ich meine Augenbrauen. Nicht etwa wegen der Socken, solche Schlampereien bin ich von ihm gewöhnt.

»Seit wann bist du denn zur Verkehrspolizei abgeschoben worden, Marcel?«

Dass ich zum Du zurückgekehrt bin, erfreut ihn sichtlich.

»Die Schulwegsicherung gehört auch zu meinen Aufgaben«, informiert er mich lächelnd. »Ich mache das übrigens gern, weil mich da jeder ansprechen kann und sich im Vorfeld schon manches Problem lösen lässt, so ganz nebenbei und unbürokratisch. Menschlicher, eben. Auf die Socken ...«, er zieht die Beine unter dem Tisch hervor und die Hosenbeine hoch. Den winzigen Hauch helleren Blaus am linken Strumpf hätte Cora vom Auto aus nicht erkennen können. Also ist er wenigstens mit sauberen Socken bei mir aufgetaucht.

»... hat mich niemand drauf angesprochen«, fährt er fort, »dafür aber ein kleines Mädchen auf häusliche Gewalt in ihrer Familie. Ich bin dann später dahin gefahren und habe mit der Mutter gesprochen und sie verwarnt.«

»Wieso die Mutter?«, fragt Cora verwundert.

»Weil die ihren Mann geschlagen hat«, antwortet Marcel. »Kommt häufiger vor, als man glauben mag. Zur Polizei wäre das Kind nicht gegangen, aber zu dem freundlichen Schulwegsicherer hat es Vertrauen gefasst.«

Während er sich mit Cora am Küchentisch über die Körperkräfte schwer arbeitender Eifelerinnen und die Vorteile der nichtrepressiven bürgernahen belgischen Polizei unterhält, stelle ich die Kräuter in die Karaffe und weiche einen Schwung Printen in Portwein ein. Wie wenig ich doch von diesem Mann weiß! Mein Leben spielt sich auf der Kehr ab, und Marcel gehört dazu, wenn er herkommt. Sein Alltag im Königreich nebenan ist mir völlig fremd. Gut, sein Büro habe ich zwangsläufig einmal aufsuchen müssen, aber ich habe immer noch keine Ahnung, wo er wohnt und wie er lebt. Das ist eigentlich viel interessanter, als zu wissen, wo seine Kneipe einst stand.

Warum hat er mich noch nie zu sich eingeladen? Warum habe ich ihn nie von mir aus aufgesucht? Wo wir doch schon seit fast anderthalb Jahren befreundet sind!

Es liegt wohl an mir. Hans-Peter kannte ich vierzehn Jahre lang, habe aber aus nachvollziehbaren Gründen seine Behausung und sein privates Umfeld ebenfalls nie kennengelernt.

Vielleicht ist es mein Schicksal, mit Leuten befreundet zu sein, die für mich nur in meinem kleinen Radius existieren. In meinem alten Leben als Moderedakteurin in Berlin hatte ich überhaupt keine Freunde. Meine knapp bemessene Freizeit musste ich ja für Hans-Peter freihalten, fand ich damals. In Wirklichkeit aber war ich wohl schlichtweg zu träge, mich um andere Menschen zu bemühen, und hatte es mir in meinem Dasein als heimliche Geliebte bequem und kulinarisch erfreulich eingerichtet. Hier in der Eifel habe ich Freunde gefunden. Die ich unter dramatischen Umständen kennengelernt habe und deren Schicksal mit meinem verwoben ist, da wir alle, bis auf Marcel, unsere Zukunft dem Erfolg der *Einkehr* verschrieben haben.

Ein wenig schäme ich mich jetzt schon für meine abfällige Bemerkung über Marcels Rolle als Verkehrspolizist. Er ist eben ein »Allroundbulle«, wie Cora gerade anerkennend bemerkt.

»Und edlen Pfeifentabak schätzt du auch«, sagt sie und deutet auf eine blaue Tabakdose, die ich zuvor noch nie auf meiner Anrichte in der Kehr, wohl aber früher in meiner Berliner Wohnung gesehen habe.

»Ich bevorzuge Zigarillos«, sagt Marcel und zündet sich einen an.

Coras Worte erinnern mich an eine weitere Hinterlassenschaft von Hans-Peter.

»Du hast Gudrun heute ganz schön erschreckt«, sage ich, »als du angeblich das Baby entführen wolltest. Was ist denn da passiert?«

Cora wird blass, und ihre Augen füllen sich mit Tränen.

»Ich habe es nur hochgehoben und geküsst«, flüstert sie heiser. »Entschuldige bitte, das war vielleicht nicht recht, aber es hat mich erinnert ..., nein«, sagt sie bestimmt und setzt sich aufrecht hin, »darüber kann ich jetzt nicht reden; das ist einfach zu schmerzlich. Vielleicht ein andermal. Jedenfalls hatte ich keinesfalls vor, das Kind zu entführen.« Ein winziges Lächeln zeigt sich in ihrem Mundwinkel, als sie den Schnuller auf dem Tisch ergreift und sorgsam das Minzblatt abwischt. »Kocht das Ding bitte aus, bevor ihr es ihm wieder in den Mund steckt«, sagt sie sachlich und fragt: »Wo ist er denn jetzt, der süße Kleine?«

»Bei seinem Vater«, sagt Marcel trocken.

»Großvater«, berichtige ich. »Und bei dessen neuester Eroberung im Bett nebenan.«

Marcel wirft mir einen strafenden Blick zu. Er hasst alles, was mit Klatsch und übler Nachrede zu tun hat. Auch wenn es sein Job ist, Letztere gelegentlich auf ihren Wahrheitsgehalt abzuklopfen.

»Ein vitaler Uraltbock?«, fragt Cora mit sichtlich bemühter Heiterkeit. Hat sie das Kind etwa an ein eigenes erinnert? Das sie aufgeben musste, als sie in die Krewinkeler Kommune zog? Das jetzt bei einem schrecklichen Vater lebt? Oder das gestorben ist? Seltsam, wie mich die Lebensgeschichten von Menschen interessieren, seitdem ich in die Eifel gezogen bin. Liegt vielleicht daran, dass die Gegend so dünn besiedelt ist. Die tausenderlei Dramen, die sich vermutlich im Umkreis meiner einstigen Berliner Wohnung abgespielt haben, hätten mich damals nicht die Bohne interessiert. Der Minimalismus macht's.

»Als Uraltbock würde ich ihn nicht gerade bezeichnen«, antworte ich, »wenn man davon absieht, dass er schon in jungen Jahren ziemlich alt und eingefahren war.«

»Du machst mich neugierig.«

»Lohnt sich nicht«, sage ich in einem Ton, der noch eine Spur abfälliger ist als der bei meiner Bemerkung über die Verkehrspolizei.

»Das ist ein ganz wunder Punkt bei unserer Katja«, wirft Marcel maliziös ein.

»Überhaupt nicht!«, fahre ich ihn an. »Alles vergessen und verjährt. Und der Mann hat mir übrigens nicht meine besten Jahre gestohlen! Die habe ich auf jeden Fall noch vor mir.«

Marcel erhebt sich und drückt den angerauchten Zigarillo in einer Untertasse aus.

»Ich muss jetzt los, Katja. Danke für das Essen. Und entschuldige bitte, dass ich heute Nachmittag so grob werden musste.«

»Rufst du an, wenn du was über Jupp oder Hans-Peters Frau erfährst?«, frage ich.

»Klar«, erwidert er müde. »Solange es nicht die Recherchen beeinträchtigt.«

Er sieht richtig abgekämpft aus, als er sich die Jacke anzieht. Fahrig steckt er den zweiten Knopf ins erste Knopfloch. Wie gebannt betrachte ich das Verschwinden des Filzschreiberflecks auf dem Hemd und schaffe es auch nicht, Marcel zu korrigieren, als er ratlos am letzten leeren Knopfloch herumfummelt und so etwas wie »Bic ausgelaufen« und »Knopfannähen« murmelt.

»Ich fahre übrigens durch Krewinkel«, sagt er zu Cora und sieht sie fragend an.

»Das trifft sich gut«, sagt die Igelfrau, »ich bin zu Fuß hergekommen. Soll ja gesund sein. Aber bergab ist schlecht für die Knie. Außerdem sollte man Polizeischutz in finsterer Eifelnacht nicht ausschlagen.« Sie steht auf und tippt Marcel wieder an die Brust. »Du hast dich verknöpft«, bemerkt sie und fragt neugierig: »Im Auto kannst du mir ja erzählen, an was für Ermittlungen du gerade arbeitest. Und was es mit Jupp und Klaus-Peters Frau auf sich hat.«

»Hans-Peter«, verbessere ich.

»Hans-Peter«, wiederholt Cora gehorsam. »Ein Freund von dir? Hat ihn seine Frau verprügelt? Soll ja bei den kräftigen Eifeler Damen vorkommen«, setzt sie mit Seitenblick auf Marcel hinzu, »oder er sie? Oder was ist da los? Gehört ihm der schicke Sportwagen vor der Tür? Hast du auch noch ein Hotel, oder warum schläft der Mann hier?«

Marcel und ich wechseln einen Blick.

»Kommt schon«, drängt die Igelfrau, »hier passiert so wenig, da dürft ihr mir eine spannende Geschichte nicht vorenthalten. Schon gar nicht, wenn sie sich quasi vor meiner Haustür abspielt.«

»Glaub mir«, sage ich, und meine Stimme klingt jetzt so müde, wie Marcel aussieht. »Du willst gar nicht wissen, was hier auf der Kehr so alles abgeht.«

»Doch!«, gibt sie zurück. »Kannst du nicht morgen mal bei uns vorbeikommen und mir alles erzählen?«

»Ich wüsste gar nicht, wo ich da anfangen sollte«, sage ich ehrlich. »Horch lieber Marcel auf der Autofahrt aus. Linus, du Miststück!«

Klirr. Ich bin zu spät. Während unseres Wortwechsels hat die Spitze der Hundeschnauze die Schüssel mit den übrig gebliebenen Hackbällchen sukzessive über den Tisch und letztendlich über dessen Rand bugsiert. Und jetzt fischt sich das Viech zwischen den sauber zerbrochenen Steingutteilen ein zweites Abendessen heraus.

Noch ein Scherbenhaufen. Ist jetzt auch egal.

Zu dritt beobachten wir das fröhlich schmatzende Tier.

»Hol's ihm nicht übel«, sagt Marcel und gerät ins Philosophieren: »Bei Hunden ist es wie bei Menschen. Was anfangs an Erziehung versäumt wurde, kann nie nachgeholt werden.«

»Ist der Ruf erst ruiniert, frisst man gänzlich ungeniert«, pflichtet ihm Cora bei.

»So isses«, sage ich trocken.

»Oje.« Cora nimmt meinen Umfang betroffen in Augenschein. »Entschuldigung. So habe ich das doch nicht gemeint. Das ist mir aber jetzt peinlich.«

»Muss es nicht sein. Stimmt ja«, sage ich, meine es und finde, dass sich das Thema damit erledigt hat. Aber Marcel muss natürlich auch noch seinen Senf dazugeben: »Ich finde, Katjas Rundungen gehören zu ihr wie ...«

»... Linus«, ergänze ich, als ihm wieder einmal nichts Kreatives einfällt.

Cora sieht mich immer noch an.

»Was für ein Grünzeug hast du dir denn da in die Hosentasche gesteckt, Minze?«

Ich blicke an mir herab und sehe tatsächlich einen Fitzel von Heins illegaler Ernte aus meiner Hosentasche herauslugen.

Meine Güte, was diese Frau alles sieht.

Ich ziehe das ganze vermaledeite Hanfblatt so heraus, das seine Form für die beiden unerkennbar ist, zerquetsche es in der Hand und nicke.

»Ich kaue tagsüber gern immer mal wieder darauf herum«, sage ich. »Das hält Atem und Gedanken frisch.«

»Du steckst voller Überraschungen«, bemerkt Marcel, »ist mir an dir noch nie aufgefallen.«

»Wie denn auch? Tagsüber arbeitest du.«

Wie gut, dass er gerade einen Zigarillo geraucht hat! Das dürfte seinen Geruchssinn ausreichend getrübt haben.

Aus Angst vor gewissen Ausdünstungen an meiner Hand folge ich dem seltsamen Paar mit Abstand vor die Tür und versuche, den Stich nicht zu spüren, der mir von irgendwoher versetzt wird, als Marcel Cora die Tür von seinem Jeep aufhält. Eine Haremsdame aus Krewinkel, denke ich, eine magere Kräuterhexe mit eisgrauem Stoppelhaar wird ihm schon nicht gefährlich werden. Kurz geht mir durch den Kopf, dass die schöne Gaby mit ihrem Kastanienwallawallahaar und ihrer 36er-Größe wohl dasselbe von mir und ihrem Hans-Peter gedacht hätte. Wenn sie denn von mir überhaupt gewusst hat, was ich arg bezweifele.

Der randvoll gesättigte Linus trottet hinter mir her und reibt seinen Kopf an meinem Bein. Irgendwie tut das gut.

Ein Zittern durchfährt meinen Körper. Es ist plötzlich sehr kalt geworden. Ich sehe meinen Atem. Und Hans-Peters Wagen, der mit offenem Verdeck immer noch vor meinem Restaurant parkt. Ein weiterer Winter auf der Schneifel steht mir bevor, und bis dahin will und muss ich mein Restaurant eröffnet haben. Von meinem kleinen Erbe kann ich schließlich nicht ewig leben.

Aber wie soll ich das schaffen, wenn mein Haushandwerker, der Lebensgefährte meines Geschäftsführers, jetzt wegen Mordverdachts festsitzt? Mein Exgeliebter meine Kellnerin wuschig macht und mit seiner Anwesenheit, seinem Enkel und seiner verschwundenen Ehefrau nervt? Es wird Zeit, dass ich mich wieder auf meine Aufgaben besinne.

Die Liebe zum Kochen ungewöhnlicher Gerichte, mein ursprünglicher Grund, ins Gastronomiegewerbe einzusteigen, erscheint mir jetzt nach dem Antrag auf eine Gaststättenkonzession ein lächerlicher Grund für die Eröffnung eines Restaurants zu sein.

Die Behörden interessiert nicht, ob man gut oder interessant kochen kann. Die bestehen auf Mindestdeckenhöhen, Toilettenanlagen und Brandschutzbestimmungen, von denen mir eine abenteuerlicher als die nächste erscheint. Hein hatte mir als mein Teilhaber eigentlich die ganze Bürokratie abnehmen wollen, zumal er über die erforderliche IHK-Bescheinigung verfügt, die ihm *Kenntnisse der Grundzüge des Lebensmittelrechts* bescheinigt. Dass ich *Unerfahrene, Leichtsinnige oder Willensschwache ausbeuten werde, dem Missbrauch geistiger Getränke, dem Glücksspiel oder der Unsittlichkeit Vorschub leisten werde*, wie es in der Vorschrift so schön heißt, ist bei mir sicherlich nicht zu erwarten. *Dem Trunke erlegen* bin ich ebenfalls nicht, auch wenn ich einen guten Schluck Whisky durchaus schätze, wie ein gewisser belgischer Polizist bestätigen könnte. Aber der ist für mein Restaurant auf bundesdeutschem, nordrhein-westfälischen Gebiet ja auch nicht zuständig. Der hat gerade eine etwas aufdringliche neue Bekannte in Krewinkel abgesetzt. Hoffentlich.

Polizeiliche Führungszeugnisse und eine Unbedenklichkeitsbescheinigung des Finanzamtes liegen jedenfalls schon lange vor, kehre ich in Gedanken wieder zu meinem Restaurant zurück.

»Der Umgang mit Beamtenegos ist meine Spezialität«, hatte Hein anfangs getönt, aber als uns eine neue Auflage nach der nächsten ins Haus flatterte, wurde er immer kleinlauter. Und jetzt hat er andere Sorgen. Ich ahne schon, dass die Restauranteröffnung abermals verschoben werden muss.

In der Küche lasse ich alles stehen und liegen, soll Gudrun doch aufräumen, wenn sie ihrem neuen Lover das Frühstück bereitet. Ich greife nach meiner Handtasche, knipse das Licht erst aus, dann wieder an und werfe die Haustür ins Schloss. Abschließen ist unnötig. Auf der Kehr wird man nicht ausgeraubt. Nur gelegentlich ermordet.

Linus fiept. Er will mich zu einem Spaziergang zwingen. Aber mir reicht jetzt der kurze Weg über die Bundesstraße zu meinem heruntergekommenen Hof auf belgischer Seite. Doch der elende Hund will nicht über die Bundesstraße. Er springt Richtung Wald. Der letzte Ort, den ich heute noch mal aufsuchen möchte.

»Komm sofort zurück«, brülle ich das Tier an. Erstaunlicherweise gehorcht es und lässt sich das Halsband anlegen, ohne das ich nie mit ihm über die Straße gehen würde. Zum zweiten Mal öffne ich das Gatter neben meinem Haus. »Ab in den Garten, Dicker«, fordere ich den Hund auf. »Und schlag nur an, wenn du da irgendwo eine Mopsfledermausforscherin tot oder lebendig herumliegen siehst.«

Da erst fällt mir ein, dass in diesem Garten noch etwas herumliegt, für das mich mein Polizistenfreund mit Fug und Recht wieder einbuchten könnte.

Ich fummele nach der Taschenlampe in meiner Handtasche und beleuchte die Stelle neben meiner Hauswand, wo Hein Müllsack und Drogenpflanze hat fallen lassen. Beides ist weg. Ich stoße die Tür zum angelehnten Schuppen auf. Dort hängen nur ein paar Bündel uninteressanter Trockenblumen. Deren Duftstoffe überlagern allerdings nicht den unverwechselbar penetranten Geruch, der holländische Coffeeshops auszeichnet und der durch die Ritzen in mein Haus gezogen ist. Wie unbegreiflich, dass ich ihn nicht schon vorher identifiziert habe! Offenbar bin ich nicht fähig, durchaus bekannte Sinneseindrücke da zuordnen zu können, wo ich sie überhaupt nicht erwarte.

Was für ein Tag!

Aber meine Augen haben mich heute Nachmittag nicht getrübt. Es ist auch kein Sturm aufgekommen, der Pflanze und Müllsack in eine entferntere Eifeler Pampa hätte wehen können. Zumal Hein bestimmt nicht nur ein einziges Pflänzchen in meinem Schuppen getrocknet hat; darauf weisen leere Haken und der starke Geruch jedenfalls hin. Wer also hat das Zeug entfernt? Hein bestimmt nicht; der ist sofort nach der Nachricht von Mutter Agnes' Tod zu Jupp in den Wald gestürzt und danach gleich mit ihm und der Polizei zur Vernehmung nach Euskirchen gefahren. Kommen also nur Gudrun und Hans-Peter in Betracht.

Ein Bild steigt in mir auf: Lasziv liegen beide auf Heins ehemaligem Kinderzimmerbett, ziehen sich einen Joint rein und blasen dem im Wäschekorb neben ihnen plärrenden Baby zur Beruhigung THC-geschwängerten Rauch ins Gesicht. Nein, so etwas traue ich nicht einmal Hans-Peter zu.

Wer also hat das Gras geklaut?

Mein Interesse an dieser Frage verblasst, als ich am nächsten Morgen Marcels Stimme am Handy höre.

»Die Euskirchener Kollegen sind schon unterwegs zu dir. Sorg dafür, dass dein Freund auch da ist.«

Ich wische mir die Nacht aus den Augen, setze mich auf und frage verschlafen: »Welcher Freund?«

»So viele hast du nun wirklich nicht! Der Berliner natürlich. Ist er noch da?«

»Weiß nicht, war noch nicht drüben.«

»Dann spute dich und halt ihn fest.«

»Ich denk nicht dran; die Zeiten sind vorbei.«

»Katja, der Mann ist des Mordes verdächtig!«

»Was?!« Jetzt bin ich hellwach.

»Das Blut an dem Bunkerstein stammt tatsächlich von seiner Frau. Nicht ausgeschlossen, dass er sie umgebracht hat, bevor er so ganz zufällig mit dem unschuldigen kleinen Kind bei dir aufgekreuzt ist.«

Ich kann überhaupt nichts sagen. Stehe unter Schock.

»Mein Gott, Katja!« Marcels Stimme klingt sehr verärgert. »Warum muss es bei dir gleich immer so gewalttätig zugehen?«

Klar, schuldig bin immer ich.

Drittes Gericht

Advokatenschmaus
Geräucherte Bachforelle auf Avocadopüree mit Limettensaft beträufelt und Curry-Puderzucker bestreut,
begleitet von kleinen Mirabellenklößen

Ohne mich mit Waschen oder anderen morgendlichen Ritualen aufzuhalten, schlüpfe ich rasch in die Klamotten vom Vortag, packe Hund und Handtasche und schlage meine Haustür zu. Ausnahmsweise schließe ich ab. Keiner soll ohne mein Wissen aus meinem Haus etwas *wegholen* oder gar etwas hineinschmuggeln, das mich ärgern oder im günstigsten Fall in Erklärungsnot bringen könnte, wie zum Beispiel einen blauen Müllsack voll getrockneten stinkenden Hanfs. Sogar in meine Träume hat mich das Rätselraten um die verschwundene verbotene Substanz verfolgt. Seltsam, dass sich diese Angelegenheit stärker in mein Unterbewusstsein eingegraben hat als viele der wesentlich bedeutenderen Ereignisse des Vortages.

Nasse Kälte schlägt mir entgegen. Ein grauer Nieselvorhang schneidet den ansonsten so grandiosen Weitblick auf die belgischen Ardennenausläufer ab, was meine Laune nicht gerade hebt. Ich lege dem Hund mit dem hungrigen Blick das Halsband an, erkläre ihm, dass er sich gefälligst zu gedulden habe; ich hätte schließlich auch noch nichts zu mir genommen, und Jumbo habe gestern gar den ganzen Tag gehungert.

Dann eile ich über die Straße nach Deutschland.

Noch bevor ich die Tür zu meinem künftigen Restaurant aufstoße, beleidigen Scheppern, lautes Stimmengewirr, Babygeschrei und Radiomusik meine noch nicht recht erwachten Ohren. So ungefähr wird es sich wohl auch anhören, wenn mein Laden endlich brummt. Würde ich mein Restaurant in der Großstadt eröffnen, müsste ich mich sicherlich auch noch mit den Lärmschutzbestimmungen herumschlagen. Dieser Gedanke tröstet mich ebenso wenig wie der Anblick, den mir meine Küche bietet, in der sich viereinhalb Menschen breiter gemacht haben, als sie eigentlich sind. Jeder scheint auf jeden einzureden und keiner es für nötig zu befinden, schmutziges Geschirr und Essensreste wegzuräumen, die Drecksspuren auf dem Küchenboden zu entfernen oder dem schreienden Baby einen Schnuller in den Mund zu stecken. Stinkender Qualm verpestet die Luft. Ein Qualm, dessen Namen ich kenne, der vor Jahren durch die Ritzen meines Kleiderschranks gezogen und einer völlig legalen Droge zu verdanken ist. *Early Morning Pipe* von Dunhill, Hans-Peters Lieblingstabak.

Mit dem Hund an meiner Seite verdunkele ich den Zugang und bringe hustend hervor: »Was ist denn hier los?«

Hein drückt auf den Radioknopf. Sofort setzt Stille ein. Sogar das Kind hält die Klappe. Ich höre nur noch, wie Hans-Peter an seiner Pfeife zieht. Etwas besänftigt, dass mir in meinen beruflichen vier Wänden wenigstens ein Rest von Autorität geblieben ist, schaue ich fragend in die Runde. Mein Blick bleibt an Jupp hängen, der rücklings auf einem kleinen Küchenstuhl sitzt und die Lehne mit beiden Armen umklammert. So, als fiele das ganze Möbel auseinander, ließe er es los. Was es angesichts seiner Körpermasse vielleicht auch täte. Mein Gewicht habe ich diesem Stuhl, der mir nur als Ablage dient, noch nie anvertraut.

»Gut, dass du wieder da bist«, sage ich. »Was ist in Euskirchen passiert?«

Hein blickt von seinem Laptop auf, den er einfach zwischen die dreckigen Teller und Schüsseln auf den Küchentisch geschoben hat.

»Sie haben ihm abgeholt, dass sich seine Mutter selbst das Leben geholt hat«, erwidert er an Jupps Stelle und tippt weiter.

Nach kurzzeitiger Verwirrung habe ich mir den Eifeler Satz übersetzt. Mutter Agnes hat sich durch Freitod das Leben *geholt*. Welch eine Weltanschauung doch diese Mundart entlarvt! Und was für metaphysische Offenbarungen tun sich in diesem Landstrich auf, in dem Holen seliger denn Nehmen ist! Was für ein Leben hat sich Jupps Mutter geholt? Wie? Und wo steckt sie jetzt?

»Sie ist jetzt frei«, flüstert Jupp, als könnte er Gedanken lesen. »Sie hat sich da hingebracht, wo sie schon lange hinwollte. Aber sie fehlt mir so!«

Ich vermeine, leichtes Knacken zu hören, als der große breite Mann die Stuhllehne noch fester umarmt. Seine zerbrechliche Mutter hätte er nie so fest drücken dürfen.

»Ein Verstoß gegen das Arzneimittelgesetz ist es dennoch gewesen«, erklärt Hans-Peter, der noch keine Ahnung hat, dass er sich eines möglicherweise gar nicht unähnlichen Verstoßes wegen in wenigen Minuten in polizeilicher Begleitung auf die gleiche Reise wie Jupp gestern begeben wird. Ich glaube keine Sekunde daran, dass er seine Frau wirklich umgebracht und weggeschafft oder unter Eifeler Erde gebracht hat. Auch wenn Marcel das gern gesehen hätte. Als ich vorhin am Telefon bei ihm nämlich nachhakte, wieso eine Genanalyse denn so schnell vorliegen könne, musste er zugeben, dass bisher nur die Blutgruppe übereinstimme und man am Tatort die gleichen »rot gefärbten Haare wie auf einem Bigoudi im Hotelzimmer« gefunden habe, einem Lockenwickler, übersetzt mir der Belgier. Dafür könnte es sicher auch weniger dramatische Erklärungen geben. Für einen Mord ist Hans-Peter viel zu ängstlich und unpraktisch veranlagt.

Vielleicht hat sich Gaby von Krump-Kellenhusen, die mopsfledermausforschende Himalajastürmerin, bei der Besichtigung des Bunkers leicht verletzt, dies aber angesichts eines vermeintlich ausgestorbenen Exemplars ignoriert, das Tier voll wissenschaftlichen Eifers verfolgt und bis ins nahe Hohe Venn gejagt. Sich da an der Stille der Moorlandschaft gefreut und einfach keine Lust gehabt, zu großmäuligem Mann und lästigem Enkel zurückzukehren. Vielleicht sitzt sie gerade in einem der abgelegenen belgischen Gasthöfe, schaufelt Waffeln oder Pommes in sich hinein und freut sich diebisch, dem Gemahl die Urlaubsstimmung verdorben zu haben. So wie dieser mit seinen ungebetenen juristischen Belehrungen jetzt Jupp die Trauerstimmung nimmt.

»Der Nachweis, dass die bettlägerige demente alte Frau Medikamente selbst gehortet und sich ohne Hilfe zugeführt hat, dürfte schwer zu erbringen sein.«

Nach diesem Satz verwerfe ich den Gedanken, meinen Informationsvorsprung aufzugeben und Hans-Peter auf das Herannahen der Staatsgewalt vorzubereiten.

Wie doch drei Semester Jura und jahrzehntelange Berliner Politik einen Menschen deformieren können! Aber wenn ich es recht bedenke, war Herzlosigkeit schon seit jeher Hans-Peters Spezialität. Das wird Gudrun, die ihn nach der gemeinsamen Nacht – ich hatte nie eine ganze Nacht mit ihm verbracht! – noch verzückter anhimmelt, auch noch zu spüren bekommen.

»Meine Mutter hat keine Medikamente gehortet oder eingeholt«, murmelt Jupp, »und ich habe ihr nichts zugeführt. Sie nur genau dahin gebracht, wo sie hinwollte. Sie war so klar. Wie früher. Hat sogar ihr altes Gebiss wieder eingesetzt. Ich dachte, die frische Luft wird ihr guttun; vielleicht wird sie da sogar wieder gesund. Oder …« Er bricht ab und beginnt zu weinen.

Ich gehe zu ihm und schlinge von hinten meine Arme um ihn. Auch ich muss weinen.

»Warum auf dem Pferd in den Wald?«, flüstere ich ihm schluchzend ins Ohr. »Das muss doch furchtbar anstrengend für sie gewesen sein. Und für dich.«

»Sie hatte ein Ziel«, erwidert Jupp laut. »Und das hat sie ganz fröhlich gemacht, fast so, als könnte sie wieder gesund werden. Ihr kennt sie doch in ihrem Bett in der Dachstube. Aber sie war gestern früh völlig anders, ganz da und irgendwie voller Vorfreude. Auf eine ganz bestimmte Stelle im Wald, nahe dem Bunker. Da konnte ich doch nicht Nein sagen. Sie konnte nicht mehr so gut sehen, und es war gar nicht leicht, genau den richtigen Platz zu finden, für sie hinzulegen.« In seltsamem Singsang fährt er fort: »Nein, nicht hier, mehr links, da hinten, das sieht so aus, nein, da auch nicht, habe mich geirrt, sie sind doch noch da, ich muss dahin, wir reiten weiter, mehr nach dort …« Seine Stimme wird wieder normal: »Und dann plötzlich sagt sie: Ja, das ist richtig, da sind sie, ich sehe sie, wie schön sie aussehen, halt an. Bind Jumbo hier fest, und trag mich da drüben hin, da unter den Baum. Ich habe ihr dann alles so gemacht, wie sie wollte.«

»Sie?«, frage ich. »Wen meinte sie damit? Wen hat sie gesehen?«

»Elfen«, versetzt Hans-Peter, »meine Tochter hat die früher auch immer im Wald gesehen. Alte Leute werden wieder zu Kindern, das erlebt man doch oft genug.«

»Meine Mutter war kein Kind. Und sie glaubte an keine Elfen. Nur an Gott, den Allmächtigen und sonst an niemanden«, gibt Jupp unter Tränen schroff zurück.

»Und doch haben Sie ihr das Bett gemacht, weil Sie wussten, dass sie dort sterben würde«, sagt Hans-Peter.

Jupp blickt zu Boden.

»Ich wusste es nicht«, flüstert er, »das habe ich der Polizei auch gesagt. Aber ich habe schon geglaubt, dass sie dahin wollte für zu sterben. Das war doch ihr Recht. Nach so vielen Jahren ohne richtiges Leben. Endlich hat sie gesagt, was sie will. Wohin sie will. Da konnte ich ihr doch keinen Streit machen.«

»Du meinst, dass sie einfach durch ihren *Willen* gestorben ist?«, frage ich ungläubig.

Jupp lässt die Stuhllehne los und hebt die Hände.

»Ja«, sagt er tonlos.

Gudrun tritt auf ihn zu, kniet vor ihm nieder und reicht mit einer seltsam archaisch anmutenden Geste nach einer seiner riesigen Pranken und küsst sie.

»Die Ahnen«, flüstert sie. »Sie hat die Ahnen gesehen, unser aller Ahnen. Sie wusste, wo sie sind. Das war ihr Ziel. Das wird es sein.«

Ich blicke zu Hans-Peter, der an seiner Pfeife zieht und immerhin sensibel genug ist, jetzt nicht die juristischen Rechte längst Verstorbener zu bemühen.

Auch Hein stehen Tränen in den Augen. »Sie hat sich ihr Sterben selbst ausgesucht«, sagt er, »das ist doch eine Gnade, nicht?« Er holt tief Luft, ehe er Jupps Worte wiederholt: »Eine ganz besondere Stelle … Was da wohl war?« Er greift nach der Hand von Jupp, die Gudrun nicht hält. »Vielleicht eine Erinnerung?«, flüstert er. »Ein Ort, an dem sie mal ganz besonders glücklich war, wo das Wichtigste in ihrem Leben passiert ist?«

Weil sie mit ihrem Mann da Jupp gezeugt hat, übersetze ich seine Gedanken für mich. Welch eine romantische Vorstellung! Hein liebt Jupp, ihm liegt der Gedanke nahe, dass sich alles im Leben von Mutter Agnes um ihren Sohn gedreht haben musste.

Ich kann nicht beurteilen, ob das so war. Ich bin keine Mutter, kann mich also in eine solche – wie mir Mütter gern versichern – nicht mal ansatzweise hineinversetzen. Aber ich frage mich, ob ein Mensch, der ein langes Leben hinter sich hat, in dem es eigene Eltern und deren Tod, einen Ehemann und dessen Tod, Krieg, bittere Not in der Nachkriegszeit, einen Westwall, Besatzer, Kriegsheimkehrer, Überlebenskämpfe in mannigfaltiger Form, einen verschuldeten und verlorenen Hof, zerbrochene Freundschaften, Nachbarschaftsfehden und *auch* ein Kind gegeben hat, am Ende ausschließlich an den Ort denkt, an dem dieses Kind gezeugt wurde? Und deshalb durch die Kraft ihres Willens dort das Zeitliche segnet?

Aber ist das jetzt nicht eigentlich ganz egal? Ist es nicht wunderschön, dass wir vier – Jupp, Hein, Gudrun und ich, die das Schicksal vor einem Jahr auf so seltsame Weise zusammengewürfelt hat – jetzt, in der Trauer und der Verwunderung über Mutter Agnes' Tod, wieder so nah beieinander sein dürfen? Indem wir mit Jupp weinen, ihn halten und seiner Mutter gedenken?

Dabei begegne ich dem Taktilen, dem Haptischen, ansonsten eher misstrauisch; ich mag keine Begrüßungsküsschen, verabscheue Antatschereien und stelle meinen Leibespanzer gern jeglichen körperlichen Annäherungsversuchen entgegen. Aber hier geschieht etwas, das Körperlichkeit übersteigt und für das ich keine Begriffe habe. Durch Jupp sind wir jetzt alle miteinander enger verbunden denn je. Wir sind Verbündete. Wir sind im wahren Sinn des Wortes zusammengerückt und stützen einander. Es fehlt nur …

»… Marcel«, spricht Gudrun meinen Gedanken laut aus. »Er sollte jetzt auch hier sein.«

Jupp räuspert sich und hebt einen Fuß leicht an. »Er könnte ein Bein von mir holen«, sagt er. Und da erst merken wir, dass wir den mächtigen Mann im Mittelpunkt mit unserer Nähe reichlich bedrücken, und lassen ihn alle gleichzeitig los.

»Ich bitte um Entschuldigung«, meldet sich Hans-Peter zu Wort. Einen Moment lang nehme ich die Floskel ernst, denke, er hat begriffen, was soeben geschehen ist, dass er hier stört und schnell verschwinden und uns mit unserer Trauer und unserer Viersamkeit gefälligst allein lassen sollte.

»Kein Mensch stirbt allein durch seinen eigenen Willen«, erklärt er, und das reizt mich, ihm das nahe stehende Glas mit Coras Kräutern auf dem Kopf zu zerschmettern. Vielleicht nicht nur der abfällige Unterton in seiner Stimme, sondern auch die plötzlich wieder einsetzende Wahrnehmung des Chaos in meiner Küche. Als wäre ich nach einem behaglich warmen Bad unvermittelt einer Eiseskälte ausgesetzt worden. Als wäre das, was vor meinen Augen sichtbar ist, wichtiger als das, was ich spüre, ersehne und mir Frieden bringt.

»Natürlich ist Ihre Mutter an einer Überdosis von irgendwelchen Medikamenten ums Leben gekommen«, fährt Hans-Peter erbarmungslos fort, »ich habe doch gesehen, wie erschrocken Sie zusammengefahren sind, als dieser verlotterte belgische Polizist die Obduktion der alten Frau erwähnte. Da ging Ihnen der Arsch auf Grundeis, das können Sie nicht bestreiten.«

Wir brauchen Zeit, um uns von allen Teilen dieser Bemerkung zu erholen. Coras Kräuterglas ist viel zu harmlos. Ich peile den Feuerlöscher an der Wand an. Hein kommt als Erster zu sich.

»Die Obduktion wird die Wahrheit ans Licht bringen«, sagt er sachlich und setzt sich wieder an den Küchentisch. Jupp hat die Umklammerung der Stuhllehne wieder aufgenommen und zerbricht mit seinen Fingern einen der vertikalen Holzstreben.

Ich nehme wieder meinen Platz im Türrahmen ein. Wo bleibt die Euskirchener Polizei? Ich darf das Läuten der Kuhglocke vor dem Eingang keinesfalls verpassen. Und es wird Zeit, Hans-Peter mitzuteilen, dass er hier nichts zu suchen hat.

»Wie bist du eigentlich auf die abenteuerliche Idee gekommen, ungebeten hier zu übernachten, in *meinem* Restaurant?«, setze ich an und kann gerade noch verhindern, mit *meiner* Kellnerin auszuspucken.

»Gar nicht abenteuerlich, nur vernünftig«, erwidert er. »Schließlich werde ich hier bestimmt am ehesten was über Gaby erfahren.«

Er vermeidet es, Gudrun anzusehen. Die füttert endlich Linus und brabbelt laut in Babysprache auf das Tier ein. So, als könne die Kommunikation mit dem Hund sie daran hindern, Unerquickliches aus Hans-Peters Mund zu vernehmen.

»Hör mal, Herr Kellenhusen«, sage ich grob, »wir können dir hier nicht helfen. Und bei neuen Nachrichten wird man dich im Hotel wohl eher suchen. Also solltest du dich schleunigst dorthin begeben.«

»Erstens ist da die Rezeption nicht immer besetzt, nachts schon gar nicht; da gibt es nicht mal einen Zimmerservice, zweitens haben die meine Handynummer, und drittens ist Vinzenz hier besser versorgt.«

Viele Argumente sind immer schlechter als ein einziges Starkes, hat mich Hans-Peter einst belehrt. Wie er überhaupt gern Lektionen erteilte: bei der Lüge so nah wie möglich an der Wahrheit bleiben, ungefragt keine Erklärungen abliefern und möglichen Peinlichkeiten vorausschauend mit einem Ablenkungsmanöver begegnen. Letzteres fällt ihm wohl gerade ein. Er tritt an Hein heran, der sich wieder über seinen Laptop gebeugt hat und so tut, als ginge ihn in diesem Raum gar nichts mehr an.

»Ich müsste dringend meine E-Mails ansehen. Ich darf doch?« Er lächelt verbindlich.

»Nein«, sagt Hein, ebenfalls lächelnd. »Im Fall eines Missbrauchs durch unbefugte Dritte haftet der Eigentümer des Rechners.« Er klappt den Laptop zu und sieht den Berliner Beinahejuristen so triumphierend an, dass ich ihm einen Dämpfer verpasse.

In dieser verwahrlosten Küche sollte sich derzeit keiner der Verursacher als Sieger sehen. Außerdem muss ich wissen, was aus dem Hanf geworden ist. Nicht, dass mir wieder jemand etwas anhängt. Habe ich mir diese Nähe von soeben nur eingebildet? Weil ich in der Tiefe meiner Seele doch nach Menschenwärme suche? Werde ich jetzt etwa alt und sentimental? Sitzen hier wirklich meine Freunde?

»Deine Trockenblumen sind verschwunden«, sage ich gedehnt. »Wann hast du die denn weggeschafft? Und wohin?«

»O Gott, die habe ich ganz vergessen«, stottert er. »Wieso sind die weg?«

»Wie kann man jetzt nur an Trockenblumen denken!«, ruft Gudrun entnervt. Sie hat offenbar nicht erkannt, was für Gewächse Hein getrocknet hat, und Hans-Peter hat ihr nichts verraten. Die beiden haben das Zeug also nicht weggeschafft.

»Das möchte ich auch gern wissen«, sage ich zu Hein. »Wer weiß davon?«

»Trockenblumen?«, flüstert Jupp ratlos. Er, der Freund bunter staubfangender Gestecke, der Einzige, der sich nach dem Moment des mir so kostbar erscheinenden Einklangs nicht von der Stelle gerührt hat, sieht uns an, als hätten wir den Verstand verloren. Hein schüttelt kaum merklich den Kopf und sendet mir einen flehenden Blick zu. Das erklärt zumindest, weshalb er das verbotene Gewächs weder in seinem Losheimer Gärtchen angepflanzt noch in dem Stall, den sich Jumbo mit seinem Cabrio teilt, getrocknet hat. Sein Liebster hat keine Ahnung. Aber wann raucht er das Zeug denn? Handelt er etwa damit? Ist das seine neue Nebeneinnahmequelle, nachdem er als Eventmanager für die Kölner Schwulenwelt das Handtuch geworfen hat? Immer wenn ich denke, jetzt endlich in aller Ruhe das Eifeler Leben genießen und meine Restaurantvorbereitung auskosten zu können, verdüstern dunkle Geheimnisse meiner Freunde alle Aussichten, und vor mir tun sich Abgründe auf.

Wenn hier jeder wieder so mir nichts, dir nichts zur Tagesordnung übergeht, mache ich eben mit. Ich hänge die Chefin raus.

»Was ist mit Jumbo?«, frage ich streng. »Der kann nicht ewig hierbleiben.«

Jupps gestrige Bitte, das Pferd in seinen Stall zurückzubringen, hatten die Polizisten abgelehnt; vielleicht befürchteten sie, dem gewaltigen Tier könnten auch noch Flügel wachsen, mit denen es den des Muttermords Verdächtigen über alle Eifeler Berge tragen würde. Also haben wir das Tier kurzerhand in den leeren Kuhstall des alten Merteshofs gestellt. »Muss er nicht endlich gefüttert werden? In unserem Schuppen gibt es nicht mal mehr einen Strohhalm, an dem er kauen könnte.«

»Pferde fressen Heu«, belehrt mich Gudrun, »und altes Brot.« Sie sammelt verschmierte und angebissene Brotreste vom Tisch und stopft sie zusammen mit meinem letzten, zwar ziemlich ausgetrockneten, aber intakten Brotlaib und ein paar Möhren in eine Plastiktüte und reicht sie Hein.

Mir knurrt der Magen. Ich hätte jetzt gern auf eine Scheibe in Milch eingeweichtes und geröstetes Brot ein goldbraun gebratenes hauchdünnes Omelette gelegt und es mit süßer Ingwerpaste und geraspeltem uralten Gouda gekrönt. Aus einer gewissen Pietät heraus sage ich nichts – die Kreatur, die Mutter Agnes zu ihrem Sterbelager im Wald gebracht und danach einen Tag lang gefastet hat, verdient jeden Krümel, den meine Küche hergibt.

Meine Küche, oje. Selbst im aufgeräumten Zustand wird mir das Gewerbeaufsichtsamt nach nur einem Blick auf die Einrichtung das erste Gebot der Lebensmittelhygieneverordnung unter die Nase reiben: *Alle Bau- und Anlagenteile müssen so beschaffen sein, dass eine Verschmutzung und insbesondere das Wachstum von Mikroorganismen vermieden werden.* Mein Einwand, der Anblick eines hundertjährigen alten Küchenschranks beflügele meine Kreativität weitaus mehr als eine weiß gekachelte Zelle, würde ebenso auf Unverständnis stoßen wie meine Versicherung, Kuchenteig lasse sich auf einem alten Holztisch viel angenehmer auswalzen als auf einer kalten Edelstahlfläche. Meine Küche soll kein Hightechzentrum für Molekularexperimente werden, keine Produktionshalle, um hungrige Touristen abzufertigen, sondern als Herzstück meines kleinen Unternehmens eine gewisse Behaglichkeit ausstrahlen. Das schließt eine praktische Einrichtung und Reinlichkeit doch nicht aus! Vielleicht findet sich ja irgendwo ein Paragraf, der winzigen Landhausküchen außergewöhnliches Flair zugesteht. Was nicht bedeutet, dass meine Mitarbeiter sie so verwüsten dürfen, wie sie es heute Morgen getan haben.

Hein und Jupp erheben sich.

»Dann bringen wir Jumbo mal zurück nach Losheim«, seufzt Jupp. »Wird gar nicht so einfach werden.«

»Wieso?«, frage ich. »Ihr könnt doch beide drauf sitzen.«

»Was noch lange nicht heißt, dass er sich dann auch von der Stelle rührt«, erläutert Hein. »Vernachlässigung straft er mit Missachtung und Ungehorsam.«

»Das möchte ich mir ansehen«, sage ich und folge den beiden in den Flur.

In diesem Augenblick höre ich einen Wagen in den Hof einfahren. Das wurde aber auch Zeit!

»Wir bekommen Besuch«, rufe ich in die Küche hinein. »Am besten, ihr kommt mal her!«

In meine Küche kann ich jetzt keinen Vertreter der Obrigkeit hineinlassen; wer weiß, wie die Polizei mit den für Gaststätten zuständigen Behörden vernetzt ist. *Die dicke Berliner Schlampe darf da unmöglich einen Gastronomiebetrieb einrichten!* Ich schüttele mich.

Von Marcel weiß ich, dass in Belgien zumindest die Behörden vorzüglich aufeinander eingespielt sind. Was man von der Regierung dieses sympathischen kleinen Nachbarn, meines neuen Heimatlandes, nicht sagen kann. In Deutschland gibt es ungemütliche Koalitionskrisen, in Belgien jagt eine Regierungskrise die nächste, und gelegentlich schmeißen alle die Brocken hin, und es gibt überhaupt keine Regierung. Dafür aber schöne Gedankenspiele über den Ausbau der Autonomie der Deutschsprachigen Gemeinschaft, der sogenannten DG, der ich jetzt auch angehöre und die im Streit zwischen Flamen und Wallonen schon mal den Vermittler spielt. Offiziell gehört die DG zur Wallonie, doch so richtig grün sind die französisch Sprechenden den Deutschsprachlern gegenüber nicht. Auch ein Grund, weshalb unter den circa siebzigtausend DGlern jetzt eine Diskussion entbrannt ist, ob man sich im Fall des Zusammenbruchs ihres Königreichs Luxemburg oder Deutschland anschließen sollte. Oder gleich einen selbstständigen Staat ausruft. Ein kleines Monaco an der NRW-Grenze schafft, mit Spielcasinos, Bankentürmen und billigen Tankstellen. Eine weitere Formel-1-Rennstrecke ließe sich in dieser dünn besiedelten bergigen Region mühelos einrichten, die Funktion des Jachthafens könnte eine exklusive Golfanlage mit angeschlossener Wellnessmetropole übernehmen. Die atemberaubende Landschaft zwischen Sankt Vith und der Luxemburger Grenze böte einer Disney World riesigen Ausmaßes Platz, und Parkplätze gäbe es zuhauf. Spätestens dann würden auch die vielen schadhaften Straßen, hier verschämt als »route degradée« gekennzeichnet, repariert werden.

Die gleichen Beamten wie am Vortag entsteigen ihrem Dienstwagen. Freundlich, aber bestimmt erklären sie Hans-Peter auf der Treppenstufe der *Einkehr*, seine Frau hätten sie nicht gefunden, aber neue Erkenntnisse machten jetzt eine ausführlichere Vernehmung in Euskirchen erforderlich.

Er ist sichtlich erschrocken. Vernehmung, denke ich überrascht, nicht Verholung; gehört Euskirchen noch zur Eifel?

»Ich habe Ihnen doch bereits alles gesagt, was ich weiß«, wehrt Hans-Peter die Aufforderung zum Mitgehen ab, ohne nach den neuen Erkenntnissen zu fragen. Finde ich ziemlich verdächtig.

Mit den nächsten Worten ordnet der freundliche Polizist das Städtchen Euskirchen wieder der Eifel zu: »Holen Sie auf jeden Fall mit, was Sie für eine Nacht brauchen. Wir können noch nicht sagen, wie lange es dauert.«

»Für eine Nacht?! Ich wohne im Burghaus Kronenburg und habe nur hier, was ich am Leib trage. Ich kann Ihnen nicht mal meinen Personalausweis vorlegen.«

»Soll ich mitkommen?«, meldet sich Gudrun plötzlich.

Für zu übersetzen?, will ich fragen, platze dann aber doch mit dem Satz heraus, den ich mir bisher mühsam verkniffen habe: »Das Blut am Bunker stammt von deiner Frau!«

»Was?«

Abrupt wendet sich der Polizist mir zu und hebt die Augenbrauen: »Woher wissen Sie das?«

»Nur eine naheliegende Vermutung«, stottere ich. In berufliche Schwierigkeiten will ich Marcel wirklich nicht bringen.

»Soll ich mitkommen?«

Hans-Peter greift nach Gudruns langen mageren Händen und drückt sie sanft. »Ich wäre Ihnen sehr dankbar, wenn Sie sich hier um Vinzenz kümmern würden. Er hat ja sonst niemanden.«

Typisch, mich hat er in der Öffentlichkeit früher auch gesiezt.

»Natürlich«, flüstert Gudrun. Tränen stehen ihr in den Augen.

»Oh nein!«, erkläre ich, aber es fehlt die Zeit, das Kind aus dem Wäschekorb in der Küche zu holen und es dem Großvater ans Herz zu drücken. Und meine Autorität habe ich bereits ausgereizt.

Schweigend sehen wir vier zu, wie Hans-Peter in den Polizeiwagen mit dem Euskirchener Nummernschild steigt.

»Ob er seine Frau wirklich umgebracht hat?«, fragt Hein flüsternd, als wir zurück in die Küche gehen.

»Dafür ist er viel zu dämlich«, murmele ich.

»Er hätte sein Verdeck über Nacht schließen sollen«, meint Hein zustimmend. »Vorhin hat er gar nicht über seine Frau gesprochen, nur über den Regen, der ihm die Sitze und das Babygestell versaut hat.«

»Ich habe auch nicht daran gedacht«, jammert Gudrun.

»Du bist nicht für alles und jeden hier verantwortlich«, schreie ich sie an und werfe mich auf den ersten freien Stuhl.

Nach gewaltigem Gepolter und meiner Zusicherung, mir nichts getan zu haben, rappele ich mich zwischen den Trümmern des einstigen Ablagestuhls auf, der immerhin Jupps Gewicht ertragen hat, und breche mit den anderen in befreiendes verbündendes Gelächter aus. Sogar das Schreien des Babys klingt mir jetzt heiter in den Ohren.

»Dieser Stuhl sagt mir, dass ich abnehmen muss«, erkläre ich und verkünde: »Deshalb mache ich jetzt einen Spaziergang.«

»Du machst einen was?«, fragt Hein fassungslos.

Klar, Katja pendelt zwar zwischen Belgien und Deutschland hin und her, aber das sind nur ein paar erforderliche Schritte über eine Bundesstraße. Die Zeiten haben sich geändert, mein Freund, denke ich, künftig werde ich mindestens einmal im Jahr mein Grundstück abschreiten, um sicherzugehen, dass dort niemand verbotene Pflanzen züchtet.

»Ich nehme Linus mit«, sage ich, »und wenn ich zurückkomme, kann ich mich in dieser Küche vielleicht wieder irgendwo unbeschadet hinsetzen und irgendetwas anfassen, was nicht klebt.«

Meine drei Mitarbeiter nicken eifrig.

»Was ist mit meinen Blumen?«, raunt mir Hein ins Ohr.

»Das ist dein Problem«, sage ich laut. Und hoffe, dass es nicht zu meinem wird.

»Keine Sorge, für den Dicken kommt's auf eine halbe Stunde auch nicht mehr an«, meint Jupp, in dessen Gehör die Blumen als Jumbo angekommen sind. Er hebt ein Stuhlbein auf und schüttelt es drohend Richtung Kuhstall. »Er wird mir beleidigt das Hinterteil zuwenden und Stunden brauchen, bis er sich in Bewegung setzt.«

»Im Gegensatz zu mir«, erkläre ich, »dann räumt mal schön auf.«

Ich schnappe mir meinen Hund und kehre mit ihm kurz in mein belgisches Domizil zurück, um mich präsentabler zu machen, auch wenn ich wahrscheinlich schweißgebadet in Krewinkel ankommen werde. Nach diesem chaotischen Tagesanfang kann ich die positiven Schwingungen einer buddhistischen Sekte gebrauchen. Einer gewachsenen Wohngemeinschaft, in der niemand vor anderen dunkle Geheimnisse hat und alle andauernd an einem Strang ziehen, wenn auch an einem esoterischen. Ist vielleicht nicht das Schlechteste, wenn die Leute nicht ständig mit Pflege und Aufzucht des eigenen Egos beschäftigt sind.

Ich werde also Cora und ihre Mitbewohner besuchen. Eine Telefonnummer habe ich nicht, aber nach dem überaus freundlichen Empfang vor wenigen Tagen und Coras nächtlichem Besuch bei mir halte ich es nicht für nötig, mich vorher anzumelden. Man wird mir wieder südafrikanischen Rooibostee mit Vanillegeschmack anbieten. Und weil ich sehr hungrig ankomme, werde ich diesmal meinen Zähnen und meinem leeren Bauch die kleinen Zementblöcke zumuten, die mir als vegetarische Paté gereicht worden sind und die ich nach einem kurzen Nageversuch auf dem selbst getöpferten Teller wieder abgelegt habe. Und ich werde vielleicht erfahren, was Marcel gestern Nacht der Igelfrau so alles erzählt hat.

Marcel – ich würde jetzt gern mit ihm reden, aber er hat Dienst, und ich habe es mir zum Prinzip gemacht, ihn da nur in Notfällen anzurufen. Solche hat es seit über einem Jahr nicht mehr gegeben.

Der Regen hat nachgelassen, und die verschiedenfarbigen Wolkenschichten haben sich so weit erhoben, dass ich meinen Blick wieder über die wohltuende Weite der Hügellandschaft schweifen lassen kann. Da im Tal liegt das beschauliche Krewinkel. Bergab komme ich kaum ins Schwitzen. Nur einmal ins Fluchen, als ein Auto mit ungeheurer Geschwindigkeit über die schadhafte Straße brettert und aus einem Schlagloch einen schlammigen Gruß auf meine saubere Jeans katapultiert. Als wäre die Formel-1-Rennstrecke in meiner Nachbarschaft schon in Betrieb genommen worden.

In Krewinkel lasse ich den Abzweig nach Weckerath links liegen und marschiere nach rechts über die Dorfstraße. Wenn ich nicht so hungrig wäre, würde ich mir die niedliche kleine Kapelle auf der Stichstraße zur Linken ansehen, in der Marcel getauft worden ist. Wie er mir erzählte, ist das Gebäude inzwischen säkularisiert worden und wird als Kulturzentrum genutzt. Kultur mitten in der Pampa?, hatte ich verwundert gefragt und einen bösen Blick geerntet. Und erfahren, weshalb die Belgier eigentlich gar keine Regierung brauchen. Wenn es nämlich nach der – damaligen – gegangen wäre, würde das mittelalterliche, selbst für Krewinkel zu klein gewordene Gebäude jetzt irgendwo in Südfrankreich stehen. Ein reicher Mensch hatte es nach dem von der Regierung geplanten Abriss dort neu aufbauen wollen. Diesen Export haben die empörten Einwohner einfach unterbunden. Schließlich hatte in dieser Kapelle jeder irgendein Sakrament erhalten, die meisten das der Taufe, und da kann man nicht einfach zusehen, wie ein Bagger alles niederreißt. Die Krewinkeler legten also zusammen, restaurierten die Kapelle eigenhändig, gründeten die Vereinigung »Kulturkapelle Krewinkel« und laden jetzt zu Kulturveranstaltungen ein.

Heute zu einer Autorenlesung über *Die Beutefrau, die letzte Liebe Karls des Großen*, wie mich ein kleines Plakat an einer Hauswand informiert. Da sollte ich eigentlich hingehen, um ein bisschen mehr Historie zu tanken und mir gleich noch die Wandmalereien aus dem Mittelalter anzusehen. Die seien bei der Restaurierung der Kapelle entdeckt worden, wie auch ein Skelett aus jener Zeit, hatte Marcel stolz erklärt. Ich prunkte mit meinem vor einem Jahr erworbenen Wissen, dass Karl der Große in oder bei Prüm geboren wurde.

An das Perspektivenverständnis des Frühmittelalters erinnert auch das Gemälde auf dem großen Tor, mit dem sich Victors Sekte von der Außenwelt abschottet. Es zeigt einen Reigen bunt gekleideter Menschen vor einem grün überwucherten Märchenschloss. Der blaue Himmel hat Schäfchenwolken und die Sonne ein lachendes Gesicht. Wenn man den real existierenden Knauf am seitlichen Eingang zu diesem Schloss dreht, stellt sich das bemalte blaue Tor als ein wirkliches Türchen heraus, durch das man dieses Anwesen betritt. Cora goss gerade die Herbstblumen vor dem Schlossgemälde, als ich zum ersten Mal nach Krewinkel kam.

»Wie reizend!«, hatte ich mein Entsetzen vor dem überwältigenden Kitsch maskiert, an dem ich nicht einfach kommentarlos vorbeimarschieren konnte, als mich die Bewohnerin anlächelte und bat, den Wasserhahn an der Mauer abzustellen.

»Geschmackssache«, hatte sie trocken bemerkt, »eine Fototapete hätte es auch getan.«

»Wäre im Regen abgeblättert«, hatte ich geantwortet und sie dann nach Marcels früherer Kneipe befragt.

»War vor meiner Zeit«, hatte sie bemerkt, »vielleicht kann dir Victor weiterhelfen. Komm doch rein!«

Sie drehte den Knauf, ließ mich in den Hof vorangehen und zeigte mir voller Begeisterung die dem Haus vorgelagerten Beete, auf denen alles Essbare gedieh, was in dieser rauen Gegend im Freien eine Überlebenschance hat. Die Treibhäuser hinter dem riesigen Bruchsteinhaus werde sie mir später zeigen, versicherte sie; erst solle ich ihre Mitbewohner kennenlernen.

Die bestanden aus Victor und den drei Grazien, wie ich die schmalen hübschen Frauen mit den hüftlangen offenen Haaren insgeheim taufte. In ihren wallenden asiatischen Batikkleidern schienen Bine, Bella und Gerti den Siebzigerjahren entstiegen zu sein; mit ihrem Stoppelhaar und dem grauen Jogginganzug fiel Cora daneben völlig aus dem Rahmen. Auch ihr Verhalten Victor gegenüber wies darauf hin, dass sie in diesem Kreis eine Sonderstellung innehält. Während die drei Grazien wie stumme Undinen um den Guru herumwogten und nur zum Lachen den Mund öffneten, redete Cora munter drauflos. Und der vorn und hinten langhaarige Victor, der die drei anderen mit lässigen Handbewegungen anwies und ansonsten nahezu ignorierte, schien die ältere unattraktivere Frau regelrecht zu hofieren und Wert auf ihre Meinung zu legen.

Auf meine bemüht beiläufige Frage, wie sie denn alle so zusammengekommen seien, antwortete Victor: »Man hält uns hier für eine Sekte, und so was Ähnliches sind wir wohl auch, da wir uns von der bürgerlichen Gesellschaft abgespalten haben. Wir begnügen uns nicht mit Träumen von einem besseren Leben, sondern wir führen es.«

»Und wie?«, fragte ich.

»Das ist die falsche Frage«, erwiderte er. »Die richtige wäre: Kann ich das auch?«

»Ich bin mit meinem Leben ganz zufrieden«, versetzte ich. Was jetzt, da ich wieder vor dem Schlossgemälde angekommen bin, weniger zutrifft als bei meinem ersten Besuch.

Ich drehe am Knauf der blauen Tür, aber sie öffnet sich nicht. Nach längerem Suchen entdecke ich einen Klingelknopf im Herzen einer Sonnenblume und drücke darauf.

Lange Zeit passiert überhaupt nichts. Linus zieht an seiner Leine und will weiter. Ich drücke noch einmal.

Schritte knirschen auf dem Kiesweg hinter dem riesigen Tor. Dann öffnet sich ein Schlossfenster und umrahmt ein blasses Frauengesicht.

»Bine?«, frage ich unsicher.

Wie ein Automat dreht sich das Gesicht zweimal zur Seite, einmal nach rechts, einmal nach links. Also falsch geraten.

Mein zweiter Versuch: »Guten Tag, Gerti.«

Das Gesicht bleibt in Position, aber der Mund öffnet sich nicht einmal zum Lächeln.

»Ich möchte gern zu Cora«, sage ich.

Wieder sehe ich die rechte und die linke Seite der Nase.

»Oder zu Victor?«

Das Fensterchen klappt zu. Der Kies knirscht. Und mein Magen knurrt fast so laut wie Linus, der genug von der Rumsteherei vor dem Märchenschloss hat.

Schade, dass es in Krewinkel keine Kneipe mehr gibt, denke ich. Und da erst fällt mir ein, dass ich bei meinem ersten – und der Abfuhr von soeben nach zu urteilen – wahrscheinlich letzten Besuch bei der Sekte ganz vergessen hatte, Victor nach Marcels früherer Wirkungsstätte zu befragen.

Der Rückweg quält mich; es scheint viel mehr bergauf zu gehen, als es auf dem Hinweg bergab ging, sogar Linus, der solche Ausflüge nicht mehr gewöhnt ist, beginnt zu japsen. Habe ich die Sektenleute etwa bei einem Ritual gestört? Oder müssen sie wie Trappistenmönche an manchen Tagen Schweigegelübde einhalten? Gerti hatte bei meinem ersten Besuch kein Wort gesagt, könnte sie gehörlos sein? Aber warum die eklatante Unhöflichkeit?

Jedenfalls ist das Ganze sehr, sehr merkwürdig.

Und da es derzeit mehr Merkwürdigkeiten in meinem Leben gibt, als ich mir wünsche, beschließe ich, Cora und ihre Krewinkeler Sippe zu vergessen und mich keinen Träumen über ein besseres Leben, sondern über ein gutes Essen hinzugeben.

Schon von Weitem sehe ich die Tür der *Einkehr* sperrangelweit offen stehen. Es gelingt mir nicht, meinen Schritt zu beschleunigen, aber als ich die Straße nach Deutschland überquere, entdecke ich einen Teil von Gudruns langem Rock auf der Beifahrerseite von Hans-Peters Sportwagen. Ihr Oberkörper steckt im Wageninneren. Ein langes Kabel führt von der Haustür zwischen ihren Beinen hindurch ins Auto, was dem braven Kleidungsstück eine leicht obszöne Wirkung verleiht. Ich trete näher.

»Was machst du denn da?«

Vor Schreck stößt sich Gudrun den Kopf am Autodach, ehe sie sich umwendet.

»Nach was sieht es denn aus?«, fragt sie und gibt den Blick auf den kleinen Heizlüfter frei, der mich im Winter notdürftig gewärmt hat und jetzt auf der Rückbank neben der Babyschaukel steht und auf höchster Stufe arbeitet.

Ich lache.

»Nach der gleichen heißen Luft, die der Besitzer dieses Wagens auch gern ausstößt.«

Gudrun richtet sich auf, stemmt die Hände in die Hüften und funkelt mich an.

»Was hast du gegen Hans-Peter? Ich denke, er ist dein Freund!«

»Er ist alles Mögliche, nur nie mein Freund gewesen«, sage ich leise und sehr ernst. Irgendwo habe ich mal gelesen, nichts sei lächerlicher als die Liebe von gestern.

In Bezug auf mich und Hans-Peter kann ich das nur bestätigen, aber Gudruns Liebe ist nicht von gestern. Die ist hochaktuell und genauso hoffnungslos, wie es meine einst war. Zu dumm, dass man nur aus eigenen Erfahrungen klug wird; wie gern würde ich meiner

Freundin das Leid ersparen, das dieser Mann über Frauen ausschüttet; wie gern würde ich ihr die Augen über das wahre egoistische Wesen des Hans-Peter Kellenhusen öffnen wollen! Aber mir gegenüber würde sie ihn nur verteidigen, und selbst wenn ich ihr von den vierzehn Jahren meines vergeblichen Wartens erzählte, käme von ihr garantiert nur der alte Spruch, bei ihr sei alles ganz anders.

»Er hat mir gesagt, dass er großen Respekt vor dir hat, du eine ganz tolle Frau und zu ihm immer fair gewesen bist«, sagt Gudrun vorwurfsvoll, »und dass ihr im Guten auseinandergegangen seid. Bist du seinetwegen in die Eifel geflüchtet?«

»Du weißt, weshalb ich hierhergekommen bin«, gebe ich seufzend zurück. Auch das hing mit einer unglücklichen Liebe Gudruns zusammen. Irgendwie hat sie das Talent, sich immer die total falschen Männer auszusuchen. Ich muss allerdings zugeben, dass die Auswahl in unserem Umkreis äußerst eingeschränkt ist.

Gudrun macht die Autotür so weit zu, wie es das Stromkabel erlaubt, reibt sich dann die Hände und sagt: »Er glaubt, dass seine Frau abgehauen ist, für ihn zu ärgern. Eigentlich ist er sich da ganz sicher. Niemand kennt sie besser als er. Sie hatten nämlich einen ganz bösen Streit, und er sagte, das war für ihn jetzt definitiv der letzte. Wenn sie aus ihrem Fledermausloch herausgekrochen ist, wird er die Scheidung einreichen und …«

»Gudrun …«

Sie ist nicht zu bremsen.

»Er würde gern hier leben, hat er gesagt, Katja …« Ihre Augen leuchten. »… vor allem nachdem er mich kennengelernt hat! Alles würde er aufgeben, hat er gesagt, wenn er noch mal von vorn anfangen könnte. Er würde hier Bücher schreiben. Die gesunde Luft hier würde ihm guttun. Er würde hier neu geboren werden, sagt er, und er würde hier glücklich sein.«

»Der Mann ist ein wandelnder Konjunktiv, Gudrun«, bringe ich zwischen zusammengebissenen Zähnen vor, »Alles würde er für dich tun, solange er es nicht tun muss.«

Ich gebe dem halb fertigen Restaurantschild an der Wand einen Tritt, stapfe die Stufen zur *Einkehr* hinauf und stürze in die Küche. Die so blank geputzt ist, wie ich es selbst nie hingekriegt hätte. Klar, die Männer haben sich mit ihrem Gaul vom Acker gemacht und Gudrun wieder einmal die Arbeit überlassen. Ich kenne niemanden, der so anpacken kann wie diese Eifelerin. Wenn auch mit sehr drastischen Methoden. Das Gewerbeaufsichtsamt würde jetzt selbst in den Astlöchern meines Holztisches vergeblich nach Mikroorganismen fahnden. Keine Bakterie kann die in Deutschland verbotenen Putzmittel überleben, die Gudrun trotz meines immer wieder ausgesprochenen Verbots im belgischen Grenzmarkt in Losheim kauft. Oder im nicht sonderlich weit entfernten Luxemburger Einkaufszentrum, wo Jupp auch seinen Mentholtabak – »in Deutschland gibt es keinen losen Mentholtabak« – herschmuggelt.

Mit seinen rosa Bäckchen und dem gelben Schnuller im Mund erinnert mich das schlafende Baby im Wäschekorb an ein knuspriges Spanferkel. Das Wasser läuft mir im Mund zusammen. Aber sofort essbares Schweinefleisch habe ich leider nicht im Haus. Ich reiße der Bachforelle, die auf das Avocadopüree kommen soll, die Plastikhülle ab, filetiere sie mit den Fingern und lege sie auf die entkernten Avocadohälften. Ein paar Spritzer Zitronensaft, Kräutersalz und die Curry-Puderzucker-

Mischung obendrauf, ein Schnipsel Koriandergrün von Cora, und dann kann ich endlich mein Frühstück auslöffeln.

Nachmittag

Völlig ausgelaugt liegt Linus immer noch auf seiner Decke neben dem Wäschekorb, in dem Hans-Peters Enkel ungemütliche Geräusche von sich gibt.

»Er braucht neue Windeln«, sagt Gudrun und sieht mich fragend an.

»Pampers in der Pampa«, murmele ich. »Dann fahr halt los und kauf welche!«

»Ich könnte die ja auch aus Hans-Peters Hotelzimmer holen ... was meinst du?«

Ich sage nicht, was ich meine. Dass Gudrun völlig verzweifelt auf einen Anruf Hans-Peters wartet. Dass sie ihm derzeit in seinem leeren Hotelzimmer am nächsten wäre und in demselben gleichzeitig auch noch ein bisschen mehr über ihn herausfinden könnte.

»Dann fahr schon los! Und liefere den verdammten Tabak auch gleich da ab.«

Ich werfe ihr die runde blaue Dose mit der Abbildung von Sonnenaufgang und rotem Gockel – wie passend – zu. Sie fängt sie auf und legt sie wieder auf die Anrichte.

»Er kommt bestimmt als Erstes hierher zurück. Und dann braucht er etwas zur Beruhigung«, sagt sie und lässt mich mit dem Säugling allein.

Ich bin etwas ratlos. Soll ich jetzt die ganze Zeit neben dem Wäschekorb sitzen, um sicherzugehen, dass das Baby nicht den plötzlichen Kindstod erleidet?

Ich könnte natürlich noch ein paar Gerichte ausprobieren und hoffen, dass dem Kind die jeweiligen Ausdünstungen nicht langfristig schaden. Aber der Gedanke ans

Kochen deprimiert mich. Ich sehe keine Chance, die *Einkehr* in wenigen Wochen rechtzeitig zur Wintersaison zu eröffnen. Meinen Handwerker Jupp darf ich jetzt nicht mit banalen Fragen wie der Einrichtung von geschlechtergetrennten Toiletten beschäftigen. Sein Lebensgefährte Hein studiert derzeit im Internet viel morbidere juristische Seiten als jene, die mit den Gastronomiebestimmungen zu tun haben; meine Kellnerin Gudrun befindet sich im libidinösen Ausnahmezustand, und ich selbst bin all der Aufregung müde.

Wo bleibt mein beschauliches Landleben?, frage ich mich, als ich meinen Körper vom Küchenstuhl hochwuchte. Ich spüre jedes überflüssige Kilo. Meine Gelenke ächzen.

Kaum taucht Hans-Peter auf, geht alles den Bach runter. Zum Beispiel der gute Vorsatz, meinem Leib nur noch wirklich Hochwertiges zuzuführen. Ich fresse wieder alles Greifbare in mich hinein, wie damals in Berlin, als ich vor lauter Wartefrust die roten Bohnen, nur mit etwas bitterer Orangenmarmelade und Schokosplittern versetzt gleich aus der Dose löffelte. Nun gut, in meinem Magen ist die Avocado in etwa als das Püree angekommen, das ich servieren will.

Ich mag mich nicht mehr in der Küche aufhalten; mit mir oder ohne mich wird das Kind diese quengligen Gesänge weiter aufführen, bis Gudrun mit dem Verdauungsvlies auftaucht. Jumbo ist da pflegeleichter und produktiver. Was aus ihm hinten rausfällt, erfreut die Rosen, die ich an der *Einkehr*-Hauswand hochzuziehen versuche. Um den scheußlichen Klinker zu verbergen. Vielleicht hat mir das Pferd ja ein Gastgeschenk hinterlassen.

»Bleib, wo du bist!«, sage ich zum Wäschekorb. Linus, auf der Decke daneben, hebt nicht mal den Kopf. Der faule Hund hat für heute genug vom Spazierengehen. Kann ich ihm nicht verdenken.

Tatsächlich finde ich mehrere Andenken an Jumbos Aufenthalt im Kuhstall und davor. Was sollen wir bloß mit diesem alten Schuppen tun? Mein Blick schweift über die ehemalige Melkgrube, in der ich böse Erfahrungen gemacht habe und deren Einrichtung längst verkauft ist. Lange hatte ich ja gehofft, den Stall einem der Nachbarbauern vermieten zu können, aber keiner hatte Interesse daran. Er sei viel zu klein für die heutigen Anforderungen, höre ich immer wieder. Meine Antwort, früher habe doch eine ganze Familie von den dort gemolkenen Kühen gelebt, stößt auf höhnisches Gelächter und die Bemerkung, früher sei der Milchpreis ja auch noch anständig gewesen. Heute müsse man mehr als hundert Kühe haben, um eine Familie zu ernähren, sogar wenn jede Kuh über fünfzig Liter täglich produziere. Aber gut leben könne man davon noch lange nicht. Da müsse man schon einen Stall für vierhundert Kühe errichten, wie der Bauer aus Hallschlag, der gerade so ein riesiges Gebäude, den größten Kuhstall von Rheinland-Pfalz, mitten in die Landschaft setzt. Eine Landschaft, die diese Kühe nie sehen werden, da man unmöglich so viele Tiere zum Melken in einen Stall und später wieder heraustreiben kann. Innerhalb dieses Stalls aber würden diese Kühe jeden erdenklichen Rindviehkomfort erleben, hat mir Hein versichert. Jede Kuh hätte fast acht Quadratmeter Lauf- und Liegefläche, mehr als die für tiergerechte Haltung geforderten fünf Quadratmeter.

Ich schippe die Pferdeäpfel in meine Schubkarre, verliere aber die Lust an gärtnerischen Aktivitäten, als mir auf dem Weg zurück der Mirabellenbaum ins Auge fällt, unter dem tatsächlich auch Mitte Oktober noch zahlreiche gelbe Früchte liegen. Ich hole einen Eimer aus dem Stall und sammele die kleinen Pflaumen auf, die nicht allzu verrottet sind und noch genießbar aussehen. Es hat durchaus Vorteile, dass auf der Schneifel alles später im Jahr reif wird als anderswo. Plötzlich fällt mir ein, dass ich meine Babysitterpflichten sträflich vernachlässige. Ich stelle also den Eimer zu den Pferdeäpfeln in die Schubkarre, lasse sie stehen und eile zum Restaurant zurück.

»Warum kannst du kein Pferd sein und aus deinem Brei was Nützliches produzieren?«, frage ich in die Küche hinein. Kein Geräusch. Ich trete an den Wäschekorb heran.

Und nenne das Kind zum ersten Mal bei seinem Namen.

»Vinzenz?«

Ich spreche zu einem leeren Wäschekorb. Das Kind ist weg. Das darf doch nicht wahr sein! Wann fangen Kinder mit dem Laufen an? Doch nicht, bevor sie sitzen können, so viel weiß auch eine Frau, die nie Mutter war.

Fieberhaft durchwühle ich meine immer noch warme, nicht mehr ganz saubere Wäsche, als hätte sich der Winzling boshafterweise zwischen meine Unterhosen eingegraben, um mich zu ärgern. Kein lebendes Fleisch. Nichts Menschliches. Vinzenz ist weg.

»Linus?!«

Mein Hund hebt den Kopf und fiept.

»Linus, wo ist Vinzenz?«

Der Hundekopf fällt wieder auf die Decke und schnarcht weiter.

»Verdammt noch mal, was bist du für ein Wachhund!«, schreie ich ihn an. »In dir steckt ein Kampfhund, hast du das vergessen?«

Linus erhebt sich müde und reibt seinen Kopf an meinem Bein.

»Nix da, ich beruhige mich erst, wenn du mir zeigst, wo das elende Kind ist!«

Mit einem Blick, der bei einem Menschen sagen würde, *wenn's nur das ist,* trottet Linus aus der Küche. Ich folge ihm und überlege, ob die Kehr das Bermudadreieck abgelöst hat. Erst verschwindet eine Frau, dann eine Hanfernte und jetzt ein Baby. Zwei Menschen in meiner Umgebung werden wegen Mordverdachts von der Polizei vernommen, und Marcel hat sich den ganzen Tag nicht blicken und nicht einmal von sich hören lassen. Ich komme mir ganz schön einsam vor.

Und ich habe Angst.

Viertes Gericht

Schweinisches Allerlei
Senatorenschweinsroulade mit gewürztem Süßkartoffelpüree gefüllt, hauchdünn mit geriebenen Mandeln paniert, an jungem Gemüse auf Kräuterbeet

Ich folge dem Hund durch den Flur zur offen stehenden Tür des künftigen Raucherzimmers, dem ehemaligen Schlafzimmer von Heins Eltern. Die heruntergezogenen Jalousien lassen kaum Licht durch. Nur die üblichen Konturen von aufeinandergestapelten Tischen und Stühlen an der Wand und den hochkant gestellten Ehebetten sind zu erkennen. Erst als sich Linus vor einen Tisch legt und fiept, sehe ich darunter einen Schatten, den ich nicht zuordnen kann. Dann höre ich eine verängstigte Stimme:

»Katja, ruf diesen schrecklichen Hund zurück!«

Ich knipse das Licht an. Mit dem Rücken zur Wand kauert Cora unter dem Tisch. In ihren Armen hält sie das Baby. Sie zittert am ganzen Leib.

Ich atme tief aus.

»Linus, komm her!«, rufe ich. Der Hund erhebt sich, sieht kurz zu mir hinauf und tapert dann mit müde herabhängendem Haupt wieder in die Küche. Als hätte er seine Pflicht getan. Er ist noch lange nicht ausgeschlafen.

»Was machst du hier?«, frage ich ratlos. Hat Gudrun doch recht gehabt? Will Cora das Baby stehlen?

Die Igelfrau kriecht unter dem Tisch hervor und reicht mir das Kind.

»Deine Tür war offen«, sagt sie, »und als ich in der Küche das schwarze Ungeheuer neben dem Baby liegen sah …«, ihre Unterlippe bebt, »… habe ich all meinen Mut zusammengenommen und das Kind gerettet. Mir zittern immer noch die Knie.«

»Gerettet? Vor Linus?«, frage ich verständnislos.

»Es ist unverantwortlich, ein solches Tier mit einem Säugling allein zu lassen!«, schimpft Cora. Sie geht mir auf dem Flur in die Küche voran, als wäre sie hier die Hausherrin.

»Linus ist ein Schaf im Labrador-Staffordshire-Terrier-Pelz«, erwidere ich, jetzt auch wütend. »Der tut keiner Maus was zuleide.«

Eher diese ihm, könnte ich ihr sagen, wenn ich nicht so wütend wäre. Unvergesslich ist mir nämlich der Tag im vergangenen Winter, als eine Maus meinen Riesenhund angefallen und ihn blutig gebissen hat. Gut, das hätte das Tierchen wohl kaum gewagt, wenn Linus seine Nase nicht voller Neugier in den Schneehaufen gesteckt hätte, unter dem sie wahrscheinlich nach Krumen des vergangenen Sommers suchte. Linus heulte, ließ sie davonhuschen und musste dann verarztet und getröstet werden. Eine Geschichte, über die wir uns immer noch amüsieren. Aber jetzt ist mir nicht zum Lachen zumute.

Was fällt der Frau ein, sich in mein Haus zu schleichen, das Baby aus dem Wäschekorb zu klauen und meinen Hund zu beleidigen? Was hat die für einen Nerv, hier zu erscheinen, nachdem ich an *ihrem* Haus heute so rüde abgefertigt worden bin?

»Am besten, du gehst gleich wieder«, sage ich, während ich das Baby in den Wäschekorb zurücklege. »Auch mein Haus steht nicht jedem ständig offen.«

»Deswegen bin ich ja hier«, erwidert Cora und legt

mir versöhnlich eine Hand auf die Schulter. Ich trete einen Schritt zurück, stoße dabei gegen die Anrichte und werfe das Kräuterglas um. Es zerschellt auf den blitzblank gewienerten Fliesen. Hastig bückt sich Cora und beginnt die Scherben aus der trüben Wasserlache aufzusammeln.

»Tut mir so leid!«, erklärt sie. »Aber ein Tier, das zur Hälfte ein Kampfhund ist, kann unberechenbar sein. Ich weiß, wovon ich spreche. Ich hatte ungeheure Angst um den Kleinen.«

»Und warum bist du überhaupt hier?«, frage ich.

Sie wirft die kräuterverklebten Scherben in den Müll.

»Um mich für Gertis Verhalten zu entschuldigen. Und dich zu uns einzuladen. Wo ist der Wischmopp?«

Ich werfe ihr eine Rolle Küchenpapier zu. Diese Frau lügt mich an; da bin ich mir ganz sicher. Aber weshalb? Was will sie von mir?

»Warum konnte mir Gerti nicht ganz einfach sagen, dass ich ungelegen komme?«, bohre ich nach.

»Weil das nicht so einfach ist«, erwidert sie, ohne aufzuschauen. »Du bist nicht die Einzige, bei der es derzeit drunter und drüber geht. Wir haben auch eine Reihe massiver Probleme.«

»Habt wohl vergessen, eure Aura aufzupolieren?«, frage ich schroff. »Oder hatte Gerti einen im Tee? Im südafrikanischen Rooibostee?«

Cora hält mit dem Putzen inne. Ihre Schultern zucken. Einen Augenblick lang denke ich, sie heult. Aber dann wendet sie sich mir zu, und ich sehe in ein Gesicht, das mich irgendwie an die Sonne über dem Krewinkeler Märchenschloss erinnert.

»Ach, Katja!« Cora bricht jetzt in schallendes Gelächter aus. Sie wischt sich mit Küchenpapier die Augen und bemerkt fröhlich: »Ich wünschte, ich könnte dir sagen, was bei uns los war, aber das geht leider nicht.«

»Sektengeheimnis?«, frage ich trocken. Ich finde die ganze Sache überhaupt nicht komisch.

»So was Ähnliches. Aber ich kann dir sagen, warum ich mich so um den Kleinen sorge.« Ihr Gesicht verdunkelt sich erheblich schneller, als sich eine Wolke vor die Sonne schieben könnte. Habe ich es hier mit einer manisch-depressiven Wahnsinnigen zu tun, die eigentlich in der geschlossenen Anstalt der Sekte zu verbleiben hat? Wie konnte ich nach den Erfahrungen des letzten Jahres so vertrauensselig sein? Nur weil ich sie und ihre Leute für harmlos hielt?

»Da bin ich aber gespannt«, erwidere ich und lade sie mit einer Handbewegung an den Küchentisch ein.

»Ich hatte mal ein ganz normales bürgerliches Leben«, beginnt sie, »mit Ehemann, zwei Kindern ...« Sie legt eine Pause ein, schnäuzt sich die Nase und starrt vor sich hin. Also doch, denke ich, eines der Kinder ist gestorben, und Vinzenz erinnert sie daran. So etwas Ähnliches hatte ich schon vermutet. Aber ihre Geschichte nimmt eine ganz andere Wendung.

»... und einem Familienhund«, fährt sie flüsternd fort. »Der uns als Labrador-Boxer-Mischling verkauft wurde. Friedliche Rassen. Mit zwei kleinen Kindern hätten wir uns doch nie ein gefährliches Tier angeschafft!« Sie schaut mich verzweifelt an und schlägt mit der flachen Hand auf den Holztisch. »Wir konnten doch nicht wissen, dass da kein Boxer, sondern ein Pitbull drinsteckte! Und dass er auf das Baby der Nachbarin losgeht!«

Den letzten Satz schreit sie heraus.

»Oh Gott«, sage ich, jetzt ehrlich betroffen. Ich wage

nicht zu fragen, wie das geschehen konnte und was aus dem Baby geworden ist. Coras Gesicht sagt mir mehr als genug.

Im Stillen leiste ich der Igelfrau Abbitte. Nach einer solchen Katastrophe kann man ja gar nicht mehr ganz dicht sein. Logisch, dass man dann Halt bei einer Gruppe sucht, die sich einem völlig anderen Lebensentwurf verschrieben hat. Und anderer Leute Kinder vor Kampfhunden retten möchte.

»Das war dann auch das Ende meiner Ehe«, fährt sie nach einer langen Pause schniefend fort. »Seitdem kann ich es nicht ertragen, einen großen Hund neben einem schlafenden Baby zu sehen. Und jetzt möchte ich nicht mehr darüber reden.«

»Komm her, Linus«, rufe ich meinen Hund, der wieder auf seiner Decke neben dem Wäschekorb liegt. Linus rührt sich nicht. Er glaubt wohl, für diesen Tag genug gehorcht zu haben. Also schnappe ich den Wäschekorb und stelle ihn auf den Küchentisch.

Den Finger, den die Igelfrau vorsichtig in die winzigen Fäuste legt, hält das Baby ganz fest. Es öffnet die Augen, strahlt Cora an und gluckst.

»Siehst du, er mag mich. Wie lange wird er denn bei euch hausen?«

Der Antwort, die ich ihr sowieso schuldig geblieben wäre und die ich auch gern gekannt hätte, werde ich enthoben.

»Ich bin wieder da!«, trällert Gudrun und schleppt zwei riesige Windelpakete in die Küche.

»Also wohl ziemlich lange«, beantwortet sich Cora selbst die Frage. Gudrun wirft ihr einen unfreundlichen Blick zu, packt mich an den Schultern und schüttelt mich freudig.

»Hans-Peter kommt frei!«, jubelt sie. Und erzählt mit leuchtenden Augen, dass er sie soeben angerufen habe und in etwa zwei Stunden von der Polizei wieder auf die Kehr zurückgebracht werde.

»Er steht also nicht mehr im Verdacht, seine Frau umgebracht zu haben?«, frage ich. Cora hebt die Augenbrauen.

»Olala«, sagt sie, »schon wieder dieser geheimnisvolle Hans-Peter! Ein potenzieller Mörder? Also das ist es, was mir Marcel gestern partout nicht erzählen wollte! Obwohl ich ihn so lieb darum gebeten habe. Wie ist seine Frau denn ums Leben gekommen?«

»Marcels Frau lebt noch. Sie ist ihm davongelaufen«, knurre ich, ungehalten, dass Cora Marcel »so lieb« um etwas gebeten haben soll.

»Nein, Klaus-Dieters Frau!«

»Hans-Peter«, singt Gudrun. »Er heißt Hans-Peter!« Und setzt mit einer für sie ungewöhnlichen Dramatik hinzu: »Wie meine Zukunft!«

Eine Zukunft, die Hans-Peter heißt. Nicht mal zu Anfang der vierzehn Jahre hätte ich das zu träumen gewagt! Ehrlich gesagt, wäre mir das wahrscheinlich schon damals wie ein Albtraum vorgekommen. Im letzten Jahr hatte ich viel Zeit, über die Vergangenheit nachzudenken, und bin zu dem bitteren Schluss gekommen, dass ich beziehungsunfähig bin. Und dies durch die Rolle der heimlichen Geliebten sogar vor mir selbst gänzlich verschleiern konnte. Da er sich nicht trennen wollte, lag die Schuld immer bei ihm, und ich war fein aus dem Schneider. Doch nicht ich war Hans-Peters Opfer gewesen, sondern er in gewisser Hinsicht meines. Es kam meiner Bequemlichkeit entgegen, einen Freund zu haben, für den ich nichts weiter tun musste, als gelegentlich für ihn da zu sein. Ohne jegliche Verpflichtung. Und ohne mich aus meiner Wohnung zu bewegen. Unsere spezielle Situation enthob mich der Verantwortung, mich auf die Suche nach einem Lebensbeglücker begeben zu müssen. Und das Versprechen, seine Frau zu verlassen, sobald *die Kinder aus dem Haus* seien, gehörte zu einem uralten Ritual, das genauso sinnentleert eine Zukunft beschwor wie das Tageshoroskop der Zeitung. Rituell erscheinen mir im Nachhinein auch die Fressattacken vor dem Kühlschrank, meinem damaligen Lebensmittelpunkt, wenn mich Hans-Peter mal wieder versetzt hatte. Wäre ich jetzt freundlicher gestimmt, würde ich sagen, wir spendeten einander Trost in einer langsam sehr unübersichtlich werdenden Welt und gestalteten unseren eigenen Planeten auf ähnliche Weise, wie heute manch junger Mensch ein zweites Leben im Internet führt. Mein erstes Leben, also meine Arbeit, blieb von diesen heimlichen Begegnungen unbeeinflusst; Hans-Peter hingegen musste das erste mit dem zweiten Leben koordinieren. Mit anderen Worten: Er musste ständig lügen. Was ihm sicher nicht sonderlich schwerfiel. Schließlich ist auch die Politik, Hans-Peters Betätigungsfeld, eine von Ritualen durchsetzte diffuse Angelegenheit, bei der dem Spiel mit Glauben und Hoffnung oberste Priorität eingeräumt wird und die Wahrheit allem anderen untergeordnet wird. Mit ähnlichen Mitteln wie für den Bezirksstadtrat hat er bei mir um den Posten als Liebhaber kandidiert. Und ich habe ihn immer wieder aufs Neue gewählt, obwohl ich genau wusste, dass er seine Versprechungen nie einhalten würde. Warum nur? Wohl aus dem gleichen Grund, weshalb manche Leute ihr Leben lang einer Partei treu bleiben, obwohl sie immer wieder von ihr enttäuscht werden. Aus Gewohnheit, Bequemlichkeit und einem gewissen Desinteresse heraus.

Nicht etwa, weil sie wirklich hoffen, dass ihre Zukunft Hans-Peter heißt.

Bei Gudrun liegt die Sache anders. Sie hat Hans-Peter aus ganzem Herzen gewählt. Voller Zuversicht, Begeisterung und Überzeugung.

»Du glaubst also wirklich, dass er sein altes Leben hinter sich lassen und sich hier mit dir in der Eifel niederlassen wird?«, frage ich behutsam und sehr bemüht, keine Ironie in meine Stimme zu legen. Irgendwie greift es mir ans Herz, dass sich Gudrun, dieses ungeliebte mutterlose Kind, schon wieder einer völlig aussichtslosen Liebesgeschichte verschreibt. Wie gern würde ich sie vor sich selbst und diesen blödsinnigen Gefühlen retten! Nicht etwa, weil ich sie für mein Restaurant brauche. Sondern weil wir zusammen schon so viel durchgemacht haben und ich ihr wie einer Schwester zugetan bin.

»Warum denn nicht? Du hast hier doch auch von vorn angefangen«, erwidert sie. »Er kann mir helfen, mein Haus zurückzukaufen, seine Kinder können ihn besuchen, wir werden Vinzenz aufwachsen sehen ...«

Ich versuche, sie zu bremsen.

»Verrenn dich da nicht in etwas, Gudrun! Dieser Mann wird seine Frau nie verlassen ...«

»Ich denke, die ist tot?«, meldet sich Cora verwundert zu Wort, was ich nicht kommentiere, da ich mich auf Gudrun konzentriere und überlege, wie ich sie auf den Boden der Tatsachen zurückbringen kann. Vielleicht indem ich dem Berliner Politiker den Nimbus des Besonderen nehme und ihn auf den Hanswurst reduziere, als den ich ihn jetzt wahrnehme.

»Ich kenne den Mann durch und durch, Gudrun. Er ist ein pathologischer Lügner, ein perfider Trickbetrüger der besonderen Art, auch wenn er im Grunde genommen eine ganz arme Sau ist.«

»Auch eine ganz arme Sau bleibt eine Sau«, sagt Cora trocken. Wo sie recht hat, hat sie recht.

»Ihr habt alle keine Ahnung«, sagt Gudrun seufzend, wendet sich an mich und streichelt mir die Hände, als wolle sie mich trösten: »Mit mir ist das ganz anders als bei dir damals, Katja, wo er noch so abhängig von seiner Frau war. Und du mit deiner oberflächlichen Modewelt zu beschäftigt warst, um wirklich auf seine Bedürfnisse einzugehen. Außerdem war er ja da noch aktiver Politiker.«

»Heute nicht mehr?«, frage ich, darüber mehr erstaunt als über die Bemerkung seiner einstigen ehelichen Abhängigkeit. Das Zitat über meine *oberflächliche Modewelt* und mein mangelndes Eingehen auf seine Bedürfnisse – *so* schlecht war ich bestimmt nicht im Bett – kann ich Gudrun verzeihen, ihm aber nicht. Was fällt ihm ein, so über mich zu reden? Wenn ich ihn das nächste Mal sehe, schlage ich ihm die Birne ein.

Gudrun schüttelt den Kopf. »Seine Partei hat doch die Wahlen zum Bezirksamt verloren«, sagt sie, als wüsste sie, was ein Berliner Bezirksamt sei. »Und er hat keine Lust, einen Frühstücksdirektorenposten zugeschoben zu bekommen, sagt er. Schon deshalb will er woanders neu anfangen. Deswegen hat er ja auch mit seiner Frau gestritten. Die wollte, dass er den Vorsitz ihrer Stiftung übernimmt. Aber das ist ja kein richtiger Beruf, sagt er, und außerdem würde er da noch abhängiger von ihr werden.«

Gaby von Krump-Kellenhusen hat eine eigene Stiftung? Wieso weiß ich davon nichts? Natürlich, weil ich überhaupt nichts über die Frau gewusst habe, die Hans-Peter vierzehn Jahre lang mit mir betrogen hat.

»Was für eine Stiftung?«, frage ich.

»Keine Ahnung, irgendwas Wohltätiges, mit Naturschutz oder seltenen Bäumen oder so was Ähnliches. Aber eigentlich, um Steuern zu sparen. Weil seine Frau nämlich richtig reich ist. Hans-Peter war ganz ehrlich zu mir, das musst du mir glauben. Seine Frau kommt aus einer reichen Familie, die hat das Geld, hat er gesagt, und damit hat sie ihn jahrelang festgehalten. Wusstest du das, Katja?«

»Am Geld ist unsere Beziehung nicht gescheitert«, murmele ich. Natürlich hatte ich von all dem keine Ahnung gehabt. Auch nicht, dass der arme Mann vierzehn Jahre lang unter einer Geliebten gelitten hat, die unfähig war, auf seine Bedürfnisse einzugehen.

»Aber wovon wollt ihr dann leben«, wirft Cora ein, »wenn seine Frau doch das Geld hat?«

Ein fast listiges Lächeln spielt um Gudruns Mundwinkel.

»Er hat jetzt endlich genug auf die Seite schaffen können, für neu anzufangen, hat er gesagt. Er ist endlich richtig unabhängig.«

»Ja, wenn er seine Frau umgebracht hat…« Cora schüttelt mit gespielter Empörung den Kopf.

»So ein Quatsch!« Gudrun ist jetzt ernsthaft böse. »Die ist doch nur abgehauen, um ihn zu ärgern. Er hat seine Politikerpension und sich außerdem ein hübsches Sümmchen zurückgelegt, sagt er.«

»Klar doch, Schwarzgeld«, bemerkt Cora fröhlich. »Vielleicht Bestechungsgelder, kennt man doch. Deshalb ist er hier. Um die Kohle in einem Steuerparadies zu bunkern. Luxemburg ist doch umma Ecke.«

»Wie man in Berlin sagt«, bemerke ich und mustere sie nachdenklich. »Kommst du auch daher?«

»Ich habe da nur eine Zeit lang gewohnt«, erwidert

sie, »und das war schon eine viel zu lange Zeit lang. Die Eifel ist der Seele weitaus förderlicher; das wirst du sicher auch gemerkt haben.«

»Aber Hans-Peter kennst du nicht zufällig?«

»Habt ihr ein Foto?«, fragt sie. »Um das ehrlich zu beantworten, müsste ich mir den Knaben nämlich erst mal ansehen. Aber dafür habe ich jetzt keine Zeit. Ich wollte nur kurz vorbeischauen, um dich zu uns einzuladen, Katja.«

Sie steht auf und reckt sich.

»Was du gestern Abend schon getan hast«, gebe ich zurück. »Und als ich die Einladung annehme, wird mir das Schlossfenster vor der Nase zugeschlagen.«

»Welches Schlossfenster?«, fragt Gudrun.

»Das wird nie wieder geschehen«, verspricht Cora, »willst du es von mir schriftlich haben?«

Ich begleite sie zur Tür – nicht ohne Hans-Peters Tabakdose von der Anrichte zu nehmen. Wenn er zurückkommt, soll er mir meine saubere Küche nicht gleich wieder einräuchern. Wir treten gerade rechtzeitig raus, um die Post in Empfang zu nehmen. Die heute nur aus der Tageszeitung besteht. Dafür, dass ich die Zeitung erst nachmittags bekomme, muss ich sogar extra Postgebühren bezahlen. Für die paar Menschen auf der Kehr lohnt sich das Austragen offensichtlich nicht. Schon auf der Titelseite des »Trierischen Volksfreunds« springt mir Gaby von Krump-Kellenhusens schönes Konterfei entgegen. Ich halte Cora das Blatt hin.

»Da ist sie ja, Hans-Peters verschwundene Gemahlin«, sage ich und deute auf das kleine Bild der kastanienbraungelockten Societydame mit den dunkel umrandeten Augen und dem herzig geschminkten Kussmündchen unter der Stupsnase.

»Sieht ziemlich schickimicki aus, die Dame«, bemerkt Cora abfällig und rümpft das Näschen mit dem kleinen schwarzen Punkt. »Und gegen diese Glamourlady tauscht er deine Gudrun ein?«

»Er hat eben einen abwegigen Geschmack«, sage ich achselzuckend. »Immerhin hat er diese Frau«, ich tippe wieder auf das Bild, »vierzehn Jahre lang mit mir betrogen. Würde man auch nicht so schnell drauf kommen. Soll ich dich heimfahren?«, frage ich. Nachdem ich mehr über sie weiß, kann ich der Igelfrau nicht mehr wirklich böse sein.

Sie deutet auf ein rotes Rennrad an der Hauswand.

»Habe mein Fitnessstudio bei mir, bis morgen bei uns also, Katja.«

»Mal sehen«, sage ich ausweichend.

Ich schaue ihr nach, wie sie in rasantem Tempo die Bundesstraße entlangstrampelt. Seltsamerweise Richtung Losheim. Eigentlich hätte sie links abbiegen müssen, aber vielleicht führt ja auch rechts irgendein mir unbekannter Feldweg nach Krewinkel.

Dann öffne ich die Wagentür, werfe Zeitung und Tabakdose auf Hans-Peters getrockneten Autositz und wende mich den Kletterrosen an der Hauswand zu. Die brauchen nicht nur Pferdeäpfel. Ich muss sie dringend mit Mulch vor dem herannahenden Winter schützen.

Mit welcher Wucht Eis und Schnee auf der Schneifel plötzlich hereinbrechen können, habe ich vor genau einem Jahr erlebt, als ich an einem Morgen Mitte Oktober in einer weißen Landschaft aufwachte. Da Hein und Jupp nach einem Rockkonzert in Köln übernachteten und der Pflegedienst für Mutter Agnes erst mittags kommen sollte, hatte ich ihnen versprochen, frühmorgens nach Losheim zu fahren, die alte Dame zu versorgen und den Kachelofen, der das ganze Haus beheizt, anzuschmeißen. Aber wie sollte ich mit meinem noch sommerbereiften Auto über die spiegelglatte Straße dorthin kommen? Von öffentlichem Nahverkehr und Taxis kann man auf der Kehr nur träumen. Nach ein paar Versuchen, den Wagen zu bewegen, gab ich auf. Ich kann mich noch gut daran erinnern, dass meine Zähne mindestens so heftig knirschten wie der Schnee, durch den ich vier Kilometer lang stapfte.

Erstaunlicherweise war Mutter Agnes ansprechbar, als ich kam. Sie bat mich, ihr beim Aufsitzen zu helfen. Sie hielt mich immer noch für die Freundin ihres Sohnes, und keiner von uns sah die Notwendigkeit ein, die kranke alte Frau über die tatsächlichen Verhältnisse aufzuklären.

»Wie schön, dass es Euch heute so gut geht«, begrüßte ich sie in der Höflichkeitsform, die mich Jupp gelehrt hatte. »Entschuldigt bitte, dass ich so spät komme, aber ich musste laufen, weil es gefroren und geschneit hat. Mitte Oktober! Das gibt es doch gar nicht.«

Ein winziges Lächeln zeigte sich in den Mundwinkeln der alten Frau.

»Schnee gibt es hier immer«, sagte sie flüsternd. »In jedem Monat.«

»Wohl kaum im Juli«, erwiderte ich.

»Auch im Juli«, erwiderte sie und zog die Stirn kraus. »Ich weiß nicht mehr, in welchem Jahr das war, ich lebe schon so lange, viel zu lange, Jupp war damals noch nicht geboren …« Sie brach ab, und ich bat sie, sich nicht so anzustrengen, aber sie schüttelte kaum merklich den Kopf und brachte hervor: »Es gibt keinen Monat, in dem ich hier nicht schon mal Schnee gesehen habe.«

Ich schüttele mich. Nach Schnee sieht es heute zwar nicht gerade aus, aber die Temperatur dürfte durchaus im einstelligen Bereich liegen. Wird Zeit, die Winterreifen aufziehen zu lassen. Und die Rosen zu mulchen. Zum Glück habe ich noch einen Sack von Baumrindenschnipseln im Kuhstall liegen. Kann ich gleich mit den Pferdeäpfeln und dem Mirabelleneimer rüberbringen. Jetzt darf ich mir die Zeit nehmen, brauche ja nicht mehr auf das Kind zu achten. Beschließe also, noch ein paar gelbe Pflaumen aufzusammeln, die letzten dieses Jahres. Für Mirabellenklöße sind nur noch wenige geeignet – da mache ich aus den anderen eben Marmelade.

Als ich den vollen Eimer auf die Schubkarre wuchte, höre ich eine Wagentür auf- oder zuklappen. Ich lasse alles stehen und eile zurück zur *Einkehr*. Mir fällt nämlich ein, dass ich die Tür offen stehen gelassen habe und in letzter Zeit so einiges abhandengekommen ist. Nicht, dass mir auch noch Gudrun entführt wird.

Ein fremdes grünes Auto mit Berliner Kennzeichen parkt direkt neben Hans-Peters Sportwagen, dessen Kofferraum weit offen steht. Irgendjemand macht sich darin zu schaffen.

»Hallo?!«, rufe ich scharf dem mir zugereckten fremden männlichen Hintern entgegen.

Der Mann richtet sich auf und wendet sich mir zu. Er ist um die vierzig, schlank, groß und in seiner ganzen Erscheinung so blass, dass ich ihn gar nicht beschreiben kann.

»Guten Tag«, antwortet er mit erstaunlich sonorer Stimme. »Ich suche Herrn Kellenhusen.«

»In seinem Kofferraum?«, frage ich misstrauisch und trete näher.

»Natürlich nicht«, sagt der Fremde. Er dreht sich wieder um und starrt ins vordere Teil des Autos. »Da suche ich was anderes, ah, da ist es ja!«

Er reißt die Fahrertür auf und schnappt sich die Tabakdose.

»Nun mal halblang«, sage ich und trete auf ihn zu, um ihm die Dose zu entreißen. »Sie können doch nicht so einfach …«

Er hebt die Dose aus meiner Reichweite.

»Natürlich kann ich das. Hans-Peter ist ein alter Freund und wird mir das Pfeifchen gönnen. Ich sitze schon seit Tagen auf dem Trockenen, weil ich dieses feine Kraut hier nirgendwo kriegen kann. Wo steckt er überhaupt, der alte Knabe?«

Während er spricht, nähert er sich der Fahrertür seines eigenen Autos. Ich präge mir schnell das Berliner Kennzeichen ein. Man muss nicht schon mit Kriminalität zu tun gehabt haben, um zu merken, dass hier was oberfaul ist.

»Das hätten Sie erfahren können, wenn Sie sich wie jeder normale Besucher zur Haustür bemüht hätten«, erwidere ich und stelle mich vor seinen Wagen. Dann lasse ich einen Ballon steigen: »Sind Sie Anwalt?«

»Nein, wieso?«, fragt er unbekümmert und öffnet die Wagentür.

»Weil er einen braucht. Er steht im Verdacht, seine Frau ermordet zu haben.«

Der Mann lässt den Pfeifenbeutel fast fallen, den er seinem eigenen Wagen entnommen hat.

»Was?!«

Das Entsetzen ist echt, da bin ich mir sicher.

Jetzt öffne ich Hans-Peters Wagentür und ziehe die Zeitung hervor.

»Schauen Sie selbst«, sage ich und halte ihm das Blatt hin. »Die Dame ist spurlos verschwunden.«

Er legt Pfeifenbeutel und Tabakdose auf Hans-Peters

Autodach ab und blickt mit vor Entsetzen geweiteten Augen auf das Foto.

»Mein Gott, das ist ja unsere Gaby!«

Er überfliegt den kurzen Bericht über die verschwundene Ehefrau des Berliner Lokalpolitikers und reicht mir die Zeitung zurück. Vielleicht irre ich mich, aber mir scheint, dass seine Hände etwas zittern.

»Wo steckt Hans-Peter jetzt?«, fragt er, fahrig eine Pfeife aus dem Beutel ziehend. Ich antworte nicht sofort, sondern sehe interessiert zu, wie er sich aus Hans-Peters voller Tabakdose bedient und eine recht neu aussehende Pfeife mit geschwungenem Mundstück stopft.

»Er wird gerade von der Polizei verhört«, antworte ich, als er den ersten Rauch inhaliert. Er verzieht das Gesicht und beginnt, heftig zu husten. »Rauchen ist tödlich«, lese ich vergnüglich die Aufschrift auf der blauen Dose vor. Der Mann sieht nicht so aus, als schmecke ihm das, was er sich gerade zuführt.

»Wo?«, bringt er hustend hervor, bevor er mit einem weiteren kräftigen Zug noch einen Anfall provoziert.

»Vielleicht sollten Sie das Rauchen fremden Tabaks aufgeben?«, schlage ich vor und setze hinzu: »In Euskirchen. Da müssen Sie dann hier rechts fahren …«

Er blickt über meinen Kopf hinweg nach Belgien und scheint mir überhaupt nicht zuzuhören. Hinter seiner Stirn arbeitet es. Rauchende Kollegen haben mir versichert, die ersten Züge einer Zigarette seien besonders kreativitätsfördernd, und Marcel behauptet, Zigarillos würden ihm helfen, knifflige Aufgaben zu lösen. Vor so einer stehe ich jetzt auch. Eigentlich möchte ich diese ziemlich zwielichtige Figur so schnell wie möglich loswerden, andererseits plagt mich die Neugierde. Wieso hat Hans-Peter nichts von einem Freund erzählt, der mit ihm in den Urlaub gefahren ist? Und wieso weiß dieser Mann dann nichts von der seit zwei Tagen verschwundenen Gattin? Wer ist der Typ? Und was will er wirklich? Wieder siegt die Neugier.

»Sie können gern in meinem Restaurant auf Herrn Kellenhusen warten«, schlage ich vor. »Wir haben soeben erfahren, dass ihn die Polizei in ein paar Stunden zurückbringen wird, Herr ...«

»Danke«, sagt er kurz, ohne seinen Namen zu nennen. »Ich fahre lieber gleich nach Euskirchen.«

Mit der Pfeife im Mundwinkel setzt er sich ans Steuer und startet den Wagen.

»Nach rechts!«, schreie ich ihm noch hinterher, aber er ist bereits nach links Richtung Prüm abgedüst.

Leider hat er die Tabakdose nicht mitgenommen. Ich lasse sie auf dem Autodach liegen und versorge endlich meine Rosen. Ich hoffe, sie werden es mir im Frühling danken. Dann lege ich die Zeitung in den Mirabelleneimer und kehre zu Gudrun und dem Baby ins Haus zurück.

Zwei Stunden später

»Wenn ich dir doch sage, dass ich den Mann nicht kenne!« Hans-Peter sitzt wieder qualmend in meiner Küche und besteht darauf, mit keinem Pfeife rauchenden nichtssagend aussehenden großen, schlanken Typen befreundet zu sein.

»Vielleicht ein Überraschungsbesuch von einem alten Schulfreund?«, fragt Gudrun, der das neue Mysterium um ihren neuen Zukunftsgestalter überhaupt nicht behagt. Wie überall anders schätzt man auch in der Eifel geordnete Verhältnisse.

»Niemand außer meiner Familie weiß, dass wir hier sind«, murmelt Hans-Peter und setzt fast unhörbar hinzu, dass er keine Freunde habe.

»Vielleicht sucht man dich?«, frage ich und freue mich an der plötzlichen Blässe, die sich in seinem Gesicht auszubreiten beginnt. »Hast du vielleicht politischen Dreck am Berliner Stadtratsstecken? Gibt es da irgendeinen Klärungsbedarf?«

Wie sehr ich mir doch wünsche, dass er mal so richtig auf die Schnauze fällt, dieser Herumlavierer und Märchenerzähler. Dessen *Bedürfnissen* ich nicht gerecht geworden war.

Gudrun wirft mir einen vorwurfsvollen Blick zu. »Er ist doch nicht mehr ...«

»... Politiker«, beende ich nickend den Satz. »Jammerschade, dass sich dein großer Traum vom Senator nun doch nicht erfüllt hat! Da ist sicher der böse Koalitionspartner dran schuld, nicht wahr? In welchem Bereich hast du denn zuletzt gestadtratet?«

»Weißt du doch, Baudezernat«, knurrt er.

»Oh«, sage ich, »das lädt zur Korruption doch geradezu ein. Vor allem in Berlin, wenn ich mich recht entsinne. Hat die neue Bezirksregierung da etwa alte Ungereimtheiten aufgedeckt?«

»Es ist bestimmt was Gutes«, sagt Gudrun abwehrend. Meine Aggressivität gefällt ihr überhaupt nicht. Wahrscheinlich tut es ihr jetzt leid, dass sie so viel ausgeplaudert hat. Nicht mein Problem. Ich bin ja nur eine alternde dicke Exmodejournalistin, die endlich ihr Restaurant eröffnen möchte und überhaupt keine Lust mehr hat, auch nur irgendeinen Mann zu beglücken. Vielleicht sieht die Freiheit ja genau so aus. Wenn man bedenkt, wie viel Energie durch überflüssige Liebesgeschichten verloren geht, Energie, die man für erfreulichere und weiterführende Angelegenheiten einsetzen könnte!

»Vielleicht ist ein alter Erbonkel von dir gestorben.

Einer, den du gar nicht kennst«, setzt Gudrun hastig hinzu, als ihr aufgeht, dass Sterben normalerweise nichts Gutes ist. »Und du bist sein einziger Erbe. Da holt man sich schon mal einen Privatdetektiv, für dich aufzuspüren. Der darf anderen dann gar nicht sagen, wer er ist. So was gibt es.«

Träum weiter, denke ich, und sieh zu, dass du seinen *Bedürfnissen* auch wirklich entgegenkommst.

Ja, ich muss zugeben, das hat gesessen.

Hans-Peter steht auf. Der sonst so alerte Mann von Welt sieht plötzlich uralt aus.

»Schön wär's«, sagt er seufzend. »Aber sehr unwahrscheinlich. Ich muss jetzt ins Hotel.«

Er geht zur Tür. Ich stelle mich ihm in den Weg und deute auf den Wäschekorb, der wieder neben dem noch immer schlafenden Hund steht.

»Hast du nicht etwas vergessen?«

»Später«, sagt er, »später. Ich komme mir so verdreckt vor, da muss ich mich jetzt erst mal säubern. Ich hole Vinzenz später ab.«

»Wieso stört dich das Baby beim Duschen?«

»Weil ich mehr brauche als nur einen Wasserstrahl«, entgegnet er müde. »Wir haben eine Suite mit Sauna. Ich muss mir diesen Tag jetzt endlich aus den Rippen schwitzen. Bitte, Katja, versteh das doch! Ich verspreche, dass ich Vinzenz in spätestens drei Stunden abhole. Und euch zwei beiden auch. Im Burghaus kann man wunderbar essen, dann brauchst du heute nichts zu kochen, Katja, und wir können über was anderes sprechen.«

Genau so stelle ich mir einen schönen Abend vor – mit meinem des Mordes verdächtigen Exlover und seiner neuen Flamme in einem künftigen Konkurrenzunternehmen gepflegt zu speisen und mitten in einer anregenden

Konversation einem schreienden Säugling den Schnuller in den Mund zu stecken.

»Ohne mich«, sage ich zu Gudruns offensichtlicher Freude.

Ich tippe ihm den Zeigefinger dreimal in die Brust. »Drei Stunden! Also gut. Und keine Sekunde später! Dann ist das Kind hier weg!«

»Versprochen«, antwortet er, mindestens ebenso genervt wie ich.

»Und nimm deinen Tabak mit!«

»Ist ein Nichtraucherhotel«, versetzt er, steckt aber gehorsam die Dose ein, die ihm Gudrun eilfertig gereicht hat. Zusammen verlassen die beiden die Küche. Ich reiße das Fenster weit auf. Mir ist schon ganz schwummerig von dem Qualm. Und von der lästigen Gegenwart Hans-Peters. In meinem Kopf hämmert es.

»Man kann sich seinen Opa nicht aussuchen, kleiner Mann«, sage ich zu dem Wäschekorb, aus dem es wieder herausschreit.

Eine Einladung zum Mitsaunen wird offenbar nicht ausgesprochen, denn wenige Augenblicke später schleicht Gudrun wieder in die Küche.

»Ich mag eh nicht gern schwitzen«, sagt sie, als hätte ich meinen Gedanken laut ausgesprochen. »Außerdem habe ich schlimme Kopfschmerzen.«

»Ich auch«, sage ich, »das liegt an dem fürchterlichen Pfeifentabak. Ab jetzt wird hier nicht mehr geraucht, hörst du!«

Da schreckt mich das Klingeln meines Handys auf. Ich schaue aufs Display und hätte große Lust, Marcel einfach wegzuklicken. Nicht nur bei Kapitalverbrechen stehen die Behörden der Polizeizone Eifel landes- und staatenübergreifend in ständiger Verbindung miteinander. Und in Sachen Gaby von Krump-Kellenhusen muss sich doch schon längst einiges von Relevanz herausgestellt haben. Sonst hätte man Hans-Peter doch nicht einfach laufen lassen. Unerhört, dass es der belgische Polizeiinspektor, der mit der Kehr doch freundschaftlich verbunden sein will, nicht für nötig befindet, mich auf dem Laufenden zu halten. Zumal ich in diese Sache wider Willen ja mehr hineingezogen worden bin, als mir lieb ist. Aber vielleicht will er jetzt etwas Erhellendes preisgeben. Ich nehme das Gespräch also an.

Marcel ist sehr kurz angebunden. Ohne Begrüßung fragt er, ob ich irgendwann einen grünen Wagen mit Berliner *Plaquen* gesehen hätte.

»Ja«, erwidere ich aufgeregt, nenne ihm das Kennzeichen, das ich mir vorsichtshalber gemerkt habe, und vergesse alles andere. »Der Mann war heute hier und hat nach Hans-Peter gefragt. Eine sehr verdächtige Type, wenn du mich fragst. Und Hans-Peter behauptet, ihn nicht zu kennen. Was ist mit dem Mann?«

»Tot«, versetzt Marcel ernst. »Er ist tot. Autounfall in Krewinkel. Eine sehr seltsame Sache. Wahrscheinlich bist du eine wichtige Zeugin. Ich brauche dich. Komm bitte sofort zu Coras Haus.«

Ohne auf meine Antwort zu warten, kappt er das Gespräch. Ich starre mein Handy eine Zeit lang mit offenem Mund an.

»Was ist denn los?«, fragt Gudrun beunruhigt. Ich schüttele den Kopf und beobachte, wie sie mit ihren schönen langen Fingern das Baby auf dem Küchentisch auspackt. Ich verdränge den Gedanken, was sie gestern Nacht ausgepackt haben mag und welche Bedürfnisse diese Hände wohl befriedigt haben könnten.

»Weiß nicht«, murmele ich, »ich glaube, der Mann

von vorhin ist tot. Wenn ich Marcel richtig verstanden habe. Und ich soll eine wichtige Zeugin sein. *Er braucht mich*. Ich muss sofort nach Krewinkel.«

»Herr im Himmel«, stößt Gudrun hervor und zerrt am Klettverschluss der Windel. »Da ist also noch jemand anders hinter dem Erbe her!«

»Was für einem Erbe?«, frage ich verwirrt. Sprechen jetzt alle in Rätseln?

»Na, was ich eben gesagt habe, wenn es doch ein Privatdetektiv war, der Hans-Peter wegen seines verstorbenen Onkels in den USA sucht ...«

Er war tatsächlich Privatdetektiv. So viel hat die belgische Polizei inzwischen herausgefunden.

»Er hieß Holger Eichhorn, stammte aus Berlin und arbeitete offenbar allein; jedenfalls können wir niemanden in seinem Büro erreichen«, erklärt Marcel. »Kennst du den? Sagt dir der Name was?«

Ich kann nicht antworten. Stehe immer noch mit offenem Mund am Unfallort und kann den Anblick gar nicht fassen. Das grüne Auto muss in der Kurve vor dem Sektenhaus von der Straße abgekommen sein. Es hat Coras Herbstblumen geplättet, ist durch das Märchenschloss gebrettert und vor einem Kräuterbeet zum Stehen gekommen. Der Reigen bunt gekleideter Menschen ist auseinandergerissen, die lachende Sonne entzweigesplittert, und die blaue Eingangstür schwingt seitlich des Wagens schief an einer Angel. Sieht so aus, als ob sie gleich zu Boden fallen könnte.

Der Unglücksort ist mit Bändern abgesperrt, aber im nur leicht demolierten Auto befindet sich offensichtlich niemand mehr. Die Leiche ist wohl schon zur Gerichtsmedizin gebracht worden.

Wie bildgewordene Ratlosigkeit stehen Gerti, Bine und Bella mit eingefrorenem Lächeln in ihren bunten Gewändern vor dem efeuüberwucherten Bruchsteinhaus. Sechs kleine Kinder haben sie um sich geschart. Alle halten sich an den Händen und schauen ins vermutlich und hoffentlich erleuchtende Nichts. Das Ganze erinnert an den Märchenschlossreigen, bevor ihm ein grünes Auto zustieß. Victor steht in seinem blauen Outfit abseits und redet gestenreich auf einen belgischen Polizeibeamten ein. Plötzlich lässt er sich sacken, nimmt das Haupthaar hoch und den Lotussitz ein, reißt sich das Pendel vom Hals und lässt es vor den Augen der belgischen Staatsgewalt kreiseln. Der Beamte schüttelt den Kopf und geht auf die Frauen-Kinder-Gruppe zu. Ich recke den Hals, aber Cora ist nirgendwo zu sehen, ebenso wenig ihr rotes Rennrad, das sonst immer an der Bruchsteinmauer lehnt. Ist wohl ganz vernünftig, dass sie sich jetzt diesem Wahnsinn fernhält. Der vor allem aus einer Stille besteht, die kein Krimifreund vom deutschen Tatort erwartet. Wenn da die Leiche gefunden wird, herrscht immer laute Hektik. Schreiende Zeugen, knarzige Stimmen aus Polizeiwagen, Handys mit seltsamen Klingeltönen, kauzig diskutierende Ermittler, geräuschvoll kauende Gerichtsmediziner und aha-rufende Spurensucher. Ein Haufen Leute ist hier vor Ort, aber sie machen ihre Arbeit nahezu unhörbar und verständigen sich leise. Ein blecherndes und dann knirschendes Geräusch lässt mich zusammenzucken. Das Türchen hat sich endlich von seinem letzten Scharnier befreit und ist erst gegen das Auto und dann auf den Kies gefallen.

»Volle Pulle durchs Tor«, bringe ich schließlich einen Halbsatz hervor.

Marcel nickt.

»Als ob das Bremspedal blockiert gewesen wäre. Und er hat am Steuer geraucht. Die Pfeife war noch warm.«

Ich schlage die Hand vor den Mund. In der Erkenntnis, wohl tatsächlich eine wichtige Zeugin zu sein.

»Dann weiß ich genau, zu welchem Zeitpunkt es passiert ist«, flüstere ich.

»Das wissen andere auch«, sagt Marcel trocken und nickt zu den Hausbewohnern hin. »Hat schließlich einen Höllenlärm gegeben. Die haben uns sofort gerufen. Stehen jetzt noch unter Schock, wie du siehst.«

Oder unter Drogen. Aber diesen Gedanken behalte ich für mich. Wie auch die plötzliche Eingebung, dass mein Hanf – mein Hanf?! – möglicherweise hier gelandet ist. Weil ihn Cora auf der Suche nach mir hinter meinem Haus gefunden hat. Ist das zeitlich möglich? Wie und wann soll sie ihn dann weggeschafft haben? Vielleicht wurden getrocknete Marihuanabüschel zerpflückt, als ich am Sektenhaus angeläutet habe. Würde einiges erklären. Darüber muss ich später nachdenken. Jetzt muss ich erst einmal Marcels fragende Augen konfrontieren.

»*Der Tod ist ein Märchenschloss*«, titele ich, weil mir in unangenehmen Lagen nur Schlagzeilen einfallen.

»Nein«, sagt Marcel kopfschüttelnd und fügt einen Satz an, der unter anderen Umständen zum Lachen gewesen wäre: »Dieses Tor scheint ihn nicht umgebracht zu haben. Vielleicht war er schon vorher tot. Möglicherweise ein Herzinfarkt am Steuer, das wird sich schnell herausstellen. Kannst du nicht doch was mit dem Namen Holger Eichhorn anfangen?«

»Er hat sich mir nicht vorgestellt«, antworte ich. »Überhaupt war er sehr unhöflich. Vor zwei Stunden ist er bei mir aufgetaucht, angeblich auf der Suche nach Herrn Kellenhusen. Hat an seinem Auto herumgefummelt und so getan, als sei er ein alter Freund. Ich fand den Kerl ziemlich zwielichtig. Und Herr Kellenhusen behauptet, ihn nicht zu kennen. Mehr weiß ich auch nicht.«

»Dann werden wir uns deinen Klaus-Dieter mal vornehmen«, sagt Marcel.

»Du redest wie Cora«, entgegne ich vorwurfsvoll. »Er heißt Hans-Peter und sitzt gerade in der Sauna seines Zimmers im Burghaus Kronenburg. In drei Stunden kommt er zu mir auf die Kehr, um sein Baby abzuholen.«

Marcel blickt auf die Uhr.

»Gut, ich werde da sein. Muss sowieso noch meinen Rapport fürs Dossier schreiben. Wir sehen uns also in drei Stunden in deinem Privathaus. Du bringst den Mann dann am besten gleich rüber.«

Wieder einer seiner alten Tricks.

»Alles klar«, sage ich seufzend, »damit du ihn schon in Belgien beharken kannst und nicht den Dienstweg über die Kollegen in Rheinland-Pfalz zu bemühen brauchst.«

»NRW«, verbessert er mich. »Kronenburg gehört zu NRW, das solltest du inzwischen gelernt haben.«

»Meinetwegen«, fauche ich ihn an. »Wenn du solche Kopfschmerzen hättest wie ich, würdest du auch keine Grenzen mehr kennen. Was ist mit seiner Frau?«

»Nichts Neues. Er hat bei den Euskirchener Kollegen zugegeben, dass sie sich gestritten haben und sie ihn mit ihrer Abwesenheit bestrafen will. Sie hat genug Cash dabei, für sich von dem Streit in Frankreich oder Luxemburg zu erholen. Wir haben bei den dortigen Behörden bereits Meldung gemacht.«

»Und das Blut am Bunkerstein?«

»Reicht nicht für eine Festnahme. Beweist nur, dass sie vor Ort gewesen ist.«

»Spuren?«

»Viele. Deine zum Beispiel.«

»Ach, werde ich wieder mal verdächtigt?«

Geräuschvoll stößt Marcel Luft aus.

»Wenn du unbedingt wieder im Mittelpunkt stehen willst«, bemerkt er genervt. »Aber ich kann dich beruhigen. Es gibt keine Schleifspuren oder Hinweise darauf, dass du einen leblosen Körper weggeholt hast. Noch irgendwelche Fragen? Ich muss hier nämlich weitermachen.«

»Entschuldige, dass ich dich dabei störe«, fahre ich ihn an. »*Du* hast mich schließlich hierherbestellt. Aber wie ich sehe, brauchst du mich gar nicht. Und wo ist eigentlich Cora?«

Er zuckt mit den Achseln. »Woher soll ich das wissen? Sucht wahrscheinlich irgendwelche Kräuter im Wald. Ich habe zu tun. Wir sehen uns später.«

Ich sitze schon in meinem Wagen, als er mir noch etwas hinterherruft: »Gute Besserung!«

Da erst merke ich, dass das Hämmern hinter meiner Stirn tatsächlich nachgelassen hat. Muss die frische Eifeler Luft sein.

Ich hätte große Lust, gleich nach Kronenburg zu fahren und Hans-Peter mit der Erkenntnis zu konfrontieren, dass der alte Freund, mit dem er nichts zu tun haben will, auf gewaltsame Weise das Zeitliche gesegnet hat. Aber ich beherrsche mich. Drei Stunden sind eine lange Zeit. Es widerstrebt mir, diesen Mann so lange auf meinem Terrain um mich zu haben. Noch dazu in Gegenwart einer kuhäugigen Gudrun, die alles daransetzen wird, ihn zu umgarnen und zu verteidigen. Mich nervt das alles. Ich mache also wieder eine Rundtour, diesmal durch das etwas dichter besiedelte NRW.

Als ich später in den Hof der *Einkehr* fahre, treten Jupp und Hein gerade vor die Tür. Gespannt kommen sie auf mich zu.

»Was ist denn in Krewinkel passiert?«, fragt Hein, der sich dem Anlass entsprechend das Haar blauschwarz gefärbt hat und mit dunkellila Schuhen prunkt. Jupp trägt ein neues dunkelblaues Hemd und blank polierte Schuhe. Sein ergrauendes Haar hat er sich mit Gel verklebt. »Gudrun sagt, du bist Hals über Kopf davon, weil Marcel dich angerufen hat. Sie tat sehr geheimnisvoll und ist voller Sorge um dich.«

»Es gab einen weiteren seltsamen Todesfall«, gebe ich müde zurück. Gudrun sollte nicht so viel reden.

»Mord?«, fragt Jupp mit einer Stimme, die sowohl verzweifelt als auch hoffnungsvoll klingt. Jeder Mord, der nicht ihm angelastet werden kann, kommt ihm in seiner Lage wohl recht.

Ich schüttele den Kopf.

»Autounfall. Vielleicht auch Herzinfarkt, weiß man noch nicht. Ein Tourist, wie es scheint.«

»Ach so«, gibt Hein erleichtert zurück, »dann geht es uns ja nichts an.«

»Vielleicht doch«, murmele ich. »Ihr habt euch ja ganz schön aufgebrezelt. Wo wollt ihr zwei Hübschen denn hin?«

»Nach Trier. Essen und dann in die Disco«, sagt Jupp. »Wir müssen mal hier raus. Abtanzen. Aber wieso geht es uns vielleicht doch was an?«

»Das muss ich noch herausfinden«, sage ich und erinnere Jupp daran, dass er sich der Polizei zur Verfügung halten solle und das Bundesland nicht verlassen dürfe.

»Trier ist nicht aus der Welt«, bemerkt Hein ungehalten.

»Aber in Rheinland-Pfalz. Du musst in NRW bleiben, sonst könntest du Schwierigkeiten kriegen, Jupp.«

Der große breite Mann lacht bitter.

»Dann dürfte ich weder dich zu Hause besuchen noch Gudruns ehemaligen Hof renovieren. Aber du hast ja recht, Katja. Dann fahren wir eben nach Köln.«

Hein nickt.

»Morgen ist der Spuk eh vorbei«, sagt er, »da wird das Obduktionsergebnis bekannt gegeben und mein Jupp entlastet sein.«

»Wenn du meinst«, murmele ich, immer noch nicht ganz überzeugt, dass Mutter Agnes eines gänzlich natürlichen Todes gestorben sein soll. Hans-Peter hat es sehr drastisch ausgedrückt, aber mit einem hatte er recht: Jupp war ziemlich durch den Wind gewesen, als Marcel erwähnte, man werde die Todesursache gerichtsmedizinisch untersuchen. *Die werden doch meine Mama nicht aufschneiden.*

»Alles, was ich getan habe, war, meine Mutter in den Wald zu bringen. Und der Ritt hat sie nicht umgebracht«, versichert Jupp, »sie hat gelebt und war ganz klar, als ich sie unter den Baum gelegt habe. Und sie hat ganz bestimmt nichts zum Einholen mitgeholt.«

»Aber man hat eine leere Schnabeltasse unter der Decke gefunden«, gebe ich zu bedenken, während mir durch den Kopf geht, wie verwirrt ein Eifeler in Berlin wäre, wo man beim *Einholen* etwas kauft.

»Wasser«, sagt Jupp, »da war nur ganz viel Wasser drin. Das wollte sie haben. Sie hatte Durst.«

Sie hatte nie Durst, denke ich, sage es aber nicht laut. Immer wieder hatten uns Dr. Knauff und der Pflegedienst vor der Dehydrierung der alten Frau gewarnt und uns beschworen, ihr regelmäßig Wasser einzuflößen. Wie vielen betagten Menschen fehle ihr das Gefühl für Durst, hieß es.

Aber so klar Mutter Agnes im Kopf auch gewesen sein mochte – körperlich war sie viel zu schwach, als dass sie einen Haufen Tabletten horten, verstecken und hätte einnehmen können. Ich stelle mir vor, wie behutsam Jupp sie vor sich auf dem Pferd gehalten hat und mit ihr von Losheim über die Felder unter den Windrädern hindurch in den Wald zur Kehr geritten ist. Die Polizisten aus Euskirchen hatten sich gewundert, dass ihnen die ganze Strecke über niemand begegnet war – was eigentlich nur zeigt, wie fremd den Beamten aus der Ebene unsere bergige Ecke doch ist. Der jüngere Polizist, der offensichtlich noch nicht lange dabei ist, hat sogar darüber gestaunt, dass der belgische Kollege so einwandfrei Deutsch spricht, und Marcel daraufhin ein Kompliment gemacht.

»Sie beherrschen Ihre Muttersprache doch auch«, hatte der irritiert erwidert und den Euskirchener damit nur noch mehr verwirrt. Als dessen älterer Kollege ihn unkorrekt darüber aufklärte, Marcel sei ein *deutscher Belgier*, musste der zu untersuchende Fall zugunsten eines Vortrags über die *Deutschsprachige Gemeinschaft* des Königreichs zurückstehen.

Zwei Stunden später

Wo bleibt Hans-Peter? Er sollte längst hier sein. Marcel hat soeben angerufen, um mir mitzuteilen, dass er sich jetzt aus Sankt Vith auf den Weg mache und ich mich bitte schön mit dem möglichen Delinquenten in mein eigenes Haus begeben solle.

Ich blicke auf die Uhr. Der Polizist wird eine knappe halbe Stunde brauchen, weniger als ich, wenn ich nach

Kronenburg fahre, Hans-Peter da aufgabele und mit zurücknehme.

»Hoffentlich ist ihm nicht auch noch was zugestoßen«, unkt Gudrun jammernd.

»Ganz bestimmt. Eine hübsche Kellnerin zum Beispiel«, gebe ich grob zurück. Die Möhre, die mir Gudrun aus der Küche hinterherwirft, verfehlt mich knapp und knallt gegen die Garderobe im Flur. Linus, der dem Flugobjekt hinterhergeeilt ist, knurrt enttäuscht, als er es aufgestöbert hat.

»Du bleibst hier!«, kommandiere ich ihn, als er mir ins Freie folgen will.

Kurz vor dem ehemaligen Zollhaus biege ich die Straße *Zur Kehr* rechts ein und sehe vor mir eine Nebelwand. Nun, ich kenne den Weg runter nach Hallschlag, der Ortschaft, aus der meine Mutter stammte und wo Marlene Jenniges Hexenküche steht, ein kleiner Imbiss, an dem ich gelegentlich eine Zwischenmahlzeit einnehme. Vor allem dann, wenn ihr Mann Karl-Heinz in der Werkstatt neben seinem Gebrauchtwarenhandel meinem inzwischen recht strapazierten Wagen irgendein neues Teil verpasst.

Der Nebel wabert nur über der Kehr. Kurz hinter dem Gehöft des stets hilfsbereiten Kuhbauern Martin Quetsch habe ich wieder freie Sicht. Unten im Dorf biege ich links ab, lasse die Kirche rechts liegen und fahre dann gleich rechts auf die Landstraße. Karl-Heinz blickt auf, als ich an seinem Autohaus vorbeifahre, und winkt mir fröhlich zu. Ich winke nicht zurück, da mir gerade zwei Motorradfahrer entgegenkommen, die sich auf der geraden Strecke ein Wettrennen liefern, und ich abbremsen muss. Solltet ihr nicht schon längst eingemottet sein, murmele ich verärgert und froh darüber, dass die Saison der gefährlich rasenden Zweiräder in der Eifel bald vorbei ist. Als ich hier noch neu war, staunte ich über das Lebensalter – Sterbealter – der vielen Motorradtoten in der Eifel. Früher hatte ich immer angenommen, die ganz Jungen würden durch ihren Übermut auf so fürchterliche Weise bestraft. Aber es sind meistens Männer in *meinem* Alter, also um die fünfzig, die mit ihren Maschinen begraben werden. Männer, die ihre Jugend noch mal entdecken wollen und dadurch umkommen.

Herbstlaub fegt über die ansteigende Straße entlang des Kronenburger Sees. Zum hunderttausendsten Mal ärgere ich mich über die blödsinnige Ampel im Nirgendwo. Die einzige weit und breit – keines der Städtchen in der Nähe verfügt über eine derartige Verkehrsregelung, weder Prüm noch Stadtkyll oder Jünkerath. Und diese einsame Ampel steht immer auf Rot. Damit die Besucher des holländischen Ferienparks zur Linken sich mit oder ohne Wohnwagen gefahrlos auf die Landstraße einschleichen können, hat mir Hein mal erklärt. Nun gut, Holländer fahren bekanntermaßen langsam und sind eben keine Berge gewöhnt.

Kurz hinter dem Verkehrsärgernis fahre ich die Serpentinenstraße links hinauf. Sie führt in den sehr malerischen alten Ortskern Kronenburgs, des einzigen Wohnorts in der Nachbarschaft, der im Zweiten Weltkrieg von Bombenangriffen verschont geblieben ist.

Ich halte nicht auf dem Parkplatz am Ortseingang, sondern fahre unter einem schmalen Torbogen langsam die kopfsteinbepflasterte Gasse zum Hotel runter. Auf dem sehr feinen und schön restaurierten Schlossgelände parke ich meinen Wagen direkt vor der Hoteltür und betrete den eher kleinen Flur der Rezeption. An der Empfangstheke aus edlem dunklen Holz steht niemand, also strebe ich der gewundenen Holztreppe zu. Erster Stock, Zimmer Nr. 110, die Napoleonsuite, hat Gudrun gesagt. Der riesige gold gerahmte Spiegel auf der rechten Seite im Eingangsflur wirft mir das Bild einer rotgesichtigen übergewichtigen Frau zu, die sich dringend die Haare färben sollte. Was sie noch nie getan hat. Der Gedanke erschreckt mich so, dass ich fast über den Menüständer vor dem Restauranteingang gestolpert wäre. Ich widerstehe der Versuchung, das ganze Angebot der Konkurrenz zu studieren, nehme nur auf, dass hier Filet vom Eifler Hirsch mit caramellisiertem Rosenkohl, Kartoffelgratin und Holunderbirne für 25,50 Euro gereicht wird. Mir knurrt der Magen. Vielleicht hätte ich Hans-Peters Angebot doch nicht ausschlagen sollen.

Vor der Tür Nummer 110 steht eine schmale dunkelhaarige Frau und klopft.

»Zu Herrn Kellenhusen möchte ich auch«, sage ich und beäuge die hübsche Erscheinung misstrauisch. Hans-Peter hat sie bestimmt voller Wohlwollen gemustert.

»Er wollte schon vor einer halben Stunde geweckt werden«, sagt die Frau, die sich mir als Marion mit einem unaussprechlichen Nachnamen vorstellt, »aber er reagiert weder auf Anrufe noch auf Klopfen.«

»Der Mann hat einiges hinter sich und ist schwer erschöpft«, sage ich, »da hilft wohl nur noch kräftiges Rütteln am schlafenden Körper.«

Die junge Frau sieht mich an.

»Wenn Sie das übernehmen würden«, meint sie und öffnet auf mein aufmunterndes Nicken hin die Tür.

»Halloho, Hans-Peter!«, rufe ich.

Nichts. Das schmiedeeiserne weiße Himmelbett ist unberührt. Auf dem Fußboden liegt eine nachlässig hingeworfene Jeans. Links von ihr erkenne ich die Beine, die darin hätten stecken sollen, jetzt aber nackt ins Zimmer ragen. Der Oberkörper des Mannes liegt vor der geöffneten Saunatür. Die Bauchlage erspart uns zwar allzu intime Einblicke, aber das hätte den Kopf, der still in einem Brei von Erbrochenem liegt, auch nicht mehr gestört. Keine von uns beiden muss sich herunterbeugen, um den Puls zu fühlen. Die erstaunt geöffneten Augen des seitlich gelagerten Kopfes sagen uns mehr, als wir wissen wollen.

»Oh Gott«, flüstert Frau Marion.

Ja, ein Gebet ist jetzt wirklich angebracht. In welchem Jenseits sich Hans-Peter befindet, ist sicherlich Glaubenssache. Cora und die Ihren würden ihm wohl das Nirwana wünschen. Dagegen hätte ich nichts einzuwenden. Hauptsache, er wird nicht wiedergeboren.

Fünftes Gericht

Holunderbirne im Elchherzmantel
mit frittierten Kartoffeln nach belgischer Art und karamellisiertem Rosenkohl

Abends
Keine Ahnung, wie lange ich schon im Kaminzimmer des Schlosshotels vor mich hin döse, im weichen braunen Ledersessel wie mit einem zweiten Fettpolster verschmolzen. Zusammenhanglose Gedankenfetzen schwirren mir durch den Kopf. Ich weiß nicht einmal mehr genau, was ich der Euskirchener Kriminalpolizei erzählt habe, erinnere mich vor allem daran, dass mich der ältere Polizist sehr misstrauisch beäugt hat. »Sie schon wieder?«

Und dann wurde ich gelöchert. Zwei mysteriöse Todesfälle in zwei Tagen. Und jedes Mal finde ich die Leichen auf.

»Nicht in Krewinkel«, hatte ich vehement erwidert und mich damit wohl noch verdächtiger gemacht, denn da erst brachten die Beamten die Meldung über den merkwürdigen Verkehrsunfall in Belgien mit den anderen beiden Fällen in Verbindung. Und mit Gaby von Krump-Kellenhusens Verschwinden. Und mit den Morden vom vergangenen Jahr. Die längst aufgeklärt und mir nicht mehr anzulasten sind.

Plötzlich war sogar die Rede von einem verschwundenen Baby.

»Das ist bei mir«, hatte ich müde geantwortet. Da fragte mich der ältere Polizist in einem unerträglich mitfühlenden Ton tatsächlich, ob ich mir nicht vielleicht schon immer ein eigenes Kind gewünscht hätte? So ein Niedliches wie den süßen Vinzenz? Ein kleines Wesen zum Liebhaben? Manchmal sei der Kinderwunsch so übermächtig, dass eine Frau gar nicht anders könne, als ein scheinbar elternloses Baby *bei sich nach Hause mitzuholen*. Für meine Fassungslosigkeit fand ich keine Worte.

Es sei doch recht merkwürdig, fuhr der Beamte mit gleichbleibender Freundlichkeit fort, dass sich der Säugling ausgerechnet in meiner Obhut befinde. Nachdem die Frau des inzwischen Verstorbenen von der Bildfläche verschwunden ist. Habe es darüber vielleicht mit dem Großvater des Kindes Streit gegeben? Habe er das Kind zurückverlangt? Und habe die Frau, die heute sämtliche Windeln aus dem Hotelzimmer mitgeholt hatte, etwa in meinem Auftrag gehandelt?

Ich schüttelte zu allem den Kopf. Nickte nur, als die Polizisten mich aufforderten, im Hotel zu bleiben, bis sie mit dem Baby von der Kehr wieder zurückkämen. Mein Handy haben sie mir abgenommen; wahrscheinlich befürchten sie, dass ich meine Aussage mit der Windelhandlangerin Gudrun abspreche. Oder sie wollen nachprüfen, ob ich mich mit Hans-Peter in seinem Zimmer verabredet und ihn dort irgendwie umgebracht habe.

Dabei ist noch längst nicht geklärt, ob sein Tod nicht vielleicht doch eine natürliche Ursache hat. Immer wieder gibt es Leute, die Saunagänge nicht überleben – zudem hat er zur großen Betrübnis des Hotelbesitzers in der Nichtrauchersuite, vermutlich im Sessel unter dem gold gerahmten Napoleongemälde, auch noch Pfeife geraucht.

Geradeaus denken geht gar nicht mehr. Ich schließe die Augen, voller Entsetzen darüber, dass der Mann, den ich in den letzten beiden Tagen öfter tot gewünscht habe, jetzt wirklich tot ist. Alles andere verblasst daneben. Ich fühle mich schuldig, als hätte ich seinen Tod heraufbeschworen. Ein Gedanke setzt sich in meinem Kopf fest: Wenn sich Mutter Agnes allein durch ihren *Willen* getötet haben sollte, kann dann vielleicht auch eine Verwünschung zum Tod führen, wie Voodoo-Anhänger glauben? Fauler Zauber, denke ich. Sofort fallen mir wieder die Leute in Krewinkel ein, was das Chaos im Kopf nur noch vergrößert.

Plötzlich dringt eine Stimme wie aus einer anderen Welt zu mir durch:

»Sie müssen doch fürchterlichen Hunger haben. Darf ich Ihnen etwas zu essen bringen, während Sie warten?«

Der vertraute Tonfall, dieses leicht geröchelte R der Deutschsprachigen Gemeinschaft und die sehr berechtigte Frage wecken meine Lebensgeister.

»Sie sind Belgier«, erkläre ich erstaunt und setze mich aufrecht hin. Dirk Peters, der Juniorhausherr des Burghotels, nickt freundlich und reicht mir die Speisekarte, auf der ich den *caramellisierten Rosenkohl* wiedersehe. Belgier. Ich deute auf das C.

»Das klingt gut«, sage ich, »sehr belgisch.«

»Ist es auch«, erwidert er nicht ohne Stolz. »Die Engländer nennen Rosenkohl sogar Brussel Sprouts.«

»Den sie wahrscheinlich zu Tode kochen«, sage ich seufzend und setze hinzu: »Ich liebe ihn knackig, koche ihn gar nicht, sondern gare ihn am liebsten in der Pfanne an, ehe ich ihn karamellisiere.«

»Aha, Sie verstehen etwas davon«, bemerkt Peters, nachdem er einer Kellnerin den Auftrag erteilt hat. »Unser Küchenchef leidet immer ganz schrecklich, wenn den Eifelern der Rosenkohl zu süß und nicht weich genug ist.«

Wie gut es doch tut, wieder über eine unkonventionelle Zubereitung von Lebensmitteln zu sprechen!

Das Essen serviert mir der Koch selbst im Kaminzimmer. Ein sehr liebenswürdiger Schwabe, der meine Not erkennt und mir mitteilt, dass er im Hauptberuf als Pfarrer arbeite. Das unausgesprochene Angebot, mein Herz zu erleichtern, ist zwar reizvoll, doch vorerst ist der Hunger größer. Mit vollem Mund möchte ich nicht über meine Lage sprechen. Nicht beten, dass dieser Elch an mir vorübergehen möge. Elch? Hirsch! Der nicht vorübergehen, sondern mir munden soll. Ich falle also über den erstaunlich zarten Eifeler Hirsch und den caramellisierten Rosenkohl her. Und merke mir die Holunderbirne fürs eigene Restaurant. Zum Elchfilet, versteht sich. Eingebungen sollte man beherzigen. Herz. Elchherz, besser noch: mit Holunderbirne gefülltes Elchherz. Muss ich mal ausprobieren.

Als ich beim Komponieren neuer Köstlichkeiten mein Glas *korrespondierender Weinbegleitung* geleert habe, dringt mir vertrautes Babygeschrei in die Ohren. Frau Marion mit dem unaussprechlichen Nachnamen kommt mit Vinzenz in den Armen herein, flankiert von den beiden Polizisten, die Windelpakete schleppen.

»Sind Sie sicher, dass es Ihrer Mutter nichts ausmacht, das Kind für ein paar Tage zu hüten?«, fragt der ältere Beamte.

»Sie freut sich darauf«, versichert die junge Frau, »Kinder fühlen sich bei ihr immer wohl, das sehe ich an meinen eigenen. Sie hat nun mal sehr gern kleine Kinder um sich.«

»Wie alle Frauen«, sagt der Beamte und wirft mir einen nachdenklichen Blick zu. Ich bekomme mein Handy zurück und darf gehen. Natürlich nicht ohne mir den

Spruch des Zurverfügunghaltens anzuhören. Auf meine Frage, wann mit dem Obduktionsergebnis zu rechnen sei, erhalte ich, wie erwartet, keine Antwort.

Gudrun ist in Tränen aufgelöst und natürlich völlig verzweifelt.

»Seine Frau ist heimlich zurückgekommen, für ihn umzubringen«, heult sie, »weil sie nicht will, dass er sie verlässt und endlich glücklich wird. Da bin ich mir ganz sicher!«

Ich gebe zu bedenken, dass sich Hans-Peter in einem für Männer sehr gefährlichen Alter befunden und er viel Stress hinter sich habe sowie ungewohnte Aufregung. Dazu noch die Hitze der Sauna und die unaufhörliche Qualmerei; da sei ein Herzinfarkt nicht unwahrscheinlich. Allerdings verkneife ich mir die Bemerkung, wie anstrengend auch die Nacht mit einer liebestollen Frau gewesen sein könnte. Eine solche Anzüglichkeit darf ich mir nicht leisten; schließlich bin ich sexuell mindestens so ausgehungert wie sie. Nur dass ich beschlossen habe, diesem Appetit für den Rest meines Lebens nicht mehr nachzugeben. Das Thema Mann im Bett ist für mich genauso tot wie der letzte Mann in Gudruns Bett.

Unter Schluchzen erzählt mir Gudrun, dass ihr die Polizeibeamten das Baby regelrecht entreißen mussten. »Was soll Vinzenz denn im Kinderheim?«, heult sie. »Bei mir hat er es doch so gut wie bei der eigenen Mutter! Wenn nicht sogar besser!«

Ja, das habe sie den Polizisten auch gesagt, dennoch hätten sie ihr das Kind *weggeholt*. »Es ist doch das Einzige, was mir von Hans-Peter bleibt!«

Vorsichtig gebe ich zu bedenken, das Kind habe immerhin schon eine Mutter, die es nach ihrer Karibikkreuzfahrt sowieso wieder einfordern werde, und denke, wie erfreut der Beamte gewesen sein muss, bei der anderen Frau auf der Kehr mit seiner Unterstellung so ins Schwarze getroffen zu haben.

»Vinzenz kommt nicht ins Heim. Und du wirst ihn regelmäßig besuchen können«, mühe ich mich, meine Freundin zu trösten. »Er kommt jetzt zu unserer Nachbarin unten an der Straße zur Kehr, zu Anneliese.«

»Da soll er lieber bei mir bleiben! Die kennt den doch gar nicht!«

»Sie ist nicht in einen möglichen Mordfall verwickelt, Gudrun, und wir beide gelten wohl irgendwie als verdächtig. Du solltest jetzt endlich aufhören, über das Kind zu jammern, sonst wird dir gleich noch ein Mordmotiv angehängt.«

Ich sorge dafür, dass Gudrun eine Schlaftablette nimmt, stecke sie wie ein kleines Kind in das Bett, in dem sie Hans-Peter die allerletzte Liebesnacht seines Lebens beschert hat, und bleibe still bei ihr sitzen, bis sie eingeschlafen ist. Linus lasse ich in ihrem Zimmer, damit sie beim Aufwachen wenigstens *ein* Lebewesen zu versorgen hat. Der Hund wird sie auf jeden Fall daran hindern, auf dumme Gedanken zu kommen. Gudrun ist normalerweise eine starke, tüchtige und nüchterne Frau, aber eine, bei der die Wechseljahre nicht fern sind. Auf was für dumme pubertierende Gedanken man da kommen kann, wenn plötzlich eine Liebe im Spiel ist, habe ich oft genug beobachtet und am eigenen Leib erlebt.

Als sie fest eingeschlafen ist, stiefele ich hinüber nach Belgien und öffne die Tür des immer noch dringend renovierungsbedürftigen Hauses, das ich vor einem Jahr zusammen mit Linus geerbt habe. Ohne den Hund finde ich die Stille plötzlich unerträglich. Ich schimpfe zwar immer noch über die Slalomläufe am wuchtigen belgischen Mobiliar vorbei, aber ich habe mich inzwischen an die zugestellten Räume gewöhnt. Irgendwann werde ich alles ausmisten, renovieren und bei einer gänzlich neuen Einrichtung jede Stilrichtung außer Eiche rustikal erwägen. Wenn es hier endlich wieder ruhiger geworden ist und mein Restaurant läuft. Also im nächsten Frühjahr. Der Illusion, die *Einkehr* rechtzeitig vor Weihnachten eröffnen zu können, gebe ich mich nicht mehr hin.

Ich schalte den Fernseher ein und nach fünf Minuten wieder aus, als ich merke, dass kein Wort aus der Kiste zu mir durchdringt.

Jetzt könnte ich mich ja mal endlich mit dem Computer befassen, den Hein in meinem Wohnzimmer aufgestellt und eingerichtet hat. Schon vor Monaten hat er mich aufgefordert, mich mit ein paar *einfachen* Programmen vertraut zu machen, die für meinen künftigen Aufgabenbereich unerlässlich seien. Kenntnisse von Microsoft Word reichten dafür nicht aus. Lustlos rufe ich die Seiten auf, mache sie aber sofort wieder zu, als ich lange Tabellen sehe.

Man könnte ja ein bisschen googeln. Etwas über Gaby von Krump-Kellenhusen und ihre Stiftung herausfinden zum Beispiel. Wieso sollte die was mit Bäumen zu tun haben, wenn ihr Herz an Mopsfledermäusen hängt? Und am Himalaja. Hohe Gipfel. Matterhorn! Ach, Hans-Peter, solchen Schrei wirst du nie wieder ausstoßen.

»Stiftung zum Schutz bedrohter Arten«, lese ich und sehe daneben das mir bereits vertraute Foto der kastanienbraunen Schönheit. Wenn ich heranzoome, kann ich der Frau in unwirklich leuchtend grüne Augen blicken. Wahrscheinlich gefärbte Kontaktlinsen, denke ich; an dieser Frau ist alles künstlich! Da braucht sie wohl so eine Stiftung als Gegengewicht. Wenn man sich mit der eigenen Natur schon nicht eins fühlt, kann man wenigstens den bedrohten Arten zur Seite stehen, vor allem so hässlichen wie Mopsfledermäusen. Daneben sieht man selbst gleich noch schöner aus. Aber dann fällt mir ein, dass diese Dame überhaupt noch nichts von ihrem Los als Witwe weiß; also zensiere ich alle weiterführenden Gedanken der gehässigen Richtung und klicke die Homepage der Stiftung weg.

Unter Holger Eichhorn finde ich mehr als fünfzehnhundert Einträge, aber keinen, der sich auf den Mann beziehen könnte, den ich heute gesehen habe. Der Name Marcel Langer kommt erheblich häufiger vor, wie ich nebenbei feststelle. Mein Blick fällt auf die verkrumpelte Visitenkarte, die er mir bei unserer ersten Begegnung ausgehändigt hat und die ich schon damals an die Wand gepinnt habe. Zum ersten Mal sehe ich sie genauer an. Keine Privatadresse.

Nun ja, die kann man im Netz bestimmt auch herausfinden. Schau her, da ist sie ja. Polizisten in Sankt Vith haben offenbar keine Angst vor Nachstellungen.

Wie er wohl wohnt? Anderthalb Jahre lang hat mich das wenig interessiert, da er ja regelmäßig in meinem Umfeld auftauchte und ich nie die Notwendigkeit gesehen hatte, ihn im wahren Sinn des Wortes heimzusuchen. Das ist heute Abend anders. Plötzlich interessiert mich brennend, womit sich Marcel in seinen eigenen vier Wänden umgeben hat. Aber will man das nicht immer von seinen Freunden wissen? Ich weiß doch auch, wie Jupp und Hein wohnen, und sitze gern in ihrem hübschen Biedermeierzimmer. Und wie Gudrun gewohnt hat, bevor sie ihr Haus verlor und in der *Einkehr* untergekommen ist.

Warum hat mich Marcel eigentlich nie zu sich nach Hause eingeladen? Weil er sich mir nie aufdrängen wollte, gebe ich mir selbst die Antwort. Seit dem Kuss vor einem Jahr war ich nie wieder wirklich nett zu ihm, war zickiger, als es sonst meine Art ist, und habe einen unmissverständlichen Abstand eingehalten.

Verstehen kann ich nicht, weshalb es mir ausgerechnet heute Abend so wichtig erscheint, sein Ambiente kennenzulernen. Vielleicht weil die Ereignisse der vergangenen zwei Tage mein so mühsam erworbenes Eifeler Äquilibrium gründlich durcheinandergeschüttelt haben? Weil Jupp und Hein in Köln abtanzen, Gudrun ihren Kummer wegschlafen soll und ich hier sonst niemanden kenne, mit dem ich mitten in der Nacht reden kann?

Ich bin einsam und brauche einen Freund. So, jetzt, da ich es mir selbst eingestanden habe, kann ich mich auch auf die Socken nach Sankt Vith machen und zum ersten Mal bei Marcel Langer einfallen.

Aber darf ich mich *ihm* überhaupt aufdrängen? Sollte ich nicht lieber erst anrufen und mich ankündigen? Immerhin ist es nicht mehr so ganz früher Abend. Vielleicht hat er Besuch. Er ist kein unattraktiver Mann, nur ein bisschen schlampig, aber das mögen ja manche Frauen. Nach einer gewissen Gewöhnungsphase sehe ich den schief gestutzten Schnurrbart schon gar nicht mehr. Natürlich mache ich ihn darauf aufmerksam, wenn aus seinem blauen Polizeihemd das Schildchen lugt, das die 40-Grad-Wäsche des T-Shirts empfiehlt, aber das ist ja auch der Härtefall: auf links *und* verkehrt herum angezogen. Inzwischen fällt es mir ja nicht einmal mehr auf, wenn er verschiedenfarbige Socken trägt, was Cora beim Vorbeifahren aus den Augenwinkeln bemerkt hat!

Nein, eine Abfuhr per Telefon könnte ich nicht ertragen. Sollte er mich tatsächlich an der Wohnungstür abfertigen, kann ich mich die ganze Rückfahrt darüber ärgern und habe den Dampf abgelassen, wenn ich wieder in meinen eigenen vier Wänden bin.

Ich habe die Schuhe bereits wieder angezogen und fahnde nach meinem Autoschlüssel. Da erst fällt mir ein, dass ich neben der Adresse auch eine Wegbeschreibung brauche. Hein hat schon recht: Nicht alles am Computer ist schlecht. Ich drucke mir die Route aus und erfahre, dass ich in vierunddreißig Minuten bei ihm anklingeln kann. Das klingt schon sehr nah.

In Krewinkel fahre ich äußerst langsam an der Unfallstelle vorbei. Durch das zerborstene Tor sehe ich Licht in Victors Trutzburg. Ob er Cora gerade das Gedeihen ihrer Kräuter auspendelt? Das rote Rennrad steht immer noch nicht wieder an der Mauer.

Friede deiner Asche, Holger Eichhorn, murmele ich und gondele den Berg hinauf nach Manderfeld. Im Gegensatz zu den belgischen Autobahnen sind die Landstraßen nicht beleuchtet, was in diesem Teil Belgiens auch höchstens wegen der Schlaglöcher erforderlich wäre. Bis Schönberg kommt mir kein einziges Auto entgegen.

Einladung zur Whiskyprobe kündigt ein Schriftzug bei einem Restaurantschild an. Sofort werden Erinnerungen an eine Nacht mit Marcel wach, in der wir uns mit einem Single Malt, der nach Moorleiche schmeckte, gegenseitig unter den Tisch getrunken haben und am nächsten Morgen zusammen in einem Bett aufgewacht sind. Angezogen, versteht sich, wenn auch nur in Unterwäsche. Was schon peinlich genug war. Meine Güte, ist das lange her!

Events sind für ein Restaurant immer gut, lenke ich meine Gedanken schnell in eine unverfänglichere Richtung, vielleicht sollte ich über eine Probe von Eifeler

Schnapsbränden in der *Einkehr* nachdenken. Lieber nicht; wir befinden uns zu weit abseits, und die Leute, die mit ihren Autos hinkommen, werden auch mit ihnen wegfahren; so ist das eben in der Eifel, wo jegliches Missionieren gegen Alkohol am Steuer schon im Keim erstickt wird.

Da hat mich Jupp schon ganz zu Anfang eingeweiht: »Wenn du nachts eine unglückliche Begegnung mit einem anderen Auto hast und im Straßengraben landest, bloß nie die Polizei rufen!«

»Warum nicht?«

»Weil einer von euch beiden bestimmt besoffen ist, und jeder braucht hier Führerschein und Auto.«

»Aber wie komme ich aus dem Graben raus?«

»Ihr geht zum nächsten Bauern. Der holt dann seinen Trecker und zieht euch raus. Fertig.«

»Und der Schaden? Die Versicherung?«

»Ach was, Versicherung, Führerschein ist wichtiger. Wer schuld ist, zahlt. Das ist Ehrensache.«

»Und wenn beide finden, der andere ist schuldig?«

»Dann ist natürlich der schuld, der mehr geschluckt hat. Im Notfall entscheidet das der Bauer.«

Nun, heute habe ich nur ein Glas edlen Rotweins getrunken, das wird meine Fahrtüchtigkeit nicht einschränken. Anfangs fand ich es schon recht befremdlich, dass in den hiesigen Familien schon zum meist recht üppigen Mittagessen Wein ausgeschenkt wird. Schließlich kam ich nicht nur aus der Großstadt, wo in den feinen Restaurants beim Mittagshäppchen über die Qualität der unterschiedlichen Quellwasser diskutiert wird, sondern habe in der Modebranche gearbeitet, wo – außer bei der zuständigen Redakteurin, also bei mir – jedes Gramm Körpergewicht zählt. Im Gegensatz zu Kokain macht

Alkohol dick. Wenn ein Model beim Shooting ein Champagnerglas hält, kann man sicher sein, dass die Maskenbildnerin später den billigen Sekt trinkt, der darin perlt.

Nach einer extrem scharfen Abwärtskurve bin ich in Sankt Vith und kann im Licht der Straßenbeleuchtung meinen ausgedruckten Zettel wieder lesen.

Marcels Wohnung befindet sich über einem Friseursalon in einer Seitengasse der Hauptstraße. Hinter zugezogenen Vorhängen brennt Licht.

M. Langer. Ich nehme all meinen Mut zusammen und drücke auf den Klingelknopf. Lange Zeit passiert überhaupt nichts. Ich will schon wieder gehen, als ich Schritte auf der Treppe höre. Dann öffnet sich die Tür.

»Katja!«

»Guten Abend, Marcel, ich hoffe, ich störe nicht?«

Was für eine schreckliche Floskel! Hätte ich mir nicht etwas Originelleres einfallen lassen können?

»Wie man's nimmt«, antwortet er lächelnd und hält mir die Tür auf. »Ehrlich gesagt, ist ein Besuch von dir schon ziemlich verstörend.«

»Ich wollte mal sehen, wie du wohnst«, sage ich ohne Umschweife.

»Ich warne dich; es wird dir nicht gefallen«, antwortet er und gibt mir auf der knarrenden Holztreppe den Vortritt.

»Woher willst du das wissen?«, frage ich und trete durch die offene Wohnungstür in einen ähnlichen Eichenalbtraum wie den, der jetzt mein Zuhause ist. Lachend lasse ich mich auf ein ungeheuer geräumiges Sofa mit undefinierbarem dunklen Stoffmuster im Massivholzrahmen fallen.

»Eines muss man euch Belgiern ja lassen. Ihr könnt saubequeme Möbel bauen. Ist wie mit diesen modernen

Wohnquadern, scheußlich anzusehen, aber ist man erst mal drin, fühlt man sich pudelwohl.«

»Ich hab's dir doch gesagt«, gibt er lächelnd zurück. »Aber soll ich alles wegwerfen, nur weil es momentan vielleicht nicht in Mode ist? Dann müsste man sich ja alle paar Jahre neu einrichten.«

»Was manche Leute auch tun«, entgegne ich.

»Dafür habe ich keine Zeit«, sagt er und klopft auf den gewaltigen Couchtisch, der natürlich auch aus belgischer Eiche ist. »Und keine Lust. Ich kann mich noch gut daran erinnern, wie hier riesige Papierstapel drauflagen.«

»Verkehrssünder?«, frage ich.

»Nein. Mein Großvater war Viehhändler in Krewinkel und ist an diesem Tisch abends beim Bier ganz gemütlich seine Papiere durchgegangen; damals gab es noch keine Computer.«

»Der Tisch ist von deinem Großvater?«

»Ja, den hat er von seinem Vater geerbt. Die Eckbank da drüben in der Küche, die hat mein Großvater in den Fünfzigerjahren selbst gebaut.«

Er steht am Kühlschrank in der angrenzenden Küche. Ich stehe auf und setze mich auf die Eckbank, über der ein Lampengebilde hängt, dessen vergilbtes Glas mir verrät, dass es bestimmt schon Mahlzeiten vieler Generationen beleuchtet hat.

»Ich habe leider keinen Whisky da«, sagt er, ohne mich anzusehen. »Auch keinen Wein. Nur Milch. Und zwei Flaschen Bier.«

»Das ist doch schön, für jeden eine«, gebe ich zurück. Er öffnet eine Flasche und reicht sie mir.

»Glas ist nicht nötig«, sage ich schnell, was er mit einem dankbaren Lächeln quittiert, als er sich ums Eck zu mir setzt, die zweite Flasche öffnet und mit mir anstößt.

Ich weiß gar nicht, wo ich anfangen soll oder was er schon weiß.

»Ein schlimmer Tag«, sagt er nach einer Weile. »Ich habe dich vorhin angerufen, aber du bist nicht an dein Handy gegangen.«

»Das haben mir deine Kollegen abgenommen«, murmele ich. »Hans-Peter ist tot.«

»Ich weiß. Bin grad erst vom Dienst zurück. Es tut mir sehr leid, Katja.«

»Für Gudrun ist es besonders schlimm.«

»Und wie geht es dir dabei?«

Ich hebe die Schultern. »Kann ich nicht sagen. Bin innerlich irgendwie taub, wenn das das richtige Wort ist.«

»Ist es. Taub. Milchglasscheibe. Man wird völlig gefühllos, nicht wahr? Plötzlich ist alles anders und alles andere unwichtig.«

Genau so ist es. Ich nicke.

»Ich habe ihn nicht mehr geliebt, Marcel. Schon lange nicht mehr. Wahrscheinlich nie. Trotzdem fühle ich mich ganz elend.«

Marcel nimmt einen langen Schluck aus seiner Pulle. Setzt sie dann knallend auf dem Küchentisch ab.

»Vorsicht«, sage ich, »den hat dein Großvater sicher auch selbst gebaut.«

Er schüttelt den Kopf. »Nein, der ist von mir.«

»Du kannst schreinern?«

Er schüttelt wieder den Kopf. »Nicht wirklich.«

Ich sehe mir den großen viereckigen Holztisch genauer an, die massiven Beine, die nach meinem laienhaften Verständnis vernünftig an der Platte angebracht sind.

»Sieht doch gut und stabil aus!«

»Ich war damals zwölf. Wollte meinem Vater imponieren. Natürlich habe ich mir von meinem Großvater helfen lassen. Was der geschimpft hat! Wenn es nicht so dramatisch klingen würde, könnte man sagen, an diesem Tisch kleben Blut und Tränen. Danach habe ich nie wieder was gebaut.«

»Und trotzdem steht er hier.«

»Vielleicht deshalb.«

»Weil du so ungeschickt warst?«

»Das auch.« Marcel streicht mit der flachen Hand über den Tisch. Nicht zum ersten Mal fallen mir seine Klavierspielerfinger auf; lang, schmal und sehr beweglich. Keine Spur altersbedingter Ausbuchtungen. »Aber vor allem, weil ich so nachlässig mit seinen Werkzeugen umging. Die hat er mehr geliebt als seine Familie. Und unglaublich gepflegt.«

»Und du hast sie einfach herumliegen lassen und verschludert.«

»Hätte ich mich nie getraut. Aber ich habe ihnen nach der Benutzung nicht den nötigen Dank gezollt. So ungefähr hat das mein Großvater ausgedrückt. Soll ich schnell in den Ratskeller gehen und noch ein paar Bier kaufen?«

»Nein, Marcel«, sage ich. »Bleib hier.«

Er steht auf und turnt unschlüssig vor dem Kühlschrank herum.

»Hast du Hunger?«

Ich muss lachen, weil ich den Joghurt, eine Möhre und die Käsekruste im ansonsten leeren Kühlfach gesehen habe.

»Nein danke, Marcel, ich habe im Burghaus Kronenburg Elch gegessen.«

»Elch?«

»Hirsch, meine ich, Entschuldigung. Hat übrigens richtig gut geschmeckt.«

»In Belgien kann man auch gut essen.«

»Fritten?«

Ich beiße mir nachträglich auf die Zunge. Es war schneller raus, als ich denken konnte, und ist leider nicht mehr zurückzustopfen. Marcel seufzt und setzt sich wieder neben mich. An die äußere Ecke der Eckbank. »Ich weiß ja, Katja, du hältst uns irgendwie für kulturlose Barbaren. Das ist wohl das Vorrecht jener, die aus Berlin in die *Pampa* kommen.«

Er hält erschrocken inne, weil ihm wohl gerade dasselbe wie mir einfällt: wie abfällig sich Hans-Peter gestern über mein belgisches Domizil und meine Zukunftspläne in der *Pampa* geäußert hat. Und wie tot dieser Mann jetzt ist.

»Gut, dass du in dieser Situation was essen konntest«, fährt er fort, obwohl er besser als jeder andere weiß, wie sehr ich gerade in einer derartigen Situation der Nahrung bedarf. Während er es sich auf der Bank bequemer macht, also wieder näher heranrückt, mustert er interessiert die Bierflasche und setzt beiläufig hinzu: »Zum Muschelessen ins Pipas-Café würde ich dich schon gern mal einladen wollen.« Ohne mich anzusehen, nimmt er hastig einen Schluck und beginnt prompt zu husten. Normalerweise hätte ich ihm kräftig auf den Rücken geschlagen, aber jetzt fürchte ich, ihn nach meinem losen Mundwerk durch einen solch burschikosen Akt vielleicht noch mehr zu kränken. Irgendwie kann ich auch meine Hand nicht vom Tisch nehmen, die inzwischen sehr nah bei seiner liegt.

»Abgemacht«, sage ich, als sein Anfall vorübergegangen ist und er seine Hand entfernt, um sich Tränen abzuwischen, »sobald wir dieses Elend hinter uns haben. Und das wird hoffentlich noch in einem Monat mit belgischem R sein.«

»Belgischem R?«, fragt er verwirrt.

»Wie Oktober, November, Dezember – alles eben bis Mai, nur dann darf man Muscheln essen.«

»Sonst nicht? Was für ein Unsinn!«

»Recht hast du! Aber früher war das wichtig. Nicht alles in der guten alten Zeit«, ich klopfe auf den Tisch, »war besser als heute.«

»Das stimmt«, erwidert Marcel und rückt jetzt so nah an mich heran, dass ich seinen linken Oberschenkel an meinem rechten fühle. Ein wohliger Schauer durchfährt mich. Die Härchen auf meinen Unterarmen richten sich auf, was hoffentlich im schwachen Licht der alten Lampe nicht zu erkennen ist.

»Heute ist zum Beispiel besser, dass ich nur die Heizung weiter aufdrehen muss, damit es wärmer wird. Hast du kalt?«, fragt er besorgt und berührt mit seiner Hand leicht meinen rechten Unterarm.

Jetzt greife ich rasch zur Flasche und schüttele den Kopf.

»Nein, ist warm genug hier«, murmele ich, was einer ziemlichen Untertreibung gleichkommt. Meine Güte, ist mir heiß!

»Aber deine Gänsehaut ...«

»... kommt von meinen Gedanken«, sage ich heiser, räuspere mich und schicke schnell hinterher: »Ich dachte an die armen Muscheln, die doch in so kaltem Wasser leben müssen.«

»Vielleicht gefällt es ihnen ja. Jedes Wesen sollte sich in seinem Umfeld wohlfühlen«, bemerkt Marcel, »in Monaten mit und ohne R. Was hat es damit auf sich?«

Während alle Teile seiner linken und meiner rechten Seite bald nur noch durch zwei dünne Kleidungslagen voneinander getrennt sind, erzähle ich ihm von den

Algen, die in den heißen Monaten blühen, Toxine bilden und sich in gefährlichen Konzentrationen in Muscheln anreichern. »Das nennt man Shellfish Poisoning«, doziere ich, »aber die Gefahr ist heutzutage gebannt. Die Aufzuchtgebiete sind kontrolliert, und es gibt ein sehr effizientes Frühwarnsystem für Algentoxine, also kann man das ganze Jahr hindurch Muscheln essen.«

»Muss man aber nicht«, entgegnet Marcel und streichelt wie geistesabwesend meine Hand. »Pipas bietet sie auch nur um diese Zeit an.«

Eine Tradition, die genauso überkommen ist wie die Möbel in Marcels Wohnung. Eine Tradition, die Strukturen schafft, den Menschen Anhaltspunkte liefert und ihnen das Leben vereinfacht. Was kann daran falsch sein? Ich habe immer noch viel zu lernen in der Eifel.

Das Wort Demut kommt mir in den Sinn, ein Begriff, den ich, vielleicht weil kirchlich besetzt – und damit habe ich gar nichts am Hut –, aus meinem Wortschatz eigentlich längst gestrichen habe. Sonst wäre in meiner alten Berliner Modewelt nie was aus mir geworden. Genauer gesagt: Ich hätte da nicht überleben können, wenn ich mir auch nur einen demütigen Gedanken erlaubt hätte. Nassforsches Auftreten war gefragt. Eine gewisse Unverschämtheit und, im Umgang mit den Journalistenkollegen, berufserhaltende Ruppigkeit. Wer Schwäche zeigte, wurde verlacht, ausgebootet und konnte einpacken. Was kostet die Welt? Und: Zeige mir, was du trägst und wie du wohnst, und ich sage dir, was für ein Verlierer du bist. Mit einem Blick wurde über Hop oder Top entschieden.

Ich schaue Marcel an und erkenne so etwas wie einen – auch das Wort fällt mir schwer zu denken, und doch trifft es zu –: einen Sieger. Einen Menschen, der im Reinen mit sich und der Welt ist, der er unverkrampft begegnet. Er schielt nicht auf die Wirkung, die er bei anderen hervorruft. Er braucht keine zustimmend lächelnden Adepten wie Victor, er muss keine Philosophie proklamieren, nicht demonstrativ zeigen, wie bewusst er lebt. Er lebt. Und das ist mehr, als ich von vielen Menschen sagen kann, vor allem von einigen, mit denen ich in den letzten Tagen zu tun gehabt habe. Das Herz läuft mir über.

»Marcel, ich liebe dich.«

Oje. Das ist jetzt wie mit den Fritten. Einfach so rausgekommen. Ganz schlimm.

Ich kann mir nicht wieder auf die Lippen beißen, weil ich dann seine Schnurrbarthaare im Mund hätte. Seine Lippen fühlen sich sehr gut an, weich und voll. Er sollte sich den Schnurrbart abrasieren, denke ich, und dann kann ich nicht mehr denken, weil ich nur noch aus Gefühl bestehe.

Aus dem ersten schönen Gefühl seit undenklichen Zeiten. Auch wenn meine Position nicht sehr komfortabel ist. Die Tischkante drückt mir in die Seite, mein rechtes Bein, das irgendwie mit einem seiner Beine verknotet zu sein scheint, droht einzuschlafen, und in der anderen Wade kündigt sich ein Krampf an.

»Das wurde aber auch Zeit«, sagt Marcel, als wir beide Luft holen müssen.

»Nicht aufhören«, sage ich und setze zaghaft hinzu: »Können wir das nicht bequemer haben?«

Er lässt mich los, steht auf, nimmt mich an der Hand und führt mich in das Nebenzimmer. Die weiß bezogene dicke Daunendecke, die eine Hälfte des Doppelbettes bedeckt, in dem vermutlich diverse Generationen knorriger Langers gezeugt wurden, ist zurückgeschlagen und offenbart ein straff gezogenes sauberes Laken.

Noch vor wenigen Stunden hatte ich mir das ewige Zölibat verordnet. Was habe ich mir da eigentlich vorgemacht? War es vielleicht doch die Furcht vor den sauren Trauben gewesen? Die Angst vor Verletzung? Vor der Enthüllung? Vor dem Sichfallenlassen, dem Verlust der Kontrolle über den eigenen ziemlich umfangreichen Körper mit innewohnenden Gefühlen?

Ich lebe. Noch nie ist mir das so deutlich bewusst gewesen. Ich liebe. Und kann von den Liebkosungen dieses Mannes nicht genug bekommen, möchte die Zeit anhalten und am liebsten für immer an der Seite dieses integeren Mannes in diesem breiten belgischen Bett liegen bleiben.

Irgendwann wache ich auf. Allein. Ich taste neben mich, berühre die kratzige Matratze des unbezogenen Bettes neben mir.

»Marcel?«

Dann erst öffne ich die Augen. Der Duft von Kaffee und süßem Gebäck – Pfannkuchen? – steigt mir in die Nase. Ich krabbele von der sehr hohen Matratze und wandere nackt in die Küche. Auf dem von Marcel selbst gezimmerten Tisch wartet ein üppiges Frühstück auf mich. Keine Pfannkuchen, sondern Waffeln.

»Selbst gemacht«, steht auf einem Zettel neben dem Waffelteller, »steck sie in den Toaster.«

Alle Achtung, sie passen genau hinein.

»Becher drunterstellen und nur Knopf drücken«, steht auf der Kaffeemaschine. Was ich augenblicklich tue. Ein geschlossenes Edelstahlgefäß informiert mich, dass es frisch gepressten Orangensaft enthält. Die anderen Köstlichkeiten bedürfen keiner Beschriftung.

Der Mann muss in aller Herrgottsfrühe aufgestanden sein, um für mich einzukaufen und das Frühstück herzurichten. Und ich habe nichts gemerkt, selig in den Tag hineingeschlafen, nach einer Nacht großer Nähe und Zärtlichkeit. Bei dem Gedanken an unsere leidenschaftliche Umarmung setzt sofort ein behagliches Kribbeln in meiner Magengrube ein. Ich streichele eine Ecke des selbst gezimmerten Küchentischs. Mein Gott, was bin ich glücklich!

Marcel auch? Auf einmal werde ich sehr verunsichert. Vielleicht war er enttäuscht. Oder er wollte nur mal sehen, wie das mit einer fetten Frau im Bett so ist; eine Bemerkung, die ich mir in meiner Jugend ein paarmal anhören musste, bis ich mich mit der Rolle der Geliebten begnügt habe. Dabei aber, wie Gudrun so mitfühlend angedeutet hat, den *Bedürfnissen* meines Liebhabers nicht ganz gerecht geworden bin. Was sollte das bedeuten? Bin ich schlecht im Bett, weil meine Körperfülle nicht alle Kamasutra-Stellungen zulässt?

Mein Handy bimmelt.

»Ja?«, melde ich mich verärgert. Bilder von geschmeidigen indischen Akrobatinnen geistern durch meinen Kopf.

»Ich hoffe, du hast ausgeschlafen«, kommt Marcels Stimme. Sie klingt kühl und von sehr weit weg. Scheint gar nicht zu dem Körper zu gehören, an den ich grad mit solchem Behagen gedacht habe. Sie passt viel besser zu meinen letzten sehr unerfreulichen Gedanken. Das angenehme Kribbeln im Magen ist verebbt, und das Herz wird mir mit einem Mal fürchterlich schwer.

»Ja«, antworte ich.

»Dann komm bitte so bald wie möglich bei mich ins Büro. In die Aachener Straße. Weißt du noch, wo das ist?«

»Wie könnte ich das je vergessen! Darf ich noch zu Ende frühstücken?«

Tiefes Ausatmen am anderen Ende.

»Hast du dafür alles, was du brauchst?«

»Mehr als das. Danke.«

»Mach schnell, Katja! Es gibt neue Entwicklungen, am besten, du kommst direkt her.«

Er will mich also nicht frühstücken lassen. Direkt heißt in der Eifel schneller als sofort.

»Was für Entwicklungen?«

»Ein Haufen. Die Frau von Hans-Peter ist wieder aufgetaucht.«

»Nein!«

»Doch.«

»Wo? Und wie?«

»Erfährst du gleich hier. Aber das ist noch längst nicht alles.«

Mein Blick schweift über den liebevoll gedeckten Frühstückstisch. Sogar an Fetakäse mit Wassermelone hat er gedacht, eine Kombination, die ich morgens besonders gern verspeise. Soll ich das jetzt alles stehen lassen? Damit es später in seinem Kühlschrank vergammelt? Aber auf neuen Entwicklungen kann und will ich ihn nicht sitzen lassen, schon gar nicht, wenn es um Gaby von Krump-Kellenhusen und noch viel mehr geht. Andererseits knurrt mir der Magen. Außerdem sollte ich mir ein paar weibliche Taktiken zu eigen machen. Nicht gleich springen, wenn der Herr ruft. Aber was ist nun mit Hans-Peters Frau? Der Kampf zwischen Hunger und Neugierde geht in die erste Runde.

Unter der Dusche ist er entschieden. Man kann das eine tun, ohne das andere zu lassen. Während ich den Kaffee trinke, verpacke ich die belegten Teller in saubere leinene Handtücher, die ich im Küchenschrank finde, wo ich vergeblich nach Alufolie oder Frischhaltepapier gefahndet habe. Ich stelle alles auf das Tablett eines alten hölzernen Beistellwagens, und dann erst suche ich die Kleidungsstücke zusammen, mit denen ich gestern hergekommen bin und die quer durch die Wohnung verteilt herumliegen.

Jetzt muss ich nur noch zusehen, das Tablett unbeschadet in meinen Wagen und zur Polizei zu bekommen.

Ich zögere, nehme jede Einzelheit der Wohnung in mich auf und betrachte noch einmal lange das Monstrum von Bett, das heute Nacht so fröhlich gequietscht hat. Würde so gern wieder Marcels Haut auf meiner spüren. Ich möchte die Nacht nicht loswerden, auch wenn sie mich schon längst ausgespuckt hat.

Ich habe gar keine Lust auf einen mörderischen Alltag, der uns wieder alles kaputt machen wird. Marcels Stimme klang jedenfalls danach. Er hat sich nicht einen einzigen liebevollen Ton erlaubt. Vielleicht, weil seine Bedürfnisse nicht wirklich befriedigt worden sind und er jetzt überlegt, wie er mich wieder loswerden kann.

Immerhin lacht er, als er mich und sein Tablett beim Empfang im Bruchsteinhaus der Sankt Vither Polizei abholt.

»Gute Idee, ich habe auch noch nichts gegessen«, sagt er und führt mich in ein kleines Büro gleich rechts neben dem Flur.

»Hier vernehmen wir die Delinquenten«, sagt er.

»Genau das Richtige für ein gemütliches Frühstück«, gebe ich zurück. »Gibt's hier auch Kaffee?«

»Kommt direkt.«

Er verlässt den Raum. Ich versuche, den Tisch so nett wie möglich zu decken. Die gleichen Teller sahen auf dem selbst gezimmerten Tisch in der engen Küche viel appetitlicher aus als hier in der kargen Zelle.

»Jetzt erzähl!«, fordere ich ihn auf, als er mit zwei Bechern Kaffee zurückkehrt.

»Es war genau, wie Kellenhusen gesagt und wir alle irgendwie gedacht haben«, beginnt er und stellt einen Becher vor mich hin. »Es gab einen bösen Streit, und da ist sie ihm einfach abgehauen.«

»Zu Fuß?«

»Ja, mit einem kleinen Rucksack.«

»Und wohin?«

»Ins Hohe Venn.«

»Aber das Blut auf der Kehr?«

»Da war sie zuerst. Sie kennt sich mit dem Westwall erstaunlich gut aus. In dem großen Bunker hat sie sich nach ihren Dackelfledermäusen umgesehen …«

»Mops.«

»Wie bitte?«

»Mopsfledermäuse heißen die. Egal, red weiter.«

»Dann unterbrich mich nicht. Wo war ich?«

»Dackelfledermäuse …«

»Genau. Da ist sie ausgerutscht, hat sich leicht verletzt, so kam das Blut wohl dahin, und sich noch mehr über alles geärgert. Und beschlossen, wie wild zu gehen, einfach nur durch die Gegend zu laufen vor lauter Wut und Frust. Sie sagte den Kollegen, das sei die beste Therapie gegen Depressionen.«

»Wie Forrest Gump.«

»Wer ist das?«

»Egal. Weiter.«

»Also sie läuft und läuft, bis die Füße blutig sind …«

»Und wo hat sie geschlafen?«

»Die letzte Nacht bei Schröder auf Losheimergraben. Die haben am Morgen das *Grenz-Echo* gesehen, da ist heute ihr Bild drin …«

»Wieso erst heute?«

»Entschuldige bitte, wir sind in Belgien. Die Frau ist in Deutschland verschwunden. Jedenfalls haben die ihr Bild erkannt und sie gleich drauf angesprochen. Die Dame ist fast durchgedreht, und da wusste sie das von ihrem Mann noch gar nicht. Ich meine, dass er tot ist. Hat sofort ein Taxi gerufen …«

»Ein was?«

»Ein Taxi.«

»Seit wann gibt's hier Taxis?«

»In Kronenburg gibt es Diana, die fährt Taxi. Die ist direkt zum Losheimergraben gekommen und hat die Frau zum Burghaus in Kronenburg gebracht. Und das ist sehr, sehr ärgerlich.«

Ich nicke. »Jetzt kannst *du* sie nicht befragen. Warum hat das Hotel nicht zuerst bei euch angerufen?«

»Warum wohl!«, knurrt Marcel. »Niemand hat gern die Polizei im Haus, schon gar nicht ein Hotel auf der alten Schmugglergrenze.«

»Und woher weißt du das dann alles?«

»Weil mich die Hotelbesitzerin angerufen und mir alles erzählt hat. Hinterher!«

»Ist doch nett. Waren die Euskirchener Kollegen auch so kooperativ?«

Marcel nickt und schweigt.

»Natürlich«, sage ich und beiße in eine kalte Waffel, die ich mit einer honigsenfbestrichenen Räucherlachsscheibe belegt habe, »über den Gang der Ermittlungen darfst du mir nichts verraten. Warum bin ich dann überhaupt hier?«

»Dazu komme ich gleich«, sagt er und stopft sich eine winzige Käsetasche in den Mund. »Das hängt mit Herrn Eichhorn zusammen. Über den wissen wir inzwischen eine ganze Menge. Zum Beispiel, dass er vor zwei Tagen im *Hotel Balter* in Losheim eingecheckt hat.«

Das *Hotel Balter*. Andere Erinnerungen werden wach. An einen unausgeschlafenen Marcel im sehr verkrumpelten Hemd. Das trug er, als er mich vor anderthalb Jahren zu meiner ersten Vernehmung in den Gastraum dieses Hotels beorderte. Richtig unsympathisch war mir der belgische Polizeiinspektor aber schon damals nicht gewesen.

»Und von diesem Hotel aus ist er vor drei Tagen auch angerufen worden.«

»Buchungsbestätigung?«, schlage ich ungeduldig vor. Herr Eichhorn mag mir ja irgendwie verdächtig vorgekommen und eines merkwürdigen Todes gestorben sein, aber mich interessieren der Tod von Hans-Peter und die irrsinnige Wanderung von seiner Frau erheblich mehr.

»Nein«, sagt Marcel, »der Mann hat sich am Tag danach ganz spontan ein Zimmer geholt. Ohne Voranmeldung. Und gestern Mittag hat er wieder ausgecheckt.«

»Bevor er bei mir auf der Kehr erschien.«

»Genau. Nachdem du ihn zu dir bestellt hast. Wahrscheinlich sogar, weil du ihn zu dir bestellt hast.«

»Wie bitte?«

Marcel blickt mich traurig an.

»Nicht schon wieder, Katja«, sagt er müde und fasst über den Tisch, als wolle er mir die Hände streicheln. Aber er greift nur nach einem Stück Gouda. »Das hat dich letztes Jahr auch in Schwierigkeiten gebracht. Mir wichtige Dinge zu verschweigen.«

»Ich habe dir alles erzählt! Bis auf ...«

»Bis auf?«

»... die Tatsache, dass ich gestern nach der Sache in

Krewinkel nicht gleich nach Hause, sondern noch in der Gegend herumgefahren bin«, gestehe ich schließlich. »Nach all dem Drama hatte ich keine Lust auf ein schreiendes Kind und eine glückselig plaudernde Gudrun, das musst du doch verstehen.«

»Darum geht es hier jetzt nicht, Katja«, sagt Marcel. »Wir haben Herrn Eichhorns Handy ausgewertet. Der letzte Anruf, ganz kurz *vor* seinem Unfall, kam aus der *Einkehr*. Jetzt gib schon zu, dass du den Mann gekannt und angerufen hast, Katja. Ein Privatdetektiv aus Berlin. Den hast du doch engagiert. Wem sollte der hinterherschnüffeln? Deinem Hans-Peter? Der verschwundenen Gattin? Das kannst du mir doch sagen!«

Ich schüttele den Kopf.

»Da muss ein Irrtum vorliegen, Marcel.«

»Nein, Katja, tut es nicht. Holger Eichhorn ist eindeutig von der Festnetznummer der *Einkehr* angerufen worden. Jetzt rück doch endlich mit der Wahrheit raus! Was hast du denn zu verlieren?«

Dich, denke ich, hebe verzweifelt die Schultern und beschwöre ihn: »Ich war das nicht, Marcel, wirklich nicht, du weißt doch, dass ich fast immer nur mein Handy benutze.« Fieberhaft denke ich nach. »Vielleicht hat Gudrun ihn angerufen? In Hans-Peters Auftrag?«

»Oder Jupp. Oder Hein«, sagt Marcel kopfschüttelnd. »Mit denen wirst du mir auch noch kommen. Genau wie letztes Mal. Gudrun habe ich übrigens schon gefragt, die hat zu dem Zeitpunkt Windeln aus Kronenburg geholt. Das konnten wir verifizieren, weil Hans-Peter sie fast auf die Minute zur gleichen Zeit aus Euskirchen angerufen hat. Außerdem ist sie an der Rezeption des Burghauses gesehen worden, als sie sich den Zimmerschlüssel ausgebeten hat.«

Ich will gerade spitz anmerken, seit wann er in Deutschland denn selbst ermitteln dürfe, als mir etwas einfällt.

»Cora!«, rufe ich aufgeregt. »Die war allein im Haus, die hatte sich da hineingestohlen. Und sich mit dem Baby vor mir versteckt, als ich wieder reinkam! Cora muss ihn angerufen haben!«

Als ich beim Stall war. Wenn sie gleich nach meinem Weggang die *Einkehr* betreten hat, wäre ihr für einen Anruf reichlich Zeit geblieben.

»Woher sie ihn kennt und warum, weiß ich nicht, aber irgendwie hängt die ganz tief in der Sache mit drin«, sage ich. »Das spüre ich einfach! Und sie hat auch mal in Berlin gelebt. Vielleicht ist es gar kein Zufall, dass ich sie kennengelernt habe. Kann durchaus sein, dass sie es drauf angelegt hat.«

»Du meinst, dass sie noch eine Rechnung mit deiner alten Liebe offen gehabt haben könnte?«

Die Hoffnung, das Wort Liebe von Marcel in einem anderen Zusammenhang zu hören, begrabe ich endgültig, angesichts dieses eiskalt unterfragenden belgischen Beamten.

»Vielleicht, auch wenn sie so gar nicht sein Typ war.«

»Wer war das schon?«, fragt Marcel. »Du oder seine Frau?«

Wahrscheinlich sollte ich dankbar dafür sein, dass er sich den Zusatz *schön* verkniffen hat. »Aber vielleicht ging es ja gar nicht um die Liebe. Trink deinen Kaffee fertig, Katja. Wir werden uns deine Igelfrau in Krewinkel gleich mal vorholen. Über sie habe ich nämlich noch etwas anderes Interessantes herausgefunden.«

»Und was ist das?«, frage ich neugierig.

»Hat mit unseren spezifischen belgischen Gepflogenheiten zu tun«, erwidert er. »Du wirst schon sehen; ich möchte es nicht zweimal erklären.«

Als wir durch den Flur gehen, reicht ein Kollege Marcel ein Blatt Papier.

»Ich glaube, das ist wichtig für dich«, flüstert der andere Polizist.

»Das ist es auch«, sagt Marcel, nachdem er die Schrift gelesen hat. »Von der deutschen Polizei. In Euskirchen. Wir wissen jetzt, woran Mutter Agnes gestorben ist. Es war keine Überdosis an gehorteten Medikamenten, sondern etwas sehr, sehr Seltsames.«

Sechstes Gericht

Hühnchenleber im grünen Gras
verschiedener Kräuter, mit Wurzelschaumkrone und von roten Beeren der Saison umringt

Für die Schönheiten des Prümer Bergs und des Ourtals habe ich keinen Blick, als ich neben Marcel im Polizeijeep durch die Landschaft von Sankt Vith nach Krewinkel jage. Er hat darauf bestanden, dass ich meinen Wagen vor der lokalen Polizei in Sankt Vith stehen lasse. Wahrscheinlich hofft er, dass ich ihm unterwegs doch noch gestehe, den Privatdetektiv angeheuert zu haben. Was natürlich völliger Quatsch ist. Ich habe nicht widersprochen, hoffe ja selbst, auf dem Beifahrersitz im wahren Sinn des Wortes mehr über die neuen Entwicklungen *erfahren* zu können.

Ich kommentiere nicht einmal die hohe Geschwindigkeit, mit der Marcel über die degradierte Straße brettert. Zu viel spielt sich hinter meiner Stirn ab.

Ich bin auch sehr bemüht, die in der Nacht noch so offenen Kammern meines Herzens wieder mit Schloss und Riegel zu versehen. Kaum zeige ich Schwäche und lasse mich gehen, schon werden mir wieder kriminelle Geheimnisse angedichtet. Nein danke, Herr Polizeiinspektor, Sie können mir gestohlen bleiben. Aber erst sollten Sie mir noch etwas über den Stand der Ermittlungen erzählen.

»Das Obduktionsergebnis von Mutter Agnes ist doch

bestimmt kein Staatsgeheimnis?«, frage ich, als wir den Berg hinunterkommen und quietschend um die Kurve in Eiterbach brausen.

»Nein«, antwortet er. Vor uns holpert ein Lastwagen. Der zwingt Marcel zum heftigen Tritt auf die Bremse. »Muss denn dieser *Kamion* so schleichen?«, flucht er. »Die Obduktion hat ergeben, wie wach die alte Dame doch noch war und wie gern sie das nicht mehr sein wollte. Gestorben ist sie an einer Taxinvergiftung.«

»Aber du sagtest doch …«

»Keine Medikamente«, bestätigt er, während er an einer recht unübersichtlichen Stelle den *Kamion* überholt, hupend, wohl *für* den Gegenverkehr zu warnen. »Alles pflanzlich, reine Natur.«

»Du sprichst in Rätseln.«

»Ich bin ja auch gerade erst dabei, mir die Geschichte zusammenzusetzen«, sagt er ungeduldig. »Weißt du noch, was Jupp ausgesagt hat?«

»Ich war nicht dabei«, erinnere ich ihn mit leiser Schärfe in der Stimme, »und du hast mir nichts weitergegeben. Tust du ja nie.«

»Das stimmt nicht, Katja. Und du selbst hast mir erzählt, was Jupp euch gesagt hat. Seine Mutter hat ihn gebeten, Jumbo an einen Baum zu binden und sie das letzte Stück zu ihrem Lager hinzutragen.«

»Ja und?«

»Selbst angesichts des bevorstehenden eigenen Todes hat Mutter Agnes daran gedacht, Jumbo zu schützen.«

»Wovor?«, frage ich, jetzt völlig verwirrt.

»Vor dem Gift der Eibe. Schon wenige Nadeln können für ein Pferd tödlich sein. Das wusste sie, das wissen alle auf dem Land. Das Gift, ein Alkaloid namens Taxin, steckt fast überall in der Eibe, im Holz, in den

Nadeln und in den Samen der roten Beeren. Und Mutter Agnes starb unter einer der wenigen Eiben drüben im Wald.«

Langsam dämmert es mir. Ich bin sehr lange sehr still, sage dann flüsternd: »*Sie.* Keine Elfen. Keine Ahnen. Rote Beeren. Die hat sie gesucht. An ihnen hat sie mit ihren schwachen Augen den richtigen Baum erkannt. Und die Beeren dann gegessen.«

»Ja, aber daran ist sie nicht gestorben«, sagt Marcel. »Der rote Beerenmantel ist harmlos, wurde früher sogar zu Marmelade verarbeitet. Sie hätte den schwarzen Samen darin gründlich zerkauen müssen, für das Gift freizusetzen. Das hat sie versucht, aber es ist ihr nicht geglückt.«

»*Sie war so klar. Wie früher. Hat sogar ihr altes Gebiss wieder eingesetzt*, genau das hat uns Jupp gesagt«, murmele ich.

»Und dann hat es nicht so funktioniert, wie sie es sich gewünscht hat«, flüstert Marcel.

Schweigend gedenken wir lange Zeit der liebenswerten alten Frau, die im vergangenen Jahr entscheidend zur Aufklärung eines Verbrechens beigetragen hat. In erbarmungsloser Langsamkeit schien ihr die Natur nach und nach alle Sinne abgeschaltet zu haben. Immer wenn es so aussah, als würde der von der Zeit geschundene Körper endlich in Frieden ruhen können, blitzte die Funktion eines Sinnesorgans plötzlich wieder auf, nur um danach wieder ausgeknipst zu werden. Ein grausames Spiel der Natur. Dem Mutter Agnes in einem dieser winzigen Zeitfenster der Klarheit mit den Mitteln der Natur beizukommen versucht hat.

Am 30-km-Schild vor der Schule in Manderfeld drosselt Marcel tatsächlich das Tempo. »Man hat Stücke des

Samens in ihrem Gebiss gefunden, aber vielleicht hat das Zeug furchtbar geschmeckt, vielleicht fehlte ihr die Kraft zum gründlichen Kauen, jedenfalls muss sie den großen Teil wieder erbrochen haben; deshalb hat sie dann die Nadeln geholt. Viele kleine Stücke abgebissen und runtergewürgt. Das muss ein riesiger Kraftaufwand für die arme Frau gewesen sein! Und es war ein schmerzlicher Tod; der Kampf hat mindestens eine Stunde gedauert, so steht das ganz nüchtern in dem Bericht.«

Er gibt wieder Gas.

»Das kann nicht stimmen«, sage ich aufgeregt. »Sie hat nichts erbrochen, war ganz sauber, als wir sie fanden, so friedlich und irgendwie ... glücklich. Das hast du selbst doch auch gesehen.«

»Irgendjemand muss sie gleich nach dem Sterben so hergerichtet haben. Wahrscheinlich Jupp. Aber den Euskirchener Kollegen gegenüber hat er es vehement abgestritten.«

»Dann wird er es auch nicht getan haben.«

»Ach, Katja, kein Eifeler lässt seine im Sterben liegende Mutter allein! Er wird sich hinter einem Baum versteckt und gewartet haben, bis sie tot war.«

In der scharfen Linkskurve am Manderfelder Kriegerdenkmal zurrt sich der Sitzgurt fest und schneidet schmerzlich in mein Fleisch.

»Pass doch auf! Du fährst wie ein Henker!«, sage ich, erstarre dann. Was für ein Sprachbild ist mir da über die Lippen gekommen? Wieso sollte es ein Henker, also jemand, der einen anderen ins Jenseits befördern wird, damit so eilig haben? Damit der Schmerz schnell vorbei ist? Meine Güte, Jupp, hast du vielleicht doch nachgeholfen, weil sich deine Mutter so gequält hat? Warst du der Henker deiner Mutter?

»Als Todesursache steht das Eibengift eindeutig fest?«, frage ich ängstlich.

»Das Taxin. Ja.«

Ich atme erleichtert aus.

»Dann hat sich Jupp ganz sicher nicht hinter einem Baum versteckt. Er hätte es nie ertragen, seine Mutter so leiden zu sehen.«

»Da ist was dran«, bemerkt Marcel nachdenklich und biegt in die kleine baumgesäumte Straße rechts ein, die nach Krewinkel ins Tal führt.

Das Tor, das Herrn Eichhorn wohl zum Verhängnis wurde, ist inzwischen gänzlich abgerissen worden. Die Bretter liegen nachlässig aufeinandergeworfen seitlich der Einfahrt und erinnern mit ihrer kruden Malerei an die ausgedienten Kulissen einer Schüleraufführung.

Wir parken an der Straße. Nachdem Marcel einen Ordner aus dem Wagen genommen hat, gehen wir an den Beeten vorbei zum Hauseingang. Hier gibt es keine Klingel, kein Namensschild und natürlich kein Märchenschlossfenster. Marcel lässt einen Messingklopfer in Form eines satanischen Kopfes ein paarmal gegen die Eichentür donnern.

Zu meiner Überraschung öffnet Victor höchstpersönlich.

Sein Blick geht vom uniformierten Polizisten zu mir und wieder zu Marcel zurück.

»Ja bitte?«, fragt er ungehalten, so, als hätte er uns nie zuvor gesehen.

»Ich muss mit Ihnen reden, Herr Müller«, erklärt Marcel und schüttelt den Ordner. Erst zieht Victor die Augenbrauen hoch, dann hält er uns die Tür auf. Mich ignoriert er völlig. Ich komme mir wie ein Geist vor.

»Ich hoffe, Sie bringen nicht wieder alles durcheinander wie beim letzten Mal«, sagt er, als er an den Buddhastatuen vorbei in den Meditationsraum vorangeht und uns beiden je ein Kissen zum Sitzen anweist. Jetzt hebe ich die Augenbrauen. Ich bin wirklich nicht diejenige, die dauernd etwas verschweigt. Das ist Marcel. Wieso hat er mir nicht erzählt, dass er die Sekte kennt?

Während ich auf das Kissen plumpse und mühsam ein Gleichgewicht zu finden suche, lässt sich Marcel im Lotussitz nieder, was elegant, aber auch sehr merkwürdig aussieht. Er legt die Akte vor sich auf den Fußboden.

»Tut mir leid, dass ich Ihnen damals Schwierigkeiten gemacht habe, aber ich musste den Hinweisen nachgehen; das verstehen Sie doch?«

»Ich verstehe nur, dass wir zu Unrecht denunziert worden sind«, gibt Victor *Müller* zurück. »Sie haben keine Drogen gefunden, und Sie werden auch keine finden. Weil es hier keine gibt. Aber Sie sind sicherlich aus einem anderen Grund hier, Herr Polizeiinspektor.«

»Das stimmt«, erwidert Marcel friedlich. »Es geht um einen Verstoß gegen die Meldepflicht.«

Victor, der uns auf einem dickeren Kissen gegenübersitzt, hebt die Arme. »Ich bitte Sie, wir sind alle im Bevölkerungsregister der Gemeinde Büllingen und im belgischen Nationalregister erfasst!«

»Nicht die Frau, die sich Cora nennt«, gibt Marcel zurück. »Könnten Sie die bitte herrufen? Ich möchte mit ihr sprechen.«

»Selbstverständlich.«

Victor greift nach einem goldenen Glöckchen auf dem niedrigen Regal neben sich. Auf sein Klingeln öffnet sich die Tür, und Gerti huscht herein.

»Hol sofort Cora«, befiehlt Victor in einem recht unangenehmen Ton.

Zu gern würde ich Marcel jetzt nach dem ominösen Nationalregister befragen, aber ich verharre in meiner Rolle als Geist. Der jetzt gern einen Tee, auch einen afrikanischen Rooibostee, getrunken hätte, aber ein solcher wird uns nicht angeboten.

Gerti kommt zurück, sieht Victor an, schüttelt den Kopf und geht wieder.

»Sie ist also momentan nicht da«, übersetzt uns Victor den Blickaustausch.

»Und wo können wir sie dann finden?«, fragt Marcel freundlich.

Victor stößt einen tiefen Seufzer aus.

»Ich bin nicht meiner Schwester Hüter, Herr Polizeiinspektor. Es enttäuscht mich, Ihr Klischee zerstören zu müssen, aber ich bin nicht der Oberguru einer Sekte, die ihre Mitglieder gefangen hält. Wir sind eine ganz normale WG, die in Frieden leben und arbeiten will. Die Tür nach *außen* steht hier jedem Bewohner jederzeit offen. Kurzum, ich habe keine Ahnung, wo Cora steckt.«

»Dann seien Sie doch bitte so freundlich, mir die Personalien der Dame mitzuteilen«, sagt Marcel.

»Die soll sie Ihnen lieber selber nennen«, gibt Victor zurück. »Nicht jede Frau ist beglückt, wenn ihr Alter in die Welt hinausposaunt wird.«

»Frau Cora erschien mir wenig eitel«, kontert Marcel, »und da Sie die Dame soeben selbst als Bewohnerin bezeichnet haben, machen Sie sich als Hausbesitzer ebenfalls strafbar, wenn Sie sie unangemeldet bei sich wohnen lassen.«

»Von wohnen kann bei Cora keine Rede sein, sie hält sich hier nur vorübergehend auf.«

»Seit wann?«

Victor breitet die Hände aus, als wolle er uns segnen.

»Haben Sie am Himmel gestern das großartige Schauspiel der Kraniche gesehen? Sie ziehen nach Süden. Im Frühjahr kehren sie wieder zurück. Sie pendeln hin und her, sind mal hier, mal dort. Wie Cora, sie ist ein Zugvogel. Ihre Anwesenheit hat uns geehrt und so bereichert wie der Anblick der majestätischen Kraniche.«

»Wollen Sie damit sagen, dass sie weitergezogen ist?«, setzt Marcel der verräterischen Poesie – bereichert *hat!* – seine spezielle Prosa entgegen.

»Das glaube ich nicht«, erwidert Victor hastig, »sie hätte von uns Abschied genommen. Wahrscheinlich besucht sie ihre neue Freundin auf der Kehr, da hat sie sich in den letzten beiden Tagen öfter aufgehalten, und da sollten Sie vielleicht nachfragen, falls das noch in Ihren Zuständigkeitsbereich fällt.«

Wir alle wissen, dass dies nicht der Fall ist. Und dass die neue Freundin, falls ich damit gemeint sein soll, jetzt als Geisterwesen auf einem unbequemen Bodenkissen im Sektenhaus hockt.

Marcel entknotet seine Beine, greift nach dem Ordner und erhebt sich, ohne die Hände zu Hilfe zu nehmen.

»Ich gebe Frau Cora jetzt zwölf Stunden Zeit, für sich auszuweisen. Ansonsten erfolgt administrative Festnahme zwecks Überprüfung der Identität«, sagt er, öffnet den Ordner, blättert darin herum und schließt ihn mit einem lauten Knall. »Auch Sie haben sich strafbar gemacht, Herr Müller«, sagt er streng. »Sie wissen, dass jeder Übernachtungsbesuch der Gemeindeverwaltung gemeldet werden muss. Als für Sie zuständiger Beamter erteile ich Ihnen hiermit eine Verwarnung.«

Als für Sie zuständiger Beamter? Was ist das für eine belgische Gepflogenheit? Nationalregister? Ich dachte, wir Deutschen wären die Meister der Bürokratie!

Nachdem ich mich irgendwie wieder auf zwei Beine gebracht habe, wendet sich Victor plötzlich an mich.

»Kann ich bitte kurz unter vier Augen mit dir sprechen, Katja?«, fragt er höflich. Erschrocken, nun kein Geist mehr zu sein und wahrgenommen zu werden, bleibe ich wie erstarrt stehen.

»Ich warte im Auto«, ruft mir Marcel fröhlich zu und stiefelt dem Ausgang entgegen. Die wuchtige Eichentür knallt ins Schloss.

Victor, der während des ganzen Dialogs mit Marcel keine einzige Regung – von den ausgebreiteten Zugvogelarmen abgesehen – gezeigt hat, funkelt mich aus seinen Augen jetzt wütend an. Ich trete einen Schritt zurück, aus Angst, gründlich durchgeschüttelt oder an die Wand geworfen zu werden; wer weiß, was für Kräfte dieser Guru plötzlich freisetzen kann.

»Sorg dafür, dass uns dein Polizist in Ruhe lässt«, faucht er. »Sonst werde ich ihm einen Hinweis auf die Drogen in deinem Haus auf der Kehr geben, ganz schön kräftiges Gras, das du da anbaust, meine Liebe! Und jetzt hau ab und lass dich hier nie mehr blicken!«

Die Aufforderung befolge ich gern. Ich habe die Haustür schon geöffnet, sodass mich Marcel aus dem Auto beobachten kann – sicher ist sicher –, und spreche so leise in das Haus hinein, dass es im Wagen nicht gehört werden kann: »Ihr seid nichts anderes als ein Haufen schäbiger Diebe. Ich werde ihm gleich sagen, dass er hier jetzt endlich fündig werden kann!«

Victor steht neben dem Meditationsraum, streichelt einer kniehohen Buddhastatue den Kopf und sieht mich mit dem gleichen freundlichen Lächeln an, mit dem er mir vor ein paar Tagen die interessante Zukunft meines Restaurants ausgependelt hat.

»Du dauerst mich, du feiste, alte Frau mit dem fürchterlichen Karma«, sagt er weich, »alles entgleitet dir, nichts bleibt dir. Nur ein blauer Müllsack, dem in deinem Schuppen auf der Kehr wieder jener Duft entströmt, den du in deiner belgischen Gefängniszelle schmerzlich vermissen wirst.«

Diese Dreistigkeit verschlägt mir die Sprache. Victor setzt sich wieder in Bewegung, scheint fast auf mich zuzuschweben.

»Unter dem Himmel ist der Wind: das Bild des Entgegenkommens. So macht es der Fürst beim Verbreiten seiner Befehle und ihrer Verkündigung an die vier Himmelsgegenden«, deklamiert er und setzt hinzu: »Vielleicht verweht der Wind die Spuren vor der Haustür. Sie sind bereits gelegt, kleine Spuren der großen Cannabis-sativa-Pflanze.«

Er drückt mich zur Seite und ruft zu Marcel hinaus:

»Herr Polizeiinspektor, bitte kommen Sie noch mal her, ich möchte eine Anzeige erstatten.«

Zu mir sagt er: »Wenn der Wind über die Erde weht, so kommt er überall hin, und das Gras muss sich seiner Macht beugen. Dschun heißt das Gras, das bei seinem Hervorsprießen aus der Erde auf ein Hindernis stößt. Daraus ergibt sich die Bedeutung der Anfangsschwierigkeit, wie du bereits gemerkt haben dürftest.«

»Es ist nicht hervorgesprossen, es war bereits geerntet, und ihr habt es geklaut«, gebe ich wütend zurück, während sich Marcel wieder aus seinem Auto bequemt.

»Egal. Das Gras ist wieder zu dir zurückgekehrt.«

»Ja, bitte?«, fragt Marcel, als er wieder vor die Tür tritt.

»Ich habe ein Problem«, sagt Victor.

»Was für ein Problem?«, fragt Marcel. Victor sieht

mich an. Er hat Zeit und ein Problem. Ich auch. Ich könnte Hein erwürgen! Wahrscheinlich hat Cora auf der Suche nach mir den Müllsack hinter meinem Haus entdeckt, Victor informiert, der das Zeug weggeschafft hat, und dann hat sich die ganze Sippe an Heins Anbau gütlich getan. Und als nach dem Unfall die ungeliebte Polizei vor der Tür stand, haben sie die stinkenden Pflanzen schnell wieder bei mir abgeladen. Und Spuren vor die Haustür gelegt? Das ist wahrlich perfide! Und ich hatte schon Gudrun verdächtigt, meine Güte, Gudrun! Die habe ich ganz vergessen! Ich muss sofort zur *Einkehr,* um nach ihr zu sehen. Sie wird immer noch total durch den Wind sein, aber jetzt habe ich ein anderes Problem.

Victor deutet auf den Bretterhaufen in der Einfahrt.

»Wer zahlt mir das, Herr Polizeiinspektor?«

Marcel hebt die Schultern.

»Da fährt mir ein Irrer mein Tor kaputt, und niemand ist dafür verantwortlich?«

»Dafür bin ich nicht zuständig«, sagt Marcel, »klären Sie das mit Ihrer Hausratversicherung. Ich schicke Ihnen gern den Rapport über den Unfallhergang.«

Mehr wird nicht gesagt. Wir steigen in den Wagen.

»Fahr mich zur *Einkehr*«, bitte ich Marcel. »Ich muss nach Gudrun sehen. Und nach Linus. Ich habe die beiden viel zu lang allein gelassen.«

»Natürlich«, erwidert er. Ohne mich zu fragen, was Herr Müller denn mit mir unter vier Augen bereden wollte, murmelt er, mehr zu sich als zu mir: »Hatten ziemlich rote Augen und leicht erweiterte Pupillen, die beiden Herrschaften. Sollte vielleicht doch noch mal nachsehen, mit was für Kräutern die sich beschäftigen.«

Über dieses Thema möchte ich nun gerade nicht sprechen. Während Marcel erstaunlich gemächlich durch Krewinkel gondelt, frage ich ihn nach dem Nationalregister und was er damit gemeint habe, er sei der *zuständige Beamte*.

»Der bin ich auch für dich«, antwortet Marcel. »Jeder, der zu uns zieht, wird von der Polizei zu Hause zwecks Wohnsitzüberprüfung aufgesucht.«

»Auch ohne Mordfall?«, frage ich verblüfft.

Marcel nimmt am Hinweisschild *Kehr* die Kurve nach links. »Ja, natürlich, wir müssen doch wissen, wer bei uns wohnt. Und der Bürger weiß, an wen er sich im Notfall zu wenden hat«, erwidert er. »Das ist sehr viel persönlicher als bei euch in Deutschland. Jeder hat hier seinen für ihn zuständigen Polizisten. Wir sind eben sehr bürgernah.«

So bürgernah, dass über alle siebzigtausend Einwohner im Bereich der Deutschsprachigen Gemeinschaft staatlicherseits Buch geführt wird, wie ich zu meinem Entsetzen erfahre. Der gläserne Bürger, von dem deutsche Innenminister träumen, lebt in Belgien. Selbst privateste Details werden registriert.

»Aber du hast mich damals nicht nach Beruf, Einkommen und Vermögen gefragt«, bemerke ich, nachdem ich mich von meiner Fassungslosigkeit erholt habe.

»War nicht nötig, hast du mir ja alles selbst erzählt«, gibt er zurück.

»Und du hast das dann haarklein in euer Nationalregister eingetragen?«, frage ich ungläubig.

Er nickt. »Aber natürlich habe ich das weitergegeben.«

»Und da kann jeder nachsehen?«

»Nur, wer dazu befugt ist«, antwortet er gelassen.

»Wenn du dich also für irgendeine Frau in eurem Gebiet privat interessierst, kannst du da alles über sie nachlesen?«, frage ich empört. Marcel wirft mir einen fröhlichen Blick zu.

»Das, was mich privat an der Frau interessiert, die in meinem Gebiet wohnt, finde ich dort leider nicht. Außerdem wird registriert, wer wann was nachgeschaut hat«, erwidert er, »für jeglichen Missbrauch vorzubeugen.«

»Wie beruhigend.«

»So bin ich ja auch dahintergekommen, dass sich diese Cora bei uns nicht angemeldet hat.«

Wir sind oben auf der Kehr angekommen. Er biegt links ab und fährt in meinen Hof ein.

Beunruhigt blicke ich zu meiner Haustür. Von der Straße aus kann ich nicht erkennen, ob da Marihuana herumliegt.

»Wir parken lieber am Restaurant«, sage ich hastig und deute auf die andere Straßenseite.

Er zieht die Handbremse und blickt an sich herab.

»Geht nicht. Ich trage Uniform. Wenn du erlaubst, warte ich in deinem Haus auf dich.«

»Bitte komm mit mir rüber«, sage ich drängend. Ich muss ihn unbedingt davon abhalten, sich meiner vermutlich cannabisverseuchten belgischen Haustür zu nähern. »Du ermittelst jetzt doch nicht. Ich brauche dich da. Wer weiß, in was für einer Verfassung sich Gudrun befindet.«

In einer erstaunlich guten, wie wir schnell feststellen können. Genau wie die *Einkehr*. Die ist von oben bis unten geputzt.

»So bewältigt eine richtige Eifelerin ihre Trauer«, flüstert mir Marcel zu, als wir die blitzblank gewienerte Küche betreten. Linus springt laut bellend an mir hoch.

»Ich hatte keine Zeit, um mit ihm Gassi zu gehen«, sagt Gudrun entschuldigend, »aber dafür habe ich auch bei dir sauber gemacht, die Fenster von draußen, das war wirklich nötig. Und das ganze Grünzeug vor deiner Haustür weggefegt, da muss dir ein Sack mit allen verdorbenen Kräutern der Welt geplatzt sein, so schlimm stank das! Ich hätte auch drinnen geputzt, aber ich konnte den Schlüssel nicht finden.«

»Apropos Schlüssel«, bemerkt Marcel. »Du kannst mir ja deinen Autoschlüssel geben.«

Ich beäuge ihn misstrauisch.

»Ist mein Fahrzeug jetzt verdächtig? Muss da was im Nationalregister eingetragen werden?«

Marcel lacht. »Aber nein, Katja, ich wollte dir nur die Hin- und Rückfahrt nach Sankt Vith ersparen und dir den Wagen heute Abend selbst zurückbringen.«

Ich sehe zu Gudrun hinüber. Sie steht ganz oben auf einer Leiter, reckt sich nach der Zimmerdecke und bearbeitet die auf Putz liegende Leitung der Küchenlampe mit einem Wischtuch. Erstaunlich, was man so alles sauber machen kann, wenn man fürchterlich traurig ist.

»Und wie kommst du dann nach Hause zurück?«, frage ich spitz.

»Mit dir, dachte ich«, antwortet Marcel leise. Er will nach meiner Hand greifen, aber die habe ich schnell fortgezogen. Eine feine Röte breitet sich auf seinem Gesicht aus. Er steht auf.

»Dann eben nicht«, sagt er, »aber ich muss jetzt zurück zum Dienst. Komm, Katja, wir fahren.«

Gudrun lässt das Tuch sinken.

»Ihr wollt mich doch nicht schon wieder allein lassen!«, ruft sie und klettert die Leiter hinunter. »Bitte, Katja, bleib hier! Du musst ja auch noch mit Linus gehen.«

Ich meide Marcels Blick.

»Gut«, sage ich seufzend und löse meinen Autoschlüssel vom Bund, »dann bring den Wagen eben heute Abend her.«

Nur weil ich ihn heimfahre, muss ich die Nacht ja nicht unbedingt wieder in einem breiten belgischen Doppelbett verbringen!

Gudrun fragt nicht, was es Neues gibt, also muss ich ihr auch nichts von der wieder aufgetauchten Ehefrau Hans-Peters erzählen. Darüber möchte ich selbst erst mal in Ruhe nachdenken. Natürlich interessiert mich die Frau brennend, und am liebsten wäre ich sofort ins Burghaus gefahren, um sie zu sehen und mit ihr zu reden. Wir haben uns bestimmt eine Menge zu sagen. Aber erstens habe ich momentan kein Auto, und zweitens muss so eine Begegnung wohlüberlegt sein.

Ich schnappe mir Linus und gehe mit ihm in den Wald. Wie Eiben aussehen, weiß ich nicht, wohl aber, wo wir Mutter Agnes gefunden haben. Durch die kahlen Fichtenstämme hindurch sehe ich schon aus der Ferne Jupp und Hein nahe dem hohen buschähnlichen Baum. Linus springt mir voran auf die beiden Männer zu. Als ich näher komme, sehe ich ein großes Gebinde aus verschiedenfarbigen Rosen unter dem Baum mit den roten Beeren. Der Strauß aus welken Astern und Chrysanthemen sieht daneben ziemlich mickrig aus.

»Man hat ihren Körper freigegeben«, flüstert Jupp. »Wir werden sie nächste Woche beerdigen. Aber für mich wird sie immer hier sein, an dieser Stelle. Danke, Katja, dass du auch Blumen hingelegt hast.«

Ich schüttele den Kopf und schäme mich, nicht daran gedacht zu haben.

»Der ist nicht von mir«, gestehe ich und deute auf den verwelkten Strauß.

»Hab ich Jupp gleich gesagt«, bemerkt Hein. Er beugt sich vor, um die bunten Rosen besser zu ordnen, und lässt dabei einen hellrosa Streifen im schwarzblauen Haar erkennen. »Deine Arrangements sind viel geschmackvoller und angemessener, Katja.«

»Darauf kommt es jetzt doch gar nicht an«, murmelt Jupp und legt den Herbststrauß anders hin, was ihn auch nicht schöner aussehen lässt.

»Doch, Jupp, auch und gerade jetzt«, belehrt ihn Hein mit sanfter Stimme. »Es hilft, in extremen Situationen die Form zu wahren. Und wenn Katja dir oder deiner Mutter etwas *durch die Blumen* hätte sagen wollen, hätte das erheblich würdiger und liebevoller ausgesehen.«

Trotz des Kompliments schaue ich Hein gar nicht würdig oder liebevoll an. Ich habe mit ihm noch ein Hühnchen zu rupfen. Aber nicht an diesem Ort.

»Das also ist eine Eibe«, sage ich voller Ehrfurcht. Ich trete an den Baum mit dem rötlichbraun geschuppten Stamm und den erbsengroßen roten Beeren heran. Gerade will ich nach einem Ast greifen, um mir die weihnachtlich grün glänzenden Nadeln genauer anzusehen, als mich Jupp von hinten umarmt und wegzieht.

»Nicht, Katja«, sagt er leise und drückt mich an sich. »Fass die Nadeln nicht an!«

»So giftig?«, frage ich erstaunt.

»Kann sein«, murmelt Jupp.

»Der Baum des Todes«, flüstere ich.

»Du sagst es«, bemerkt Hein. »Die Römer bezeichneten die Eibe tatsächlich als Totenbaum. Und Caesar berichtet von einem großen keltischen Herrscher, der sich lieber durch Eibengift tötete, als sich zu unterwerfen. Wie Jupps Mutter. Die wollte sich dem Verfall nicht länger unterwerfen. Das müssen wir respektieren, Jupp!«

»Es fällt so schwer«, stöhnt sein Freund. »Sie war doch noch da. Und jetzt ist sie weg. Der Tod ist schrecklich endgültig, Hein. Ich fühle mich so schuldig! Aber was sollte ich machen? Sie wollte in kein Krankenhaus; sie wollte keine Fremden um sich haben, sie wollte uns nicht zur Last fallen, sie wollte gar nichts. Jahrelang. Und dann wollte sie in den Wald.«

»Du hast ihr einen großen Liebesdienst erwiesen«, sage ich mit Tränen in den Augen. »Der größte war vielleicht, sie in der Stunde ihres Todes allein zu lassen.«

Jupp hebt die Lider und blickt seinen Freund aus rot geweinten Augen an. Ich glaube zu verstehen.

»Ihr habt sie beide hergerichtet, damit sie schön aussieht, wenn sie gefunden wird?«

»Nein!« Jupp starrt mich entgeistert an. »Ich war nicht da, als sie starb.«

»Ist das schlimm für dich?«, will ich wissen.

Unendlich langsam schüttelt Jupp den Kopf.

»Sag's ihr«, fordert er Hein auf.

Hein stößt geräuschvoll Luft aus.

»Katja versteht das vielleicht. Die kommt aus der Großstadt; da sterben viele Menschen allein.«

Wie meine Mutter. Was für Schuldgefühle mich immer noch plagen, wenn ich an ihren einsamen Tod denke!

»Ich wäre schon gern bei meiner Mutter gewesen«, sage ich leise. »Vor ihrem Tod war ich fast ständig bei ihr, aber ausgerechnet als es passierte, war ich woanders.«

»Wie so oft«, sagt Hein nickend. »Als Mutter Agnes noch klar war, hat sie immer gesagt, die Lebenden halten die Leute fest, die weiterziehen wollen. Aber das können sie nicht, weil sie die Liebe der ständig um sie herumwuselnden Familie an die Erde kettet. Wenn hier in der Eifel einer im Sterben liegt, hält die Verwandtschaft permanent Tag- und Nachtwache. Das ist so üblich, und irgendwie haben wir das bei Jupps Mutter ja auch immer so gemacht.«

Er hält inne, zieht ein verkrumpeltes Taschentuch hervor und putzt sich geräuschvoll die Nase. »Wir fanden das selbstverständlich. Bis sie mir eines Tages was sagte …«

Ein Windstoß fährt wie ein Gruß aus einer anderen Welt durch den buschigen Baum. Wir blicken auf. Rote Beeren rieseln herab. Eine fällt mir auf den Kopf. Ich pflücke sie aus meinem ungekämmten Haar und breche sie auf, während Hein weiterspricht: »Die meisten können erst dann in Ruhe sterben, wenn die Wache aufs Klo geht, sagte sie, und dann: Manchmal wünsche ich euch einen richtig gründlichen Pitter-zau-Dich.«

»Einen was?«

»Dünnschiss«, übersetzt Jupp flüsternd.

Die Beere mit ihrem todbringenden Samen tropft mir aus den Fingern.

»Ja, so war sie auch«, sagt Hein nickend. »Ganz nüchtern. Musste sie sein, bei ihrem schweren Leben. Das können wir uns heute gar nicht vorstellen, was die alles mitgemacht hat. Wir sind in eine glücklichere Zeit hineingeboren. Sie hat auch mal gesagt, dass Sterben wie Gebären ist; beides sollte die Frau gefälligst allein machen.«

Von beidem verstehe ich nichts. Ich weiß nur, dass mir ein männlicher Kollege früher gestanden hat, sich nicht vor der Niederkunft seiner Frau zu fürchten, sondern vor deren Erwartenshaltung, er müsse dabei sein. Beim zweiten Kind hat er sich dann auch gegen das Dabeiseinmüssen gewehrt.

Unvergesslich ist mir ein Modeshooting für meine Zeitschrift, als ein schwangeres Model zusammenbrach.

Sie war erst im dritten Monat, aber ein Gedanke machte sie fix und fertig: Ihrem liebenden und sie anbetenden Gatten würden in absehbarer Zeit blut- und schleimverschmierte Ein- und Ausblicke auf ihren Körper gewährt werden. Die würde er in seiner Erinnerung speichern. Und das würde ihren wunderbaren Sex kaputt machen. Darum hasse sie dieses Kind jetzt schon. Eine Nacht lang habe ich auf das junge Ding eingeredet, ihr Baby trotzdem zu bekommen. Hat sie auch und auf meinen völlig rückständigen Rat hin den Mann aus dem Kreißsaal geschickt.

Die beiden sind übrigens die Einzigen aus meiner alten Welt, die mir regelmäßig zum Geburtstag schreiben. Immer mit dem neuesten Foto ihrer Tochter *Katja*. Die ist heute neunzehn, macht gerade Abitur und hat noch drei Geschwister.

Aus all diesen Dramen lässt sich eigentlich nur eines schließen: Geborenwerden und Sterben sind Geheimnisse. Und wie das mit Geheimnissen so ist, sollte jeder bei seinem eigenen entscheiden, ob er es mitteilen oder für sich behalten möchte. Mutter Agnes hat ihre Entscheidung überdeutlich kundgetan.

»Du wusstest, was Jupp und Agnes vorhatten?« Meine eigene Stimme klingt mir plötzlich fremd in den Ohren. Was fällt mir ein, sich in diese so private Angelegenheit der beiden Männer einzumischen?

»Nicht genau«, erwidert Hein. »Aber als mir Jupp simste, seiner Mutter gehe es besser, und das würden sie jetzt ausnutzen, habe ich mir schon so was gedacht. Aber die Eibe wäre mir nicht im Traum eingefallen.«

»Mir auch nicht«, gesteht Jupp. »Erst als sie das mit dem Pferd sagte, da habe ich den Baum gesehen ...« Er schluckt.

»… und ihr dann ein paar Beeren in die Hand gelegt«, setzt er fast unhörbar hinzu.

Ich zitiere nichts aus dem Obduktionsbericht. Vielleicht kennt Jupp ihn. Ich hoffe nicht. Er sollte nicht wissen, dass seine Sterbehilfe versagt hat. Ich mag mir nicht vorstellen, wie verzweifelt Mutter Agnes nach den Nadeln gefahndet hat. Wie sie sich die in den Mund gestopft, darauf herumgekaut und sie verschluckt hat. Ja, es stimmt schon, was Jupp gesagt hat; sie ist wohl in gewisser Weise tatsächlich durch ihren Willen gestorben.

Es ist plötzlich sehr kalt geworden. Ich knöpfe meine Jacke zu und reibe mir die Arme. Zu dritt blicken wir eine lange Zeit schweigend auf die Stelle, an der Mutter Agnes vor zwei Tagen so friedlich gelegen hat.

»Ich habe alles über Eiben nachgelesen«, bricht Hein schließlich die Stille. »Als wir hörten, dass Mutter Agnes daran gestorben ist. Die Germanen hatten für sie eine spezielle Rune, und der Weltenbaum war eigentlich gar keine Esche, sondern eine Eibe. Überhaupt die Kelten – für die war die Eibe auch als Totenbaum heilig. Und es gibt eine bretonische Sage, wonach aus dem Mund eines jeden Toten eine Eibenwurzel wachse …«

Er bricht ab. Jupp hat sich am Fuße des Baumes niedergelassen und weint lautlos vor sich hin. Hein kniet sich neben ihm nieder, nimmt ihn in die Arme und wiegt ihn wie ein kleines Kind.

»Wein ruhig, mein Liebster, weine um deine Mama«, höre ich ihn flüstern. »Sie hat sich ihren Tod selbst ausgesucht, und Katja hat recht: Du hast ihr den größten Liebesdienst erwiesen, du hast sie frei gemacht. Wie die Kraniche, die gestern fortgeflogen sind, war das nicht schön? So ist auch sie in ein fremdes Land gezogen …«

Leise entferne ich mich. Linus, der die ganze Zeit über still neben mir verharrt hat, als habe er begriffen, wie wenig jetzt ausgelassenes Herumtollen am Platz ist, trottet mit gesenktem Haupt vor mir her. Ab und an schnüffelt er an einem Drachenzahn, einem Höckerstein des früheren Westwalls.

Mutter Agnes hat ihren Frieden gefunden. Wie nach einer Beerdigung habe ich das Gefühl, als sei heute etwas abgeschlossen worden.

Ich habe auch noch einiges abzuschließen. Mit Hein. Aber das Cannabishühnchen werde ich später mit ihm rupfen. Und zwar so, dass die Federn fliegen!

In der *Einkehr* hat sich Gudrun zu meinem Entsetzen inzwischen den Keller vorgenommen. Regale, eingestaubte Marmeladengläser, eine Batterie leerer Flaschen und Joghurtbecher, ein alter Polstersessel, aus dem eine Metallfeder herauslugt, ein riesiger versiffter einäugiger Teddybär, ein gelbes Waffeleisen aus den Sechzigerjahren, eine altmodische Höhensonne, Teppiche, die bei Tageslicht ausgerollt wohl zu Staub zerfallen würden, Eimer mit eingetrockneten Farbresten, ein Nierentischchen und leere Kartons stehen vor dem Eingang des Hauses, das ich eigentlich in wenigen Wochen als Restaurant eröffnen wollte. Wie nur hat es Gudrun geschafft, in so kurzer Zeit den ganzen Krempel ans Licht zu holen? Da sind Kräfte am Werk gewesen, die mich schaudern machen.

»Wir müssen die Kellerböden streichen!«, begrüßt sie mich. »Soll ich gleich Farbe kaufen?«

»Wozu?«, frage ich entgeistert.

»Für Ordnung zu schaffen!«, erklärt sie und hebt das gelbe Waffeleisen hoch. »Das können wir noch benutzen. Für belgische Waffeln zu machen.«

»Nee«, sage ich, »das macht viel zu dicke Dinger. Waffeln müssen in einen Toaster passen.«

Oh, wie ich mir mit dieser Bemerkung selbst einen Stich versetze! Irgendwo in mir schlägt wohl eine masochistische Ader.

»In einen Toaster?«, wiederholt Gudrun verständnislos. »Waffeln? Das gehört sich aber gar nicht! Waffeln müssen dick sein. Was für eine Farbe holen wir jetzt für den Fußboden?«

»Gar keine«, gebe ich zurück. »Gudrun, hör auf zu arbeiten! Das bringt doch nichts.«

»Sieht besser aus als vorher«, gibt sie zurück, »oder nicht?«

Das Chaos vor der Tür der *Einkehr* passt vorzüglich zu dem in meinem Kopf. Es muss dringend aufgeräumt werden.

»Ich helfe dir jetzt, alles wieder in den Keller zurückzutragen«, sage ich. »Hans-Peters Frau ist wieder aufgetaucht.«

Bei meinem ersten Satz hat Gudrun die Hände zum Protest erhoben; beim zweiten erstarrt sie wie Lots Frau. Ihr Mund bleibt so lange offen stehen, dass ich schon eine katatonische Störung befürchte. Dann erschlafft der ganze Körper. Gudrun sinkt auf den Stufen der *Einkehr* nieder, schüttelt den Kopf, räuspert sich und fragt fast zaghaft:

»Hat sie den Mord gestanden?«

»Natürlich nicht!«, fahre ich sie an, was mir augenblicklich leidtut. »Wir wissen doch überhaupt noch nicht, ob es Mord war.«

»Wo ist die Frau?«

»In Kronenburg. Im Burghaus.«

»Und Vinzenz?«

»Soweit ich weiß, ist er noch bei der Anneliese. Frau von Krump-Kellenhusen wird jetzt anderes zu tun haben, als sich um ein Kleinkind zu kümmern.«

»Aber du weißt es nicht genau?«

Ich schüttele den Kopf. Gudrun steht auf, bindet sich die Schürze ab, faltet sie sorgfältig zusammen und legt sie auf den kaputten Sessel.

»Dann geh ich da mal nachschauen«, sagt sie, während sie sich das Gummi aus dem langen Blondschopf zieht und sich mit den Fingern durch die Haare fährt.

Mich lässt sie mit dem Sperrmüll vor der Tür allein.

Vor dem Kaffeetrinken steht das Aufräumen, sage ich zu Jupp und Hein, die wenig später in die *Einkehr* kommen. Jupp bitte ich, seinen Kleinlaster zu holen, sein *Kamionette,* würde Marcel wohl sagen, das ganze Zeug aufzuladen und vernünftig zu entsorgen. Nachdenklich betrachtet er die ausgestellten Überbleibsel der Familie Mertes.

»Den Nierentisch können wir noch auf dem Flohmarkt verkaufen«, meint der Mann, der einen Fernkurs in Innenarchitektur belegt hat, »Fünfzigerjahremöbel sind wieder im Trend. Das Waffeleisen können wir da auch anbieten. Und Vater Alfs alten Sessel werde ich wieder aufarbeiten. Die Regale sollten wir zurück in den Keller stellen, Katja, für Vorräte und so.«

Er beginnt, den Krempel zu sortieren. Hein ist vollauf mit dem räudigen Teddy beschäftigt.

»Mein Schnurzi!«, kräht er und drückt das Stofftier an sich. »Du hast mir so gefehlt! Wo hast du nur all die Jahre gesteckt?«

»Eingekerkert im Kellerverlies«, gebe ich zurück. »Zu Recht, so wie der aussieht. Den willst du doch nicht etwa behalten?«

»Früher konnte ich ohne den gar nicht einschlafen«, gibt er zurück. »Er wird gesäubert, repariert und in Ehren gehalten. Ich hole ihn mit zu uns nach Losheim.«

»Dahin kannst du auch noch etwas anderes *mitholen*«, gebe ich scharf zurück. Während Jupp die Regale in den Keller wuchtet, fordere ich Hein auf, mit mir über die Straße zu gehen.

Die Tür des Schuppens ist nur angelehnt.

»Da hast du dein Gift«, sage ich erleichtert und werfe Hein den blauen Müllsack vor die Füße. »Hat mir schon genug Ärger eingebracht. Schaff mir dieses Elend bloß weg!«

Mit dem Teddy unter dem Arm beugt sich Hein herunter und sieht in den Sack hinein.

»Da fehlt aber eine ganze Menge«, sagt er vorwurfsvoll.

»Schön, willst du mich verklagen? Wozu brauchst du das Zeug überhaupt?«

»Für einzuschlafen«, erwidert er. »Das bringt mich runter, wenn ich im Stress bin.«

»Dafür hast du jetzt doch deinen Schnurzi«, gebe ich zurück. »Oder nimm eine Pille wie andere Menschen auch.«

»Ich werde mich doch nicht von der Pharmaindustrie abhängig machen!«, ruft er empört, während er in dem Sack herumwühlt. »Außerdem hilft das gegen mein Asthma. Man sollte Cannabis legalisieren, ist viel harmloser als der Whisky, den du so gern schluckst, und außerdem hilft es gegen eine Menge von Krankheiten.«

Auf diese Diskussion lasse ich mich gar nicht erst ein.

Stunden später
Marcels Anblick hat mir schon öfter die Sprache verschlagen. Aus verschiedenen Gründen. Als elegante Erscheinung aber hat er mich bisher noch nie erschüttert. Fassungslos blicke ich auf den Mann vor der Tür der *Einkehr.* Im schmal geschnittenen dunkelgrauen Blazer und einer etwas helleren Gabardinehose mit scharfer Bügelfalte könnte er glatt als Model durchgehen. Sogar der Schnurrbart sieht fast ordentlich gestutzt aus. Gut, bei genauerer Betrachtung dürfte der Krawattenknoten über dem hellgrauen Hemd etwas weniger schief sitzen.

Er folgt meinem Blick und fasst sich an die schmale rote Krawatte.

»Unmodern?«, fragt er unsicher. »Sollte die vielleicht breiter sein?«

Ich schüttele den Kopf und richte den Krawattenknoten.

»Du siehst toll aus«, sage ich ehrlich, »und schmale Krawatten sind immer schöner. Ich kann diese breiten bunten Lätzchen nicht leiden, die sich manche Männer um den Hals hängen. Warum so schick?«

»Weil wir essen gehen werden«, sagt er beziehungsreich.

Ich verstehe sofort. In unserem Umfeld gibt es nicht viele Restaurants, für die man sich in Schale wirft. Eigentlich nur eines.

»Kronenburg«, sage ich nickend. »Natürlich ermitteln wir nicht.«

»Wo denkst du hin!«, erwidert er lachend. »Würde ich mich in Deutschland doch nie trauen!«

»So siehst du aus. Wir werden uns also ganz privat umsehen und der Dame kondolieren. Ganz inoffiziell mitfühlende Fragen stellen, sehr gut. Bleib bitte hier,

Marcel, und tröste Gudrun. Nachdem sie auch noch den armen Linus in den Wasserbottich gestellt und abgebürstet hat, gehen ihr die Ideen zum Putzen aus. Ich laufe mal schnell nach Belgien und mache mich auch schön. Aber das wird bestimmt ein bisschen dauern.«

Klar, wenn ich Gaby von Krump-Kellenhusen gegenübertrete, möchte ich das nicht als pummeliges Landei in meinem üblich vergammelten Kehr-Look tun.

Nach dem Haarewaschen stelle ich vor dem Spiegel fest, dass der graue Streifen in meinem mausfarbenen Haar immer breiter wird. Kastanienbraun würde mir auch stehen. Obschon sich mein sprödes Haupthaar nie so gefällig locken wird wie das von Hans-Peters Frau. Witwe. Ich sollte mich von Hein beraten lassen.

Den Gedanken, meine Rundungen unter figurschmeichelndem Schwarz so gut wie möglich zu verbergen, verwerfe ich schnell. Könnte als Trauerkleidung ausgelegt werden, und das wäre in meinem Fall wohl geschmacklos. Ich entscheide mich also für einen wadenlangen engen grauen Rock, in dem ich kaum laufen kann. Erst als ich meine lange rote Seidenbluse übergestreift habe und in meine grauen High Heels geschlüpft bin, fällt mir auf, wie sehr ich mich Marcel farblich angepasst habe.

»Was für eine Metamorphose!«, erklärt Marcel anerkennend, als ich mich ihm vor der *Einkehr* präsentiere.

»Aufgebrezelt gefalle ich dir also besser?«, frage ich.

Er schüttelt den Kopf. »Aufgebrezelt gefällst du mir auch«, sagt er, »kannst du in dem Rock und mit den Schuhen überhaupt gehen?«

»Siehst du ja«, sage ich und trippele ihm im Laufstegstil zu meinem Auto voran.

Ausnahmsweise ist die Rezeption im Burghaus besetzt. Dirk Peters begrüßt uns herzlich. Er ist sichtlich erfreut, dass ich trotz der schauerlichen Erfahrung vom Vortag sein Etablissement wieder aufsuche, und verspricht mir abermals kulinarische Köstlichkeiten. Ich stelle Marcel als einen Freund aus Belgien vor. Aber die Herren kennen sich bereits. Die DG ist offensichtlich ein zwischenmenschlich sehr überschaubares Gebiet.

Ich lege viel Anteilnahme in meine Stimme, als ich nach Frau von Krump-Kellenhusen frage.

»Die Dame hat sich in ihr Zimmer zurückgezogen«, sagt Peters und setzt hastig hinzu: »Selbstverständlich haben wir ihr ein anderes Zimmer, nämlich die Adenauer-Suite, zur Verfügung gestellt.«

Nein, sie wolle niemanden sehen, darum habe sie ausdrücklich gebeten. Aber er könne ja mal nachfragen, ob sie für mich, ihre alte Freundin – als solche hatte ich mich ausgegeben –, nicht eine Ausnahme machen wolle.

»Ja, machen Sie das«, bitte ich. Mehr als Nein sagen kann die Frau schließlich nicht, aber Marcel schüttelt den Kopf. »Später«, sagt er schnell, »wir möchten erst etwas essen.«

Im kleinen Gastraum sind wir allein.

»Warum hast du eben abgelehnt?«, frage ich ihn.

»Ich habe meine Gründe«, antwortet er.

»Darf ich die erfahren, oder behindert das den Gang der Ermittlungen?«

»Dirk Peters wird ihr bestimmt sagen, dass wir hier sind«, erklärt Marcel, »dann kann sie selbst entscheiden, ob sie runterkommen und uns sehen möchte. Ist viel unverfänglicher so.«

»Du sprachst von *Gründen*. Da gibt es noch mehr?«

Eine hübsche blonde Kellnerin legt uns die Speisekarten hin und fragt in schwäbischem Tonfall, ob wir einen Aperitif wünschen. Marcel schüttelt den Kopf, zieht seine Zigarilloschachtel hervor und bemerkt: »Den nehme ich draußen in dieser Form zu mir. Und ich esse den Hirsch. Der ist mir sehr empfohlen worden.«

»Ich habe mich noch nicht entschieden«, sage ich und mustere Marcel verärgert.

»Vor dem Essen rauchen?«, frage ich ungläubig, als die Kellnerin wieder verschwunden ist. »Seit wann bist du so süchtig?«

»Seit gerade«, erwidert er. »Such du dir in aller Ruhe was aus. So ein Zigarillo dauert.«

Und damit verschwindet er und lässt mich allein.

Ich versuche, meinen Ärger über dieses schlechte Benehmen mit der Lektüre der Speisekarte zu verdrängen. Als mir eine Viertelstunde später das Wurzelschaumsüppchen mit geräucherter Gänsebrust und Kartoffelstrohhaube vorgesetzt wird, beginne ich auch fast zu rauchen. Aus Zorn. Was fällt dem Kerl ein, mich groß zum Essen einzuladen und mich dann meinen zurzeit nicht sehr fröhlichen Gedanken zu überlassen?

Sehr bemüht, vor Wut nicht zu schnauben, stehe ich auf, fluche dann über den engen Rock, der mich beim Gehen stark einschränkt, und trippele an der unbesetzten Rezeption im kleinen Flur vorbei. Ich blicke aus der Tür des Schlosshotels. Marcel steht nicht rauchend neben dem großen Aschenbecher. Er kommt mir aus der weit entfernten Toreinfahrt des Burghauses entgegen. Aus den Augenwinkeln sehe ich eine große sehr schlanke Frau um die Ecke verschwinden. Registriere nachträglich das lange kastanienbraune Haar, das sich vom taillierten hellbraunen Mantel abhebt.

Ich vergesse meine Wut.

»Das ist doch …«

»Genau«, sagt Marcel vergnügt.

»Wollen wir sie nicht aufhalten? Mit ihr reden?«

»Nicht mehr nötig«, sagt der belgische Polizeiinspektor in Zivil. Er nimmt meinen Arm. »Ich habe jetzt alles, was ich von ihr brauche. Entschuldige bitte, dass ich dich warten lassen musste!«

Siebtes Gericht

Überraschungsomelette
gefüllt mit schwarzen asiatischen Pilzen,
umhüllt von Mandelkrokantmantel
an Ahorn-Limonen-Konfitüre
mit einem Hauch von Zitronengras

Aufgeregt zupfe ich Marcel am eleganten Ärmel.

»Aber ich möchte unbedingt mit ihr sprechen!«, entgegne ich und weigere mich, zu meinem Süppchen ins Hotel zurückzukehren.

»Bitte sehr«, sagt der Polizeiinspektor. Im schwachen Schein der Hofbeleuchtung glaube ich, ein süffisantes Lächeln auf seinem Gesicht zu erkennen. »Aber da wirst du sehr, sehr lange warten können.«

»Woher willst du das wissen?«

»Das verraten mir die neuen Erkenntnisse«, erwidert er. »Ach, Katja, ich habe dir noch viele interessante Dinge zu erzählen. Aber nicht hier draußen in der Kälte. Außerdem sehe ich, wie sehr dir die Füße in diesen mörderischen Schuhen jetzt schon wehtun.«

Was bleibt mir anderes übrig? Ich will endlich wissen, was mir Marcel so alles vorenthält. Aber auf das, was er mir dann erzählt, bin ich nicht im Geringsten vorbereitet.

»Sie will unbedingt eine Begegnung mit uns vermeiden«, beginnt er.

»Warum?«

»Erstens, weil ihr Herr Peters bestimmt gesagt hat, dass ich Polizist bin, und zweitens …«

»In Belgien!«, werfe ich ein.

»Herr Peters ist auch Belgier«, sagt Marcel.

»Und zweitens?«

»Weil sie dich kennt. Und sie betrachtet dich ganz bestimmt nicht als die alte Freundin, für die du dich Herrn Peters gegenüber ausgegeben hast. Sie weiß alles von dir, Katja, sogar mehr als ich.«

Das muss ich erst mal verdauen.

»Unmöglich«, sage ich.

»Wir haben den Computer und die schriftlichen Unterlagen von Herrn Eichhorn inzwischen ausgewertet; dankenswerterweise hat uns zudem die Berliner Polizei sehr zügig Amtshilfe gewährt.«

Marcel legt eine Pause ein, als die freundliche Kellnerin ihm den Hirsch und mir den Seeteufel serviert.

»Guten Appetit«, wünscht sie uns und will uns die jeweilige Weinbegleitung nachschenken.

»Ich muss noch fahren«, lehne ich ab.

»Und zwar noch ziemlich weit«, sagt Marcel vergnügt. »Da wartet dann im Kühlschrank eine feine Flasche französischen Weißweins auf dich. Du magst doch Chablis?«

Wieso nimmt er mit so großer Selbstverständlichkeit an, dass ich nachher noch einmal mit ihm ins belgische Doppelbett springen möchte? Wo er mich heute Morgen wieder mal wie eine Verbrecherin behandelt hat? *Ich* soll Herrn Eichhorn angerufen haben? Warum ist Marcel eigentlich nicht mehr auf diese perfide Unterstellung zurückgekommen? Wohl, weil er inzwischen neue Erkenntnisse hat, die mich entlasten, gebe ich mir selbst die Antwort.

»Vielen Dank für die Einladung«, sage ich mit aller Ironie, deren ich fähig bin, »die ich leider ablehnen muss, weil ich danach noch einmal eine ordentliche Strecke fahren werde. Sprich weiter!«, bedränge ich ihn, als die Kellnerin außer Hörweite ist.

Inzwischen hat sich der kleine Gastraum gefüllt. Marcel beugt sich auf seinem schmiedeeisernen Stuhl vor und sagt leise: »Frau von Krump-Kellenhusen hat Herrn Eichhorn vor sieben Jahren beauftragt, ihren Mann zu beschatten.«

»Vor *sieben* Jahren?«, frage ich entsetzt. »Aber da war ich doch noch mit …«

»Kannst du dich noch erinnern, wie sich dein Hans-Peter damals verhalten hat? Ob er sich vielleicht kurzzeitig von dir getrennt hat?«, unterbricht er mich.

Ich schüttele den Kopf. »Er hat sich nur einmal getrennt, damals, kurz bevor ich in die Eifel kam. Da wollte er seiner Frau alles beichten und zum anständigen Familienvater mutieren, hah!«

Marcel sagt nichts, sondern widmet sich ausgiebig seinem Essen. Sorgfältig schneidet er ein Stück Birne mit Holunderbeerengelee ab, spießt es zusammen mit einem Bissen des Hirschs auf eine Gabel und balanciert es zum Mund.

»Mmmh«, brummt er. »Schmeckt richtig köstlich. Die Belgier können kochen, habe ich dir doch gesagt.«

»Der Koch ist ein Schwabe«, gebe ich automatisch zurück, aber mit meinen Gedanken bin ich ganz woanders. Bei Gaby von Krump-Kellenhusen, die sieben Jahre lang von meiner Existenz gewusst, dies aber ihrem Mann offensichtlich vorenthalten hat. Sie hat unsere ganze Affäre einfach weiterlaufen lassen. Warum nur? Weil sie in mir keine Gefahr für ihre Ehe sah? Weil sie mir nicht zutraute, ihr den Mann gänzlich wegzunehmen? Weil sie vielleicht selbst eine Affäre hatte? Weil ich einfach nicht wichtig genug war?

Das ist sehr wenig schmeichelhaft und …

»… schon unendlich lange her«, beende ich den Gedanken laut, nachdem ich mir die geschmolzenen Tomaten auf der Zunge habe zergehen lassen. »Was hat das bloß mit den Sachen von heute zu tun, mit Herrn Eichhorn, Gabys Verschwinden und Wiederauftauchen, mit Hans-Peters Tod?«

»Die Dame hat Herrn Eichhorn wieder engagiert, noch in Berlin, vor etwa zwei Monaten.«

»Natürlich wieder wegen Hans-Peters ewiger Fremdgeherei«, sage ich nickend. »Der Mann konnte gar nicht anders. Damals gab es ganz bestimmt nicht nur mich.«

»Das weiß ich nicht, ich habe die alten Dossiers nicht gründlich studiert. Aber diesmal ging es nicht um eine Liebesgeschichte, sondern um die Stiftung seiner Ehefrau. Zum Schutz bedrohter Arten oder so ähnlich. Der liebende Gatte war Kassierer des Stiftungsrats. Er hat im Laufe der Jahre offensichtlich Summen in Millionenhöhe unterschlagen und in Luxemburg gebunkert. Dahinter ist Herr Eichhorn schon in Berlin gekommen.«

»Luxemburg liegt sehr nah«, sage ich, nachdem ich mich auch von der Idee verabschiedet habe, dass Hans-Peter *meinetwegen* auf der Kehr aufgetaucht ist. »Einmal durch Krewinkel, nach Sankt Vith und dann noch ein paar Kilometerchen.«

»Genau.«

»Vielleicht hat Herr Eichhorn die gestohlene Kohle in seinem Kofferraum gesucht«, überlege ich laut weiter, »weil Hans-Peter das Geld schon in Luxemburg abgehoben hat. Und vielleicht ist seine Frau …«

»… auch aus genau diesem Grund verschwunden«, fährt Marcel fort. »Um ihm die Gelegenheit zu geben, seine Schäfchen ins Trockene zu bringen, und ihn dann zu stellen. Um sich heimlich mit Holger Eichhorn zu treffen und mit ihm und seinen Informationen den Gatten hier in der Eifel zu überführen und die ganze Sache quasi im kleinen Familienkreis zu regeln. Tut keiner Stiftung gut, wenn ans Licht kommt, dass der Kassierer, noch dazu der Ehemann der Stiftungsgründerin, die Gelder veruntreut hat.«

»Aber er ist nie weggefahren, war immer bei Gudrun«, gebe ich zu bedenken.

»Weißt du das wirklich so genau? Vielleicht hat er Gudrun ja mitgeholt. Vielleicht hat *sie* das Geld abgehoben.«

Ich versuche, mir die letzten Gespräche mit Gudrun ins Gedächtnis zu rufen. Von Geld war da des Öfteren die Rede. Ihre Versicherung, Hans-Peter habe genug, *für* sich mit ihr in der Eifel niederzulassen. Aber *eine Summe in Millionenhöhe?* Hätte er sich da nicht eher für die Karibik entschieden oder zumindest für eine Gegend, in der die Sonne lange genug scheint, um Hautkrebs zu bekommen? Und so liebenswert und attraktiv Gudrun auch ist und wie sehr sie seinen Bedürfnissen auch entgegengekommen sein mag – wie lange hätte sie den Ansprüchen des reichen Mannes aus der Metropole genügt?

Ich schüttele den Kopf.

»Nein, ganz bestimmt nicht«, beantworte ich Marcels Frage. »Das wäre mir aufgefallen. Dazu war die Zeit auch zu kurz. Und außerdem hat er sein Auto gar nicht bewegt. Das stand immer an der gleichen Stelle vor der *Einkehr.* Von der aus übrigens Herr Eichhorn angerufen wurde, wie du so freundlich warst, mir vorzuwerfen. Wahrscheinlich von Cora«, sage ich mit besonderer Betonung. »Die muss dann irgendwie mit Gaby zusammengearbeitet haben.«

»Ist eine Möglichkeit, die ich aktuell untersuche.«

»Mithilfe des Nationalregisters.«

»Unter anderem.«

»Finde ich schon heftig bei euch in Belgien. Dass man sogar sein Einkommen angeben muss!«

»Wir wollen eben niemanden in unser Land aufnehmen, der dem ÖSHZ, unserem öffentlichen Sozialhilfezentrum, zur Last fallen könnte«, bemerkt er gänzlich ungerührt. »Es gibt auch den umgekehrten Fall, wo sich jemand in Belgien anmeldet, aber aus irgendwelchen dubiosen Gründen, wie Steuerhinterziehung in Deutschland zum Beispiel, da nicht wirklich wohnt.«

»Und wie kommt ihr dahinter? Durch Befragung der Nachbarn?«

»Sicher. Aber hauptsächlich durch die niedrige Stromrechnung und im Winter auch durch fehlende Spuren im Schnee.«

Spuren im Schnee! Warum nur erinnert mich das an Asterix?

»Staatsschnüffler!«, halte ich ihm vor, was er achselzuckend und mit der Bemerkung: »Im Dienste aller Bürger, also auch in deinem« quittiert.

»Da bedanke ich mich doch herzlich.«

»Aber keine Angst, die Telefone werden nicht abgehört; sonst wüssten wir ja, wer Herrn Eichhorn aus dem *Hotel Balter* und aus deinem Restaurant angerufen hat.«

Ich verkneife mir die Bemerkung, die Überwachung durch den belgischen Staat dürfe sich wohl kaum auf zwei in Nordrhein-Westfalen stehende Gebäude erstrecken, und sage: »Wahrscheinlich war es in beiden Fällen Cora.«

»Wie hast du sie eigentlich kennengelernt? War das wirklich ganz zufällig?«

»Ja. Hat sie doch erzählt. Sie goss die Blumen vor dem schrecklichen Tor, und da fragte ich sie auf meinem Spaziergang, ob sie deine frühere Kneipe kennen würde.«

»Du und spazieren gehen«, sagt Marcel nachdenklich. »Das ist schon ein sehr seltsamer Zufall, aber egal, ich glaube, dass Frau von Krump-Kellenhusen vom *Hotel Balter* aus sogar höchstpersönlich angerufen haben könnte. Eine Frau, auf die ihre Beschreibung passt, soll sich um die Zeit für ein paar Stunden dort ein Zimmer geholt haben.«

»Seit wann ist das ehrenwerte *Hotel Balter* ein Stundenhotel?«

Marcel lacht. »Lass das bloß nicht den Hermann-Jupp Balter hören! Die Frau hat für eine Übernachtung bezahlt, aber das Hotel offenbar schon am Nachmittag wieder verlassen.«

»In Deutschland muss man im Hotel einen Personalausweis vorlegen.«

»Das wollte sie am Abend tun, da war sie aber schon weg.«

»Passt. Vielleicht hat sie sich mit Cora im Hotel getroffen und ihr dort Anweisungen gegeben. Wieso hat man dir als belgischem Polizeibeamten bei Balter überhaupt Auskunft gegeben?«

»Weil man mich dort kennt. Das Haus steht ja fast auf belgischem Boden, die Grenze macht nur einen Schlenker haarscharf um das Gebäude herum.«

»Nur um das Hotel?«, frage ich ungläubig.

Marcel nickt.

»Wie kann das denn sein?«

»Ganz einfach, als die Bewohner von Losheim vor genau fünfzig Jahren gefragt wurden, ob sie Belgier oder Deutsche sein wollten, hat sich Balters Mutter für

Deutschland entschieden, und daraufhin hat man die Grenze eben hinter ihrem Haus gezogen.«

»Und die Nachbarn?«

»Gab es damals ebenso wenig wie heute. Der Supermarkt und die Krippana sind erst später gebaut worden; die gehören zu Belgien.«

»Wünschen Sie ein Dessert?«, fragt die Kellnerin und räumt unsere leer gegessenen Teller ab.

»Nein danke«, antwortet Marcel.

»Ja, gern«, sage ich. Gaby von Krump-Kellenhusen wird mit ihren geschundenen Füßen ja nicht ewig durch die kalte Eifeler Oktobernacht stromern. Je länger wir im Burghaus bleiben, desto größer ist die Chance, ihr doch noch zu begegnen. Was ich unbedingt will.

»Könnten Sie mir das Mandelkrokanttröllchen mit Quark-Limonen-Mousse im Kaminzimmer servieren?«, frage ich bittend. Strategisch platziert, können wir dort bei offener Tür jeden observieren, der ins Hotel kommt.

»Das wird nicht klappen«, sagt Marcel, der meine Absicht natürlich durchschaut hat.

»Doch, doch, das klappt schon«, entgegnet die Kellnerin beflissen.

Es klappt nicht. Wahrscheinlich kennt die Dame meinen alten Wagen, auch wenn der jetzt ein belgisches Kennzeichen trägt. Offenbar weiß sie ja alles von mir. Irgendwann gebe ich zu Marcels Erleichterung auf. Weil ich ihm das Rechthaben nicht gönne, bleibe ich den ersten Teil der Rückfahrt über stumm. Er versucht gar nicht erst, Konversation zu machen, und hängt seinen eigenen belgischen Gedanken nach. Ich mache erst den Mund wieder auf, als wir am Schild, das gegenüber dem *Hotel Balter* den Grenzübertritt angibt, in Belgien einfahren:

»Wann rechnest du eigentlich mit Hans-Peters Obduktionsergebnis?«

»Morgen«, erwidert er. »Wie auch mit dem von Holger Eichhorn.«

»Das hättest du wahrscheinlich viel schneller, wenn du nicht nur Polizeiinspektor wärst«, sage ich bissig.

»Glaube ich nicht«, erwidert er mit seiner üblichen unerträglichen Gelassenheit. »Außerdem möchte ich gar nicht befördert werden.«

»Hah! Saure Trauben!«

»Keinesfalls. Mir gefallen der blaue Streifen und die beiden Sterne; als Hauptinspektor hätte ich einen orangefarbenen Streifen und zwei Kronen und wäre bei der föderalen Polizei.«

»Doch auch hübsch.«

»Wenn du meinst. Ich habe jedenfalls keine Lust, meine Beförderung zu beantragen.«

»Beantragen?«

Marcel stößt einen tiefen Seufzer aus, als ich gemütlich durch Manderfeld zuckele.

»Mir tun die deutschen Kollegen leid«, sagt er, »da hackt eine Krähe der anderen die Augen aus, für nach oben zu kommen. Keiner vertraut keinem. So was gibt es bei uns nicht. Man kriegt hier nicht aus Altersgründen oder zur Belohnung einen besseren Posten. Es kann höchstens mal vorkommen, dass jemand aus Inkompetenz nach oben befördert wird, damit er aus der Schusslinie der Bürgernähe verschwindet. Du magst dich über diesen polizeilichen Auftrag gern lustig machen, aber wir Belgier nehmen ihn sehr ernst.«

Ich erfahre, dass sich ein belgischer Polizeiinspektor nach sechs Jahren Dienst selbst um eine Beförderung bewerben kann. Nach einer Aufnahmeprüfung und einem achtmonatigen Unterricht ist er Hauptinspektor. Besondere Verdienste sind dafür nicht erforderlich, die werden auf seinem Personalbogen erwähnt.

Jeder hat also die gleiche Chance, und es liegt an ihm, ob er sie nutzen will. Eigentlich ganz fair, denke ich, aber da wir uns allmählich Marcels Haus nähern, möchte ich keine freundliche Bemerkung äußern.

»So hübsch wie das malerische Kronenburg sieht euer Sankt Vith aber bei Weitem nicht aus«, sage ich, als wir die Hauptstraße mit ihren nicht sehr phantasievollen Neubauten entlangfahren. Am abwechslungsreichsten finde ich noch das verschiedenfarbige Straßenpflaster.

»Fahr am Rand an«, beordert mich Marcel auf Eifelerisch an den Bordstein.

»War nicht bös gemeint«, murmele ich, beuge mich aber der Autorität der Polizistenstimme. Wenn er die letzten Meter zu Fuß gehen möchte, bitte schön. Dann wird es vor der Haustür zu keiner Übernachtungsdiskussion kommen. Die mich ohnehin nicht umstimmen könnte. Wunder gibt es, einem Schlager zufolge, zwar immer wieder, aber ich glaube kaum, dass wir in unserer momentanen Stimmung den Zauber der vergangenen Nacht noch einmal heraufbeschwören können.

Aber nicht nur deswegen möchte ich heute Nacht unbedingt nach Hause fahren. Ich habe mir vorgenommen, morgen in aller Herrgottsfrühe im Burghaus Kronenburg aufzutauchen und Gaby von Krump-Kellenhusen aufzulauern. *Ich* habe noch längst nicht alles von ihr, was ich brauche, was immer Marcel mit dem Spruch vorhin gemeint haben könnte. Und nachdem diese Dame angeblich alles von mir weiß, möchte sie mich vielleicht ja auch live und in Farbe kennenlernen. Für eine derartige Konfrontation muss ich ausgeschlafen sein und vor allem gut aussehen. Und außerdem kann ich nicht erwarten, dass sich Gudrun andauernd um Linus kümmert.

»Bitte steig auch aus«, fordert mich Marcel auf, als der Wagen am Straßenrand zum Stehen kommt.

»Warum?«

»Ich möchte dir etwas zeigen.«

Kaum stehe ich neben ihm, greift er nach meiner Hand, als wären wir die besten aller Freunde. Mit der anderen Hand deutet er nach vorn auf ein von Efeu überwuchertes hohes rundes Bauwerk.

»Siehst du diesen Turm, Katja? Der stammt aus dem 14. Jahrhundert.«

»Wie sicherlich so manches in dieser Gegend«, gebe ich nicht sonderlich beeindruckt zurück und verkneife mir den Hinweis auf die vielen historischen Bauten Berlins.

»Nicht in Sankt Vith. Nur der Büchelturm, ein früherer Pulverturm, hat die Ardennenoffensive, die übrigens auch hier begonnen hat, einigermaßen unbeschädigt überstanden«, erwidert Marcel leise. »An Weihnachten 1944 fielen so viele Bomben auf Sankt Vith, dass ansonsten kein Stein mehr auf dem anderen blieb. Alles lag in Schutt und Asche, und es gab viele Tote. Nach dem Krieg fehlte das Geld, für die Stadt wieder im alten Stil aufzubauen. Deshalb sieht sie *bei Weitem* nicht so malerisch aus wie Kronenburg, das von Bombenangriffen verschont geblieben ist. Tut mir leid, Katja.«

»Wieder wir Deutschen«, flüstere ich schuldbewusst zurück.

»Ja«, sagt Marcel, »auch wenn die Alliierten die Bomben geworfen haben. Weil Hitler uns vier Jahre zuvor *heim ins Reich* geführt hat.«

»Habt ihr denn früher auch schon mal zu Deutschland gehört?«, frage ich überrascht.

»Zu Preußen«, antwortet Marcel, »davor zum Herzogtum Luxemburg, und noch früher waren wir Österreicher. Aber mehr als hundert Jahre lang machten wir einen Teil der Preußischen Rheinprovinz aus. Das hat der Wiener Kongress damals entschieden. Was die Bevölkerung wollte, war wie immer kein Thema. Preußisch-Sibirien nannte man unser Gebiet, und uns hielt man für rückständige Einödbauern, auf die man keine Rücksicht nehmen musste. Belgier wurden wir erst Mitte der Zwanzigerjahre.«

»Bis Hitler kam«, murmele ich.

»Und uns nahm. Mehr als nur die Würde. Mein Großvater ...«

»... der Viehhändler?«

»... wurde von der deutschen Wehrmacht eingezogen. Was ihm nach Kriegsende als Verbrechen gegen den belgischen Staat angelastet wurde. Er war zweimal im Gefängnis. Erst, weil er sich geweigert hat, eine Wehrmachtsuniform anzuziehen, und dann, weil er sie getragen hat.«

Marcel sieht mich von der Seite an und setzt leise hinzu: »Leicht ist es für uns Deutschsprachige in Belgien immer noch nicht. Manche Wallonen nennen uns *sales boches* – dreckige Deutsche, und unser Gebiet *cantons périmés* – zurückgebliebene Kantone. Und es gibt sogar Belgier, die keine Ahnung haben, dass innerhalb ihrer Landesgrenzen eine deutschsprachige Minderheit lebt. Was meinst du, wie oft ich in der Wallonie oder Flandern meinen Ausweis herzeigen muss, um zu beweisen, dass ich kein Deutscher bin.«

Bedrückt betrachte ich das Wahrzeichen der kleinen Stadt Sankt Vith, auf dessen Spitze der Oktoberwind heftig am Stadtbanner zerrt, das, wie mir Marcel erklärt, den *luxemburgischen* Löwen zeigt. Kriegswunden, das hatte ich schon gleich nach meiner Ankunft in der Eifel erfahren, sind hier noch allerorten sichtbar, an Menschen, Gebäuden und in der Landschaft. Ich erschauere.

»Hast du kalt?«, fragt der Belgier besorgt.

Ich schlinge meinen freien Arm um Marcel, drücke ihn an mich und gebe ihm einen Schmatz auf die Wange.

»Wiedergutmachungskuss, Katja?« Er legt seine Arme um mich, soweit es eben geht. »Das kannst du doch viel besser!«

Im Nachtschatten des Sankt Vither Wahrzeichens zeige ich ihm, wie recht er hat. Und wie gern ich das Schnabulieren unter einem Dach in der Nähe fortsetzen würde. Aber daraus wird nichts.

»Von hier aus gehe ich zu Fuß«, sagt Marcel, als wir uns voneinander lösen. »Du wolltest doch eh gleich wieder zurück auf die Kehr.«

»Na ja«, flüstere ich zögernd, nur allzu bereit, ihn vor seine Haustür zu fahren, mit ihm auszusteigen und im eichenen Inneren seines Nachkriegshauses abzutauchen.

»Ist schon in Ordnung«, versichert Marcel, als hätte ich ihn zurückgewiesen, »ich muss morgen sehr früh raus. Und habe einen besonders anstrengenden Tag vor mir. Guten Heimritt, meine Katja.«

Er küsst mich hart auf die Lippen.

»Keine Dummheiten! Versprochen?«

Ich murmele irgendetwas und komme mir sehr einsam vor, als ich in mein Auto steige.

Sehr früh am nächsten Morgen

Ist es eine Dummheit, Gaby von Krump-Kellenhusen in Kronenburg aufzusuchen? Unsinn, es steht jedem frei, im Burghaus zu frühstücken. Und wenn sie mich erkennt, haut sie wieder ab, überlege ich, während ich Linus seine Brocken hinstelle.

Ich kann mich ja auch zivilisiert bei ihr anmelden. Also greife ich zum Telefon. Das Herz klopft mir bis zum Hals, als mir eine freundliche weibliche Stimme einen »Guten Morgen« wünscht.

»Hier Klein. Bitte verbinden Sie mich mit Frau von Krump-Kellenhusen.«

»Einen Augenblick, Frau Klein.«

Mit wackligen Knien setze ich mich auf den breiten Eichenholzhocker in meinem belgischen Flur.

»Ja?«, haucht eine verschlafene Stimme.

»Guten Morgen, Frau von Krump-Kellenhusen. Ich bin Katja Klein und möchte Ihnen mein Beileid aussprechen …«

Kurze Pause.

»Danke, gleichfalls.« Leichte Schärfe schwingt in der immer noch sanften Stimme mit. »Ich weiß, wer Sie sind. Was wollen Sie?«

»Mit Ihnen sprechen.«

»Ich aber nicht mit Ihnen. Guten T…«

»Ich soll Sie von Ihrer Freundin Cora grüßen«, sage ich hastig, bevor sie auflegen kann.

»Wie bitte?«

»Cora«, sage ich eindringlich.

Die Pause ist so lang, dass ich schon befürchte, die Verbindung sei abgebrochen. Schließlich kommt ein Geräusch, einem Seufzer nicht unähnlich, und die gehauchte Frage: »Was ist mit Cora?«

»Ich weiß, wo sie ist«, lüge ich.

»Tatsächlich?«

»Kein Zweifel.«

»Und was wissen Sie noch?«

»Fast alles«, sage ich. »Und das hat relativ wenig mit Ihrem verstorbenen Mann und den verschwundenen Stiftungsgeldern zu tun.«

»Das wissen Sie also auch?«

»Ich sagte Ihnen ja, dass ich fast alles weiß.«

Keine Ahnung, wie ich aus dieser Nummer herauskommen soll, wenn sie mir gegenübersteht. Irgendetwas wird mir schon einfallen.

»Nur das Warum, das weiß ich nicht«, setze ich hinzu, weil mir kein anderer Grund mehr einfällt, sie zu treffen. Sie geht prompt darauf ein.

»Und weil Sie das Warum auch wissen wollen, weil Sie gar nicht genug wissen können, wecken Sie mich in aller Frühe und gehen mir auf die Nerven?«, bemerkt sie melodisch. Eindrucksvoll, wie diese Frau selbst in ihrer Empörung die Contenance wahrt.

»Ich dachte, die seltsame Geschichte mit Ihrer *Freundin …*«, ich betone das letzte Wort überdeutlich, »… Cora würde Sie vielleicht interessieren.«

»Tut es nicht«, zischt sie und legt auf.

Ich schlage mit der Faust gegen die Wand. Irgendwo rieselt es. Wahrscheinlich überall. Ist aber nur der Putz; die belgische Bruchsteinmauer wird schon nicht zusammenkrachen.

Warum nur habe ich es auf die höfliche Tour versucht? Ich hätte hinfahren und sie abfangen müssen, ihr so auflauern, dass sie mir nicht entkommen wäre. Kann ich ja immer noch tun. Aber dafür muss ich mich erst stärken.

Als ich zur *Einkehr* hinüberstiefele, fällt mir auf, dass Hans-Peters Auto verschwunden ist. Klar, hat die Dame abgeholt, als ich mit Marcel in Kronenburg auf sie gewartet habe. Für ihn war der Ausflug offensichtlich erfolgreicher als für mich. *Ich habe jetzt alles, was ich von ihr brauche.* Was braucht er von ihr, und wie hat er es bekommen? Am ärgerlichsten aber ist, dass er es nicht für nötig befindet, mich darüber aufzuklären.

Gudrun ist zwar immer noch blass, aber erstaunlicherweise besserer Laune als ich.

»Krach mit Marcel?«, fragt sie mitfühlend, als ich in die Küche schlurfe.

»Wie kommst du denn darauf?«

»Nun«, sie zögert leicht, »vorgestern Nacht warst du doch bei ihm, stimmt's?«

Ich antworte nicht, also fährt sie fort: »Wo solltest du sonst sein? Versteh mich nicht falsch, ich finde das richtig gut. Endlich. Wurde ja auch Zeit mit euch. Aber gestern Abend gehst du mit ihm toll essen, kommst mitten in der Nacht allein zurück und knallst die Autotür so laut zu, dass ich fast aus dem Bett falle.«

»Dein Schlafzimmer geht nach hinten raus.«

»Gut, ich war noch nicht im Bett.«

»Hast du nichts Besseres zu tun, als mir hinterherzuspionieren?«

»Entschuldige, ich habe geputzt.«

»Was denn jetzt noch?«

»Hans-Peters Auto.«

Ich lasse mich auf einen Küchenstuhl fallen.

»Wieso? Das ist doch weg!«

»Die Frau ist gestern Nacht kurz vor dir gekommen und hat es mitgeholt.«

»Was, Gaby von Krump-Kellenhusen war hier?!«

Gudrun nickt. »Ist mit Dianas Taxi aus Kronenburg gekommen. Ich habe mit ihr gesprochen und ihr die Autoschlüssel ausgehändigt. Sie hat nach dir gefragt, aber du warst ja nicht da.«

»Und wie ist sie so?«, frage ich leichthin, während ich bedenke, dass sie wohl nur nach mir gefragt haben wird, um mir zu entgehen. Und dass ich schon wieder zur falschen Zeit am falschen Ort war. Gudrun hebt die Schultern.

»Groß. Schön, aber unheimlich geschminkt. Genau wie auf dem Foto. Sehr elegant. Schon die Bewegungen.« Gudrun spreizt die Arme ab und tänzelt in ihrem schwarzen Kleid durch die Küche. »Großstadt eben. Ich habe nur ganz kurz mit ihr auf der Tür gestanden. Sie hat böse Augen, das konnte ich sogar in dem schlechten Licht draußen sehen.«

»In dem du immerhin Hans-Peters Auto gewienert hast. Und sie muss ja böse Augen haben. Weil sie Hans-Peter umgebracht hat«, sage ich und überlege, ob ich mir zum Frühstück ein Omelette mit schwarzen chinesischen Pilzen und Ahorn-Limonen-Konfitüre auf Quark zubereiten soll.

»Genau. Das habe ich ihr auch gesagt.«

Ich vergesse augenblicklich das Omelette und setze mich auf.

»Was hast du ihr gesagt?«

»Dass sie den armen Mann in den Tod getrieben hat.«

»Und wie hat sie darauf reagiert?«

»Sie hat gelacht. Gelacht! In ihrem hellen Mantel!«

Ich mühe mich, ernst zu bleiben, und sage: »Gudrun, wenn sie gewusst hätte, dass sie im Urlaub ihren Mann umbringen würde, hätte sie bestimmt einen schwarzen Mantel mitgenommen.«

Mantel. Mandelkrokantmantel. Ist ein Zungenbrecher der Bestellung förderlich oder eher abträglich? Nun, darüber kann ich mir auch in einem halben Jahr noch Gedanken machen. Wenn ich die *Einkehr* zur Frühlingssaison eröffne. Bis dahin hält mich mein Erbe noch über Wasser.

Ich stehe auf und durchwühle den Vorratsschrank, bis ich die Tüte mit getrockneten schwarzen asiatischen Pilzen finde. Die sich in vietnamesischem Fischsud zu ihrer vollen Größe aufblähen, während ich Mandelsplitter anröste. Beim Kochen sind Geist und Hände angenehm beschäftigt, und doch schleichen sich beim Schlagen der Eier omelettefremde Gedanken in meinen Kopf. Zum Takt des Schneebesens fasse ich sie zusammen:

Hans-Peter klaut Stiftungsgelder. Schafft sie nach Luxemburg. Frau kommt dahinter. Muss alles diskret regeln. Engagiert Eichhorn. Sucht nach passendem Urlaubsort. In Geldnähe. Mit Mopsfledermäusen und einer Exgeliebten. Verschwindet nach Streit. Gibt Mann Gelegenheit, Exgeliebte aufzusuchen und Geld abzuholen. Ruft Eichhorn an. Der soll ihn erwischen. Kontaktiert Freundin Cora. Die soll sich bei mir umsehen. Die ruft Eichhorn von der *Einkehr* aus an. Gleich drauf stirbt der Mann. Vor dem Haus, in dem Cora wohnt. Nicht wohnt. Zugvogelmäßig reingeflattert ist. Frau muss wieder auftauchen. Will Mann jetzt allein stellen. Der ist inzwischen auch tot. Freundin Cora setzt sich ab. Vielleicht mit dem Geld?

Wütend werfe ich den Schneebesen in den Spülstein. Zu viele offene Fragen. Auf einige hat Marcel bestimmt schon Antworten. Ich überprüfe den Ladezustand meines Handys und stecke es mir in die Hosentasche. Vielleicht ist der belgische Polizeiinspektor ja heute so freundlich, für mich etwas Licht ins Dunkel zu bringen.

Zwei Stunden später

In meiner Kindheit gab es Partykeller. Ich bin nie dahintergekommen, was sich unter den Häusern damals alles abgespielt haben mag, habe mir aber dazu schon meine Gedanken gemacht. Da wurden natürlich verbotene Früchte genascht. Warum sonst sollte man sich in muffige Tiefen begeben?

In der Eifel wird offen gesoffen, die brauchte dafür keine dekorierten Kerker, denke ich, als ich den von Gudrun ganz geleerten und von Jupp wieder halb gefüllten Kellerraum betrachte. Hier hat es bestimmt nie eine Bar mit schummriger Beleuchtung, Zinnkrügen auf dunkel gebeizten Regalen und Sinnsprüchen an den Wänden gegeben. Der Eifeler benötigte seinen Keller für Kohlen und Holz, zum Lagern von Kartoffeln und von den kargen Früchten, die das Land hergibt. Hier wurde die eingekochte Marmelade in Gläsern aufgereiht, im Fall von Heins Mutter auch massenweise leere Joghurtbecher für den Notfall, und vielleicht wurde auch mal die Wurst von der Wildschlachtung im Dunkel aufgehängt. Aber das, was ich in dem kleinen Nebenraum entdecke, der früher als Kohlenkeller gedient haben mag, gehört nicht in einen anständigen Eifeler Keller.

Fassungslos blicke ich auf den halb gefüllten blauen Müllsack, der unter irgendein Holzgestell geschoben worden ist, als hätte jemand vor langer Zeit nur mal eben etwas Bauschutt zwischenlagern wollen. Ich kenne den Sack. Brauche gar nicht hineinzublicken.

Schluss! Jetzt gibt es keine Diskussionen mehr, jetzt wird vernichtet. Mein ganzer Frust über Gaby von Krump-Kellenhusens Abfuhr entlädt sich in der Wut über Heins Unverfrorenheit. Feuer! Ich werde den Schlaf fördernden unseligen Cannabishaufen in die ewigen Jagdgründe senden, wo sich die versunkenen Volksstämme, die uns mit der ganzen elenden Qualmerei die Syphilis heimgezahlt haben, daran berauschen dürfen.

Aber erst muss Gudrun aus dem Haus. Ich eile wieder nach oben.

»Was macht eigentlich Vinzenz?«, frage ich.

»Dem geht es richtig gut!«, strahlt Gudrun. »Schade, dass er nicht für immer bei Anneliese bleiben kann. Die kümmert sich toll um ihn, obwohl sie dauernd die vielen Enkel da hat. Aber es wird ihr nie zu viel. Sie lacht über alles. Nur, als Mika Charlotte, Jacqueline und Carolin gestern ihren Zimmerspringbrunnen mit Cola gefüllt und mit Strohhalmen ausgetrunken haben, da war sie ganz besorgt.«

»Warum, das hat doch sicher geschmeckt«, sage ich und überlege, ob ich Gudrun zum Kauf eines Zimmerspringbrunnens nach Prüm schicken soll.

»Weil der doch so staubig war, hat sie gesagt, und Angst gehabt, dass die sich was einfangen. Weil da vielleicht Insekten drin waren.«

»Staubig? Bei einer Eifelerin?«

»Kann ich mir auch nicht vorstellen. Aber sie ist sehr pingelig. Bei ihr habe ich das Putzen gelernt. Das Organisieren. Alles, was ich auch hier mache. Den ganzen Haushalt. Du weißt ja, ich hatte nie eine Mutter. Und das Backen.«

»Donauwelle«, sage ich mit ehrlicher Anerkennung und bitte sie, wenn sie denn Zeit habe, mir in Prüm für mein Restaurant einen attraktiven Zimmerspringbrunnen zu besorgen.

Was sie sehr gern tue, sagt sie, so etwas habe sie sich für unser Unternehmen auch schon vorgestellt.

Als sie in ihren Wagen gestiegen ist, hole ich den blauen

Müllsack und trage ihn aus dem deutschen Keller über die Straße in mein belgisches Haus. Wegen des fürchterlichen Gestanks, der möglicherweise noch tagelang im Raum hängen könnte, entscheide ich mich dagegen, meinen kleinen Kaminofen im Wohnzimmer mit Heins Ernte zu füttern. Also schaffe ich das Zeug in das winzige frühere Arbeitszimmer im hinteren Teil des Hauses, das mir immer noch als Rumpelkammer dient. Ein stockdunkler Raum, da ich den daran angebauten Trockenblumenschuppen, der das einzige Fenster verdeckt, leider immer noch nicht abgerissen habe. Wird höchste Zeit. Nicht, dass da noch ein kleines Chemielabor eingerichtet wird!

Den kleinen Kamin neben dem zugemauerten Fenster habe ich natürlich noch nie benutzt, aber Jupp hat mir im letzten Winter versichert, dass der Schornstein durchaus in Ordnung sei. Mit Anmachholz und Zeitungspapier baue ich einen kleinen Feuerstapel und schütte einen Teil aus dem Müllsack einfach obendrauf. Nur weg damit! Als ich das Streichholz an das Zeitungspapier halte, beginnt es sofort zu brennen. Holz und Hanf zeigen sich davon allerdings wenig beeindruckt und geben dies mit ausgeprägter Rauchentwicklung zu erkennen. Vom Feuer ist sehr schnell nichts mehr zu sehen. Ich beuge mich herunter und will gerade den Schürhaken betätigen, als sich ein riesiges schwarzes Gespenst aus dem Kamin herausquetscht, um mich herumwabert und in Sekundenschnelle das winzige Zimmer einnebelt. Tränen treten mir in die Augen. Beißender Qualm nistet sich in meinen Lungen ein, die sich sofort mit heftigem Husten rächen. So schnell kann ich keinen Eimer Wasser holen. In meiner Verzweiflung greife ich mit beiden Händen in den Müllsack, ziehe den restlichen Hanf heraus und exorziere den im Kamin verbliebenen Teil des Gespensts durch einfaches Ersticken mit Marihuanamengen. Ich wage es nicht, die Zimmertür zu öffnen und den scharfen Cannabisgeruch in den Flur und von da aus nach draußen zu befördern. Könnte ja sein, dass Marcel plötzlich vor meinem Haus steht. Also verlasse ich fluchtartig den Raum, werfe hinter mir die Tür zu und sperre den Geruch ein.

Im Badezimmer reiße ich mir die stinkende Kleidung vom Leib und stelle mich unter die Dusche. Als ich wenig später neu eingekleidet in das Arbeitszimmer zurückkomme, hat sich der Rauch verzogen. Ich sehe im Kamin nach und bin entsetzt, wie wenig das Feuer dem größten Teil von Heins Ernte hat anhaben können. Ich überlege, das ganze Elend durchs Klo zu spülen. Was aber, wenn es mir die Rohre verstopft, wie das Wattestäbchen vor einem Monat? Da hätte ich dem Klempner aus Roth aber einiges zu erklären. Unmengen von Salat kann man auch nicht ungestraft der Kanalisation übergeben, die kommen immer wieder hoch, wie ich in Berlin einmal erleben durfte. Es wird mir nichts anderes übrig bleiben, als mir die Hände im Kamin schmutzig zu machen und den Müll auf übliche Eifeler Art loszuwerden. Ich schaufele ihn also in einen Eimer.

Am Ende meines nachbarlosen Grundstücks errichte ich mit Reisig und Holz einen größeren Feuerstapel und stopfe angekokelte und frische Hanfteile in die Freiräume des aufgeschichteten Brennmaterials. Diesmal halte ich das Streichholz an den kleinen weißen Quader, den Gudrun für das Entfachen eines ordentlichen Feuers für ebenso unerlässlich erachtet wie ich nach meinem Abenteuer im Arbeitszimmer jetzt auch. Es knistert und flackert. Dann steigt eine kleine Stichflamme empor, und bald brennt alles, wie es soll. So wie das Eifeler Burgfeuer am Burgsonntag, das dem Winter den Garaus macht. Endlich bin ich eine Sorge los.

»Was tust du denn da?«

Hein taucht neben mir auf und starrt fassungslos auf das ordentliche Inferno, dem jetzt unverkennbare Dämpfe entsteigen. Besorgt sehe ich die Rauchfahne nach Osten treiben, nach Deutschland. Da wohnen mehr Leute. Die sich über spezifische Geruchsbelästigung beschweren könnten. Bis die aber die deutsche Polizei informiert und diese die belgischen Kollegen um Amtshilfe gebeten haben, wird von dem verbotenen Stoff nur noch ein unschuldiges Häufchen Asche übrig sein. Es spricht schon einiges für ein Haus am Grenzstreifen.

Hein rüttelt mich am Arm.

»Was glaubst du, was du da tust!«

»Euros verbrennen?«, schlage ich vor.

»Ich habe damit doch nicht gehandelt!«

»So viel für den Eigenbedarf?«

»Damit war ich für Jahre versorgt!«

Ich hole tief Luft. Hätte ich vielleicht nicht tun sollen. Mir wird noch schwummeriger, als mir ohnehin schon ist.

Ich nehme Heins Arm weg und trete einen Schritt zurück.

»Jetzt muss ich wieder illegal werden«, kommt eine vorwurfsvoll klagende Stimme.

»Mir lieber, als durch dich selbst illegal zu werden! Dieses dämliche Zeug hat mich sowieso schon in Teufels Küche gebracht.«

Genauer gesagt, in seinen Meditationsraum. Aber das behalte ich für mich.

»Das hast du schon mal angedeutet«, sagt Hein beunruhigt. »Und dass es weg war. Steckte Marcel dahinter? Hat er es etwa gefunden?«

Ich werfe noch etwas Reisig ins Feuer, lache grimmig in mich hinein und genieße kurz den Informationsvorsprung vor dem Herrn in Belgien. Er mag die Sekte zwar des Marihuanakonsums verdächtigen, hat aber im Gegensatz zu mir keine Ahnung, wo das Zeug herkommt. Was mir für die aktuelle Lage aber auch keine Antworten verschafft. Höchstens die, dass Cora offensichtlich nicht nur in der *Einkehr* herumgeschnüffelt hat. Ansonsten hat Heins Hanfernte nicht das Geringste mit unserem Fall zu tun.

Oder vielleicht doch? Ich bin die zyklische Kreisbewegung meiner Gedanken satt. Wie auf einer Rennbahn landen sie immer da, wo ich losgefahren bin. Bringt mich nicht weiter. Das könnte vielleicht ein unverbauter Blick bewerkstelligen. Hein hat am allerwenigsten mit der ganzen restlichen Geschichte zu tun.

»Marcel weiß zum Glück überhaupt nichts davon«, sage ich mit gewisser Genugtuung. »Aber er weiß eine Menge anderer Dinge, die er mir nicht erzählt. Du bist doch auch dauernd hier, Hein, vielleicht hast du ja etwas Relevantes beobachtet.«

Und dann erzähle ich ihm die ganze Geschichte inklusive sämtlicher Ideen. Ich lasse auch nicht Gudruns vernagelte Vorstellung aus, Gaby habe Hans-Peter ermordet.

Hein wiegt das Haupt.

»Wenn sie an das Geld schon rangekommen ist, hat sie das vielleicht aus Rache getan.«

»Während sie sich im Hohen Venn Blasen lief?«, gebe ich zu bedenken.

»Habt ihr nachgeprüft, ob sie wirklich da war?«

»Das hat Marcel bestimmt getan. Aber wie üblich lässt er mich an seinen Erkenntnissen nicht teilhaben.«

Ich schüttele den Kopf. »Wenn es hauptsächlich darum ging, wegen der Stiftungsgelder kein Aufheben in Berlin zu machen und alles still klammheimlich hier in der Eifel abzuhandeln, dann ergibt es doch keinen Sinn, den Mann zu ermorden! Das ist mindestens eine Nummer spektakulärer. Außerdem war es wahrscheinlich kein Mord. Die pure Erschöpfung hat den Mann hingerafft.«

»Gudrun und die Sauna.«

»Wir sollten darüber nicht lachen.«

Aber wir können gar nicht anders.

Hein konnte auch nichts Erhellendes beitragen. Nur neue Theorien entwickeln. Natürlich ist er davon überzeugt, dass Gaby ein lesbisches Verhältnis mit Cora verbinde und es Hans-Peters Frau deswegen in die Eifel verschlagen habe. Wie so viele Schwule seines Alters fände er es großartig, wenn die ganze Welt homosexuell wäre und es nur vereinzelte exotische *Heten* gäbe, die fleißig für die Erhaltung der Art und für Nachschub sorgten. »Vielleicht fand sie es praktisch, dass sich ihr Mann mit dir vergnügen und sie ihre eigenen Wege gehen konnte.«

»Er hat sich nicht mit mir vergnügt.«

»Tut dir das leid?«

»Wahrscheinlich habe ich ihn deswegen umgebracht. Weil er Gudrun mir vorgezogen hat.«

»Wäre eines der klassischen fünf Mordmotive. Eifersucht.«

»Und die anderen vier?«

»Habgier, Rache, Stolz und religiöser Wahn.«

»Gehören die nicht alle zu den sieben Todsünden?«

»Religiöser Wahn nicht«, antwortet der Eifeler Katholik.

Ich überlege, dass bis auf den religiösen Wahn alles auf Gaby zutreffen könnte. Wobei es dann um eine Art altruistischer Habgier gegangen wäre, nämlich um die Mittel für den Schutz bedrohter Arten zu retten. Oder um Hans-Peters Habgier. Die das Geld diesen Arten nicht gegönnt hat.

»Wie schätzt du Cora ein?«, frage ich und setze schnell hinzu: »Natürlich davon abgesehen, dass sie lesbisch ist.«

Hein lächelt.

»Entschuldigung«, sagt er, »Ich kenne sie doch nur aus euren Erzählungen. Als real existierenden Menschen gibt es sie für mich gar nicht.«

Das haut mich um. Aber er hat recht. Sie hat sich nie zur gleichen Zeit wie Hein oder Jupp in meinem Restaurant aufgehalten. Und war da auch nie Hans-Peter begegnet. Wobei das in der ersten Nacht in meiner Küche durchaus hätte geschehen können. Da befanden sich die beiden unter demselben Dach – als Hans-Peter in Heins einstigem Kinderzimmer Gudruns Charme erlegen war.

Ich glaube, ich habe schon erwähnt, wie dünn besiedelt unsere Gegend ist. Aus irgendeinem Grund war ich seit meiner Begegnung mit Cora davon ausgegangen, dass sie schon Ewigkeiten hier wohnt und selbstverständlich auch meine Freunde kennen würde.

Ein Satz von Marcel hallt in meinem Kopf nach; ob meine Begegnung mit Cora wirklich so ganz zufällig gewesen sei.

Das war sie nicht, fällt mir jetzt ein. Wie einem das Gedächtnis doch Streiche spielen kann! Am Abend vor meinem Spaziergang hatte mich eine Touristin auf einem roten Rennrad um eine Wegbeschreibung nach Krewinkel gebeten; dort solle es ein künstlerisch wertvolles Eingangstor geben. Wahrscheinlich habe ich mir darunter irgendein schmiedeeisernes Werk vorgestellt. »Das kennen Sie nicht? Wo es in dieser Gegend doch so wenige Sehenswürdigkeiten gibt! Sollten Sie sich unbedingt ansehen, bevor es abgerissen wird!«

Meine Güte, es ist tatsächlich abgerissen worden! Nach dem Unfall von und durch Herrn Eichhorn. Das kann doch nicht alles geplant gewesen sein! Da hätten ja übersinnliche Kräfte am Werk gewesen sein müssen – und zudem die Überzeugung, mich wie einen Pawlowschen Hund dressieren zu können! Was hatte mir Victor bei jenem ersten Besuch noch gesagt, als ich seine Pendelei mit wohlwollender Skepsis kommentierte: »Unsere Bewegungsmöglichkeiten als Mensch sind bedauerlicherweise sehr eingeschränkt.«

Ganz recht. Die Touristin auf dem roten Rennrad hat *mich* in Bewegung gesetzt.

Ich kann mich nicht entsinnen, ob diese Frau nun einen schwarzen Punkt auf der Nase gehabt hat, wer achtet bei Vorübergehenden oder -fahrenden schon auf so etwas? Jedenfalls habe ich weder sie mit Cora noch das Märchenschlosstor mit künstlerischer Wertarbeit in Verbindung gebracht. Dafür war ich viel zu sehr mit mir selbst und der Eröffnung meines Restaurants beschäftigt gewesen. Aber irgendetwas von Krewinkel und Sehenswürdigkeit muss bei mir in meinem künstlerisch ausgehungerten Dasein hängen geblieben sein. Deshalb habe ich mich wahrscheinlich auf den Weg gemacht.

In meiner Erinnerung habe ich Cora zuerst angesprochen und sie nach Marcels einstiger Kneipe befragt. Wie peinlich mir das gewesen ist, als sie Marcel davon berichtet hat! Das hatte mich viel mehr beschäftigt als der tatsächliche Verlauf unseres Kennenlernens. Sie hatte mich zu sich herübergerufen. Mich gebeten, den an der Mauer angebrachten Wasserhahn abzustellen. Was ich natürlich getan und sie dann nach Marcels Kneipe befragt habe. Nie wäre ich auf die Idee gekommen, dass diese Igelfrau möglicherweise die Blumen nicht selbst gepflanzt hat, die sie vor dem schrecklichen Tor so liebevoll goss!

»Was ist mit dir?«, fragt Hein beunruhigt.

»Ich glaube, ich muss mich hinlegen«, antworte ich. »Über so einiges nachdenken.«

»Ich weiß nicht, ob ich dir das jemals verzeihen kann«, sagt Hein und nickt zum Feuer hin, das jetzt nur noch schwach glimmt. »Irgendwann müssen wir mal darüber reden, was du mir damit angetan hast. Welche Mühen du zunichtegemacht hast. Wie falsch und spießig deine Einstellung ist und warum Cannabis legal sein sollte.«

»Hau bloß ab«, sage ich.

Ich lege mich tatsächlich in mein Anderthalbpersonenbett. Bin viel zu früh aufgestanden. Ganz umsonst. Gaby von Krump-Kellenhusen ist nicht an mir interessiert. Weil sie ja schon alles über mich weiß. Ich schlafe ein und träume von explodierenden Hanfsäcken in einem Märchenschloss.

Mein Handy klingelt. Völlig verpennt setze ich mich auf und fummele in der Hose neben meinem Bett nach dem Teil, überzeugt, jetzt von Marcel Näheres zu erfahren. Wer sonst sollte mich anrufen?

Eine Frauenstimme haucht: »Frau Klein?«

»Ja?«

»Jetzt oder überhaupt nicht. Wenn Sie mich immer noch unbedingt treffen wollen.«

»Ja!«

»Am großen Bunker. Da, wo ich mich verletzt habe. Weshalb ich meine Arbeit bedauerlicherweise nicht verrichten konnte. Ich habe hier noch etwas zu erledigen, muss aber gleich wieder zurück nach Kronenburg. Kommen Sie?«

»Zum großen Bunker?«

»Sagte ich doch gerade.«

Und damit legt sie auf.

Ich springe aus dem Bett, stürze zum Spiegel im Badezimmer und blicke mir in müde Augen. Schnell greife ich nach dem Kajalstift, lasse ihn aber wieder sinken. Sie muss gleich zurück nach Kronenburg. Ich habe keine Zeit, mich herzurichten. Welch perfider Trick von der Dame! Selbst sieht sie wahrscheinlich wieder hochglanztauglich aus. Sei's drum. Hans-Peter ist tot. Auch lebendig hat er mich zuletzt wenig interessiert. Wir sind keine Konkurrentinnen mehr. Ich kann mich ihr so zeigen, wie ich bin. Ich will Antworten auf Fragen.

Hastig kleide ich mich an. Linus fiept und legt den Kopf zur Seite. Kurz erwäge ich, ihn mitzunehmen. Fürchte dann, das als schwarzes Ungeheuer getarnte Schaf könnte die Frau verschrecken. Dafür ist die Sache viel zu wichtig.

»Tut mir leid«, sage ich zu ihm, als ich meine Schuhe anziehe, »du bist noch weniger fotogen als ich. Und das können wir uns jetzt nicht leisten.«

Ich renne über die Straße in den Wald hinein. Wieder klingelt mein Handy. Will sie etwa absagen? Das lasse ich mir nicht bieten. Sie kann noch nicht auf dem Weg zurück nach Kronenburg sein. Ist sie auch nicht; vor dem Hochwasserbehälter *Auf dem Gericht* steht Hans-Peters Sportwagen. Ich atme tief aus und entschleunige meinen Schritt, als ich links in den Waldweg einbiege. Wenn sie weggeht, wird sie mir entgegenkommen.

Wieder klingelt mein Handy. Diesmal gehe ich dran.

»Ja?«

»Wir haben die Obduktionsergebnisse.«

Marcels Stimme klingt verzerrt und sehr fremd.

»Und?«, frage ich.

»Du weißt doch noch, woran Mutter Agnes gestorben ist?«

»Ja, natürlich. Am Eibengift.«

»Das heißt Taxin.«

»Dann eben Taxin.« Ich bin jetzt nah am großen Bunker. Will nach rechts in den Wald, und da sehe ich plötzlich eine Bewegung an einer anderen Stelle. Und langes kastanienbraunes Haar. Genau dort, wo wir Mutter Agnes gefunden haben.

»Mach schnell«, flüstere ich, »was willst du mir sagen?«

»Dass dieses Taxin auch Herrn Hans-Peter Kellenhusen getötet hat. Und ebenso im Körper von Herrn Holger Eichhorn nachgewiesen wurde. Ist noch nicht sicher, ob das seinen Tod herbeigeführt hat.« Schrecklich, wie seine laute Stimme mein Ohr malträtiert.

Die lange schlanke Gestalt zwischen den Fichtenstämmen lässt sich neben der Eibe auf die Knie nieder. Unglaublich graziös. Ich sehe fasziniert hin.

»Katja?«

»Ja?«

»Dein Hans-Peter ist wirklich ermordet worden.«

»Du, ich kann jetzt gerade nicht.«

»Was ist los, Katja, wo bist du?«

»Ich treffe Gaby. Wir reden später.«

Ich kappe die Verbindung und gehe auf die kniende Gestalt zu.

Sie hat mir den Rücken zugewandt. Knackendes Unterholz sowie das Rascheln von Farn und Herbstlaub kündigen mein Herannahen an. Ich bleibe ein paar Schritte hinter ihr stehen.

»Hier hat die alte Frau gelegen«, sagt sie mit ihrer leisen Stimme, ohne sich umzudrehen. »Und mit dem Tod gerungen. War zu schwach, um die Beeren aufzubrechen und den Samen zu zerkauen. Kein Tier hätte man so leiden lassen. Es war furchtbar.«

Sie steht sehr langsam auf. Ohne die Hände zu Hilfe zu nehmen. Dann dreht sie sich zu mir um. Ich starre auf die große weiße Lilie in ihrer Hand. Und glaube jetzt zu wissen, wer auch den welken Herbststrauß deponiert hat.

»Ich habe ihr geholfen. Sie war so dankbar für meine Hilfe, Katja, ich darf Sie doch so nennen?«

»Natürlich, Gaby«, sage ich. Mein Mund ist wie ausgedörrt.

Sie wendet sich wieder um und arrangiert die Lilie sorgsam im Rosengebinde von Hein und Jupp.

»Und jetzt«, sagt sie, »sollten wir endlich miteinander reden, finden Sie nicht auch?«

Achtes Gericht

Kehrer Brotzeit

Kleine Würstchen an Gemüse-Weingelée-Törtchen mit Streifen von Kräuterschinken aus eigener Räucherei

»Wie haben Sie ihr geholfen?« Selbst in meinen eigenen Ohren klingt meine Stimme brüchig.

Wieder klingelt mein Handy. Ich greife in die Jackentasche und taste nach dem Aus-Knopf. Marcel kann mir später alles über die Toten erzählen; ich brauche jetzt Informationen von den Lebenden.

Gaby richtet sich auf und wendet sich mir wieder zu. Nicht einmal das Dach des Waldes dämpft das grüne Leuchten ihrer Augen, das in seltsamem Kontrast zu der makellos weißen Haut und dem langen Dunkelhaar steht. Ich kann ihr nur kurz in das schwarz umrandete Grün blicken. Als hätte ich eine unziemliche Frage gestellt und müsste schuldbewusst zu Boden sehen.

Ihre unerwartete Offenbarung hält mich auch davon ab, auf sie zuzutreten. Als wäre sie ein Todesengel, den ich auf Abstand zu halten habe, da meine Zeit noch nicht abgelaufen ist. *Todesengel.* Was hat mir Marcel soeben mitgeteilt? Das Eibengift soll Hans-Peter getötet haben? Und vielleicht auch Herrn Eichhorn? Oder habe ich den Anruf nur geträumt? In meinem Kopf geht alles drunter und drüber; es fällt mir schwer, Gedanken aneinanderzureihen oder auch nur einen einzigen länger als den Bruchteil einer Sekunde festzuhalten.

Angewurzelt wie die Eibe, bleibe ich mit gesenktem Haupt ein paar Schritte vor ihr stehen, vor Gaby von Krump-Kellenhusen, dem letzten Menschen, den Mutter Agnes gesehen hat. Ich mühe mich um Sammlung. Auch Gaby macht keinerlei Anstalten, mir zur Begrüßung die Hand zu reichen. Sie hatte es doch so eilig, nach Kronenburg zurückzukehren, aber mit ihrer Antwort lässt sie sich Zeit.

»Ihre Zähne waren ihr fremd. Sie konnte mit ihnen den Samen nicht gut kauen«, wispert sie. »Gejammert hat sie und geweint. Um Gnade gefleht. Um Hilfe. Man solle ihr die Nadeln des Baumes zerkleinern; die brauchte sie nicht zu kauen.«

Jetzt blicke ich wieder auf. Nicht Jupp, sondern Gaby von Krump-Kellenhusen hat bei der ihr fremden Mutter Agnes Sterbehilfe geleistet. Ihr das Gift gereicht. Ist bei ihr gewesen, als sie ihren letzten Atemzug tat. Hat ihr anschließend ein würdiges Aussehen verliehen. Legt jetzt eine Blume an den Ort, wo dieses alles geschehen ist. In meinen Schrecken über diese Tat mischt sich eine widerwillige Bewunderung. Ich kannte Mutter Agnes und wusste, wie sehr sie das Ende herbeigesehnt hat. Aber ich hätte ihr nie dabei helfen können – ebenso wenig, wie Jupp das gekonnt hat. Ich könnte auch nicht einem angeschossenen Reh mit einem Stein den Schädel einschlagen.

Die Mopsfledermausforscherin, die Societylady aus Berlin, die Ehefrau, die einen Privatdetektiv auf ihren Mann ansetzt, dann sein Fremdgehen duldet, diesem aber wegen gestohlener Stiftungsgelder durch ihr Verschwinden womöglich eine böse Falle stellt, die einer fremden Frau im Wald beim Sterben hilft – wie viele Gesichter hat diese Frau denn noch?

Ich mustere sie genauer. Ja, sie ähnelt ihrem wunderschönen Bild, auch wenn ich jetzt besser erkennen kann, wie tief sie in die Farbtöpfe gegriffen haben muss, um das zu bewerkstelligen. *Was die Natur verhunzt, ersetzt die Kunst*, pflegte ein Designer zu sagen. Man braucht kein Psychologiestudium absolviert zu haben, um zu wissen, dass sich hinter kräftiger Schminke ein schwaches Selbstbewusstsein verbirgt. Das wiederum passt nicht zu allem, was ich inzwischen über diese Frau weiß. Außerdem ist etwas Bekanntes, etwas Vertrautes um sie, etwas, das ich nicht benennen kann. Wahrscheinlich ist es die Tatsache, dass sie mir ein Geheimnis anvertraut, mich zur Verbündeten ihrer erschreckenden Tat macht. Von mir Anerkennung erheischen will. Mir läuft ein Schauer über den Rücken. Mutter Agnes war nicht die Einzige, die in den vergangenen Tagen an dem Gift der Eibe gestorben ist. So etwas Ähnliches hat Marcel doch gesagt, oder nicht?

Was ist nur mit mir los? Wie Sternschnuppen schießen mir Gedanken und Erinnerungsfetzen durch den Kopf, die gleich danach wieder verglühen, keinen einzigen kann ich festhalten. Meine Augen brennen, und meine Zunge schabt wie Sandpapier an meinem Gaumen. Ich blinzele und schlucke, aber das hilft auch nichts. Nein, den Anruf habe ich nicht geträumt, registriert mein vernebeltes Hirn. Nur zu lange im vom Cannabis verpesteten Rauch gestanden. Hein sei Dank.

Und zu lange darauf gewartet, dem weiblichen Phantom, das vierzehn Jahre lang mein Berliner Leben und in den letzten Tagen mein Eifeler Dasein mitbestimmt hat, endlich leibhaftig gegenüberzustehen. Alles andere ist dadurch erst einmal in den Hintergrund getreten. Erstaunlich, wie lebendig die Vergangenheit aufersteht, wenn eine einstige Hauptprotagonistin der Gegenwart den Todesstempel aufdrückt.

»Sie hat die Nadeln geschluckt und mit dem Wasser aus ihrer Schnabeltasche runtergespült?«, frage ich, bemüht, den Nebel in meinem Kopf zu durchdringen und so nüchtern wie möglich zu klingen.

Gaby lacht bitter.

»Das Wasser hatte sie doch schon längst verschüttet, als ich sie unter der Eibe fand. Sie wollte wie eine alte Germanin sterben, wie jener Keltenherrscher, der lieber Eibensamen im Mund zermalmte, als sich Caesar zu unterwerfen. Aber sie konnte es nicht. Selbst dafür war sie zu schwach. Ich habe sie gestützt und ihr von meinem Wasser abgegeben. Wer auch immer ihr das Bett im Wald gemacht hat – es war unverantwortlich, sie da sich selbst zu überlassen und solchen Qualen auszusetzen. Was hätten Sie an meiner Stelle getan?«

Den Arzt geholt, denke ich, sage aber nichts.

»Ich wollte losgehen und Hilfe rufen«, flüstert Gaby.

»Warum haben Sie das nicht getan?«

Die Pause ist wieder sehr lang. Schließlich stößt sie fast unhörbar aus: »Weil ich nicht allein war.« Sie formt mit den Lippen ein Wort, das ich nicht hören, aber lesen kann.

»Cora!«, übersetze ich es laut.

Gaby nickt.

»Ja, sie war dabei. Sie versteht alles von Kräutern und Bäumen und begriff sofort, was die alte Frau vorhatte. Wer unter einer Eibe einschläft, hat sie gesagt, rechnet damit, nie wieder aufzuwachen. Aber die alte Frau konnte nicht einschlafen.«

Gaby bricht ab und starrt auf die Stelle, an der Mutter Agnes gelegen hat. Ich sage nichts, warte einfach, bis sie sich wieder gesammelt hat und weitersprechen kann.

»Haben Sie schon einmal einen uralten Menschen weinen sehen? Das greift Ihnen mehr ans Herz als jede Kinderträne. Wir haben mit ihr geweint. Und dann hat ihr Cora die Nadeln zerkleinert und sie ihr in den Mund gesteckt. Während ich den dünnen alten Körper in meinen Armen gehalten und ihm Wasser gegeben habe.« Ein Zittern fährt ihr durch den Leib.

»Jetzt wissen Sie alles«, haucht sie hinzu.

»Nicht ganz«, widerspreche ich leise. »Weshalb war Cora hier?«

»Das ist eine lange Geschichte und hat mit der alten Frau nichts zu tun. Nur mit meiner Sorge um Cora. Ich hatte mich mit ihr am Bunker getroffen. Das war schon vor Längerem so verabredet. Und Sie treffe ich hier nur, weil Sie mir sagen können, wo Cora jetzt steckt. Ich muss das wissen.«

Die plötzliche Schärfe in ihrer Stimme lässt mich zusammenzucken. Jetzt glaube ich zu wissen, weshalb mir Gaby von Krump-Kellenhusen irgendwie bekannt vorkommt.

»Cora ist Ihre Schwester«, stelle ich fest und fahnde im halb hinter Haaren verborgenen Gesicht nach Ähnlichkeiten. Die Nase ist genauso klein, auch wenn sie natürlich keinen Igelpunkt aufweist. Der Mund scheint breiter zu sein, aber das könnte durch den großzügig aufgetragenen violetten Lippenstift täuschen. Und sie ist etwa einen halben Kopf größer.

»Nicht ganz«, antwortet Gaby, die beiden Worte wie einen Seufzer ausstoßend, »aber wir sind nah verwandt, das ist schon richtig. Sie liegt mir sehr am Herzen. Ich möchte und muss sie schützen, wie schon so oft in ihrem Leben.«

»Wovor?«

»Vor sich selbst. Cora ist hochgradig gefährdet. Vielleicht ist auch Ihnen aufgefallen, welche Sensibilität sich in ihrem zähen Körper und hinter der taffen Maske verbirgt. Rein klinisch gesehen, ist sie die klassische Borderlinerin. Die nur überleben kann, weil sie so lebt, wie sie lebt. Was ihr in den labilen Phasen auch nicht immer gut glückt, und dann braucht sie mich. Niemand kennt sie so gut wie ich, auch wenn mir ihr Lebensstil fremd ist. Aber das, was sie hier getan hat, kann sie nicht einfach so wegstecken, selbst wenn sie es auf ihre Weise versucht. Sie hielt es für unser Kismet, die sterbende Frau aufzufinden. Wir seien es unserem eigenen Karma schuldig gewesen, ihr über die Schwelle zu helfen. Aber ...«

Sie bricht ihren dahingehauchten Monolog ab, scheint den Faden verloren zu haben. Vielleicht befürchtet sie auch, mir zu viel zu erzählen. Schließlich bin ich nicht gerade die beste Freundin, der sie das Herz ausschütten will.

»Cora wirkte auf mich sehr stark, geradezu autark, in sich ruhend und ausgesprochen fröhlich«, wende ich ein und schiebe die Erinnerung an die zitternde Frau mit dem Kleinkind auf dem Arm zur Seite.

»Cora *spielt* die starke Frau«, fährt Gaby leise fort. »Sie ist viel schwächer, als sie wirkt.«

»Warum haben Sie dann zugelassen, dass sie die alte Frau tötet?«, frage ich. »Warum haben Sie sich ihr gerade in dieser Sache untergeordnet und mitgemacht?«

»Weil Cora von Leben und Tod mehr versteht«, antwortet Gaby. »Auch wenn sie die Schicksalsschläge ihres eigenen Lebens nie aufgearbeitet, sondern mit esoterischem Müll zugeschüttet hat. Sie ist ein Drifter, wissen Sie, was das ist?«

»Nein.«

»Eine Vagabundin. Die das Glück im Hier und Jetzt und nur da sucht. Die heute dies denkt, morgen das Gegenteil und übermorgen gar nichts mehr. Die keinen Ehrgeiz hat, keine Bedürfnisse, keine Eitelkeit, kein Gefühl für Verantwortung …«

»Das stimmt nicht«, unterbreche ich, an Vinzenz und Coras Angst vor den Kampfhundgenen von Linus denkend.

»… gegenüber sich selbst«, setzt Gaby fort. »Dass sie nicht längst verhungert ist, grenzt an ein Wunder. Irgendwie findet sie immer wieder Leute, die sie durchfüttern. Meistens schräge Esoteriker, auf die wirkt sie wie ein Magnet. Egal, jahrelang höre ich nichts von ihr; dann taucht sie aus dem Irgendwo plötzlich auf und hat sich in irgendwas verheddert, aus dem ich sie irgendwie herauslösen soll. Durch Zufall, an den sie natürlich nicht glaubt, sind wir auf das Sterbelager der Greisin gestoßen. Da konnten wir nicht über den eigentlichen Grund unserer Begegnung sprechen …«

»Und was war das?«, werfe ich schnell dazwischen.

Mit einer Handbewegung wischt Gaby meine Frage weg und fährt fort: »Ich habe große Sorge, dass sie etwas Furchtbares getan hat. Was nichts mit dem allem hier zu tun hat.«

Ich hole tief Luft und blicke auf die kümmerlichen Stängel der Astern und Chrysanthemen. Die Blumen sind nicht richtig verwelkt, sie sind platt. So als sei gerade erst ein Autoreifen darübergefahren. Nein, die stilsichere Gaby hätte nie einen solch schäbigen Strauß niedergelegt. Die Lilie passt besser zu ihr.

Ich atme aus und frage: »Hat Cora Ihren Mann ermordet?«

»Nein, soweit würde sie nicht …« Ihre grünen Augen weiten sich. »Was sagen Sie da! Hans-Peter ermordet? Kein Herzinfarkt? Das kann doch nicht sein! Ermordet! Wer sollte so etwas tun? Woher wissen Sie das?«

Ich ziehe mein Handy aus der Tasche und stelle es wieder an.

»Bin soeben telefonisch darüber informiert worden.«

Gaby greift neben sich, als suche sie Halt. Die Eibe steht etwas zu weit ab, also sinkt sie in den Farn.

»Um Gottes willen«, murmelt sie, »ich hätte ihr nichts sagen sollen …« Sie bricht ab, blickt zu mir hinauf und versetzt mit Bestimmtheit: »Das glaube ich nicht. Woher wollen Sie das wissen?«

»Von einem gut informierten Freund«, erwidere ich.

»Etwa dem Polizisten, mit dem Sie mir gestern im Hotel aufgelauert haben?«

»Wir haben dort nur gegessen«, antworte ich pikiert. »Ja. Der hat das gesagt.«

»Und Sie? Was haben Sie ihm gesagt?«

»Ich habe ihm gesagt, dass wir uns jetzt treffen«, antworte ich ungeduldig.

Gaby rafft sich wieder auf. Ich wundere mich über die schwarzen Stiefeletten, die ihr Outfit mit den weiten schwarzen Seidenhosen perfekt vervollständigen, aber eigentlich nicht in den Wald gehören. Die Hose ist wahrscheinlich das einzige Kleidungsstück in ihrem Koffer, das als Trauergarderobe durchgehen kann. Damen wie Gaby achten auf so etwas. Vermutlich kraxelt sie auch voll gestylt auf dem Himalaja herum. Und fürchtet hier, sich mit flachen Wanderschuhen im Wald den weiten Hosensaum zu zertrampeln.

»Wo steckt Cora?« Die Frage ist derartig hingehaucht, dass ich es vorziehe, sie nicht gehört zu haben.

»Was haben Sie denn geglaubt?«, stelle ich eine Gegenfrage. »Was soll Cora denn Furchtbares getan haben?«

Holger Eichhorn fällt mir ein; das schreckliche Tor am Ende seines Lebenswegs, das Tor, hinter dem Cora gewohnt und vor dessen Resten sie wohl die Blumen gepflückt hat. »Etwa Herrn Eichhorn in den Tod getrieben?«

Einen Moment lang bleibt Gaby so starr stehen, als hätte sie der Schlag getroffen. Dann schlägt sie die Hände vors Gesicht.

»Nein, nein, nein«, jammert sie und fällt in den Farn zurück. Ihre hohe Stimme überschlägt sich: »Das kann nicht sein, dass Holger auch tot ist!«

Meine Gelenke ächzen, als ich in die Knie gehe und unbeholfen ihre zuckenden Schultern streichele.

»Es tut mir so leid«, flüstere ich. »Ich dachte, Sie wüssten das schon längst.«

»Woher denn?«, klagt ihre Stimme hinter der Handwand. »Wer hätte mir das sagen sollen? Wusste doch keiner, dass wir uns hier treffen wollten! Das war alles ganz geheim! Sollte ganz diskret laufen. Eine so entsetzlich peinliche Angelegenheit! Also daher wissen Sie das mit den Stiftungsgeldern! Aber das geht doch nicht, Holger kann nicht tot sein. Ich brauche ihn doch! Wie denn? Was ist passiert?«

»Ein Unfall«, sage ich, um sie nicht zu überfordern. Das Eibengift kann warten.

Gaby nimmt die Hände vom Gesicht und prügelt Farn in den Waldboden.

»Deshalb hat er sich nicht mehr gemeldet!«, jault sie. »Jetzt ist alles dahin!«

Ich greife in meine Hosentasche, ziehe ein verkrumpeltes Papiertaschentuch hervor, streiche es glatt und berühre damit ihre Hände.

»Ist fast sauber«, flüstere ich. Sie schüttelt den abgewandten Kopf.

»Lassen Sie mich allein«, zischt sie. »Hans-Peter ermordet! Holger tot! Nein, nein, nein! Das geht doch alles gar nicht! Was soll ich jetzt nur tun?«

Ich stehe langsam auf, stecke das Taschentuch wieder ein und rühre mich nicht vom Fleck. Das bisschen Zellstoff hätte wahrscheinlich eh nicht gereicht, um durch die Make-up- und Kajalschichten zu den verweinten Augen vorzudringen. Ich habe noch so viele Fragen. Und irgendwann versiegt jeder Tränenstrom.

Ich rufe mich zur Ordnung. Die Frau hat gerade erst erfahren, dass ihr Ehemann ermordet wurde und der Privatdetektiv, den sie auf denselben angesetzt hat, mit dem sie möglicherweise noch etwas Innigeres verbunden hat, wer weiß das schon, auch tot ist.

Aus Pietät und voller Bedauern, so wenig erfahren zu haben, will ich mich gerade abwenden, als Gaby unter Schluchzern etwas hervorstößt, das sich wie ein Flehen anhört.

»Wie bitte?«, frage ich unsicher.

»Bringen Sie mir Cora! Ich habe so eine Angst, dass sie sich etwas antut! Dass sie durchdreht! Bitte, Katja, Sie wissen doch, bei welchem Meister sie steckt. Mir wollte sie es nicht sagen – und ich habe die Suche aufgegeben, mir die Füße dabei blutig gelaufen; haben Sie eine Ahnung, wie viele Sekten sich in dieser Gegend tummeln? Aber Sie kennen Cora! Sie haben mich von ihr gegrüßt! Das ist doch ein Zeichen, dass sie mich sehen will, dass sie meine Hilfe braucht. Gehen Sie, gehen Sie! Holen Sie Cora, Katja; die muss weg von welchem Guru auch immer, sie muss zurück ins Leben! Schnell, bevor es zu spät ist! Bringen Sie mir Cora!«

Nur zu gern, denke ich, wenn ich denn wüsste, wo sie ist. Ich kann mir kaum vorstellen, dass sie wirklich wieder zu Victor zurückgekehrt ist. Das hätte Marcel doch herausgefunden. Andererseits erzählt er mir ja nie was. Oder fast nie. Nur das von dem Eibengift eben.

Ich werfe noch einen Blick auf die im Farn zusammengekauerte Frau und trabe davon. Vielleicht sollte ich doch noch mal in Krewinkel vorsprechen, Victor ein bisschen mit dem Nationalregister und Drogenfahndung bedrohen und aus ihm Coras Aufenthaltsort herausquetschen.

Bei Hans-Peters Sportwagen vor dem Hochwasserbehälter lege ich eine kurze Pause ein. Ist es wirklich erst drei Tage her, dass dieser Mann mit einem Baby im Arm bei mir hereinschneite, vergeblich Süßholz raspelte und unverzüglich Gudrun schöne Augen machte?

Drei Tage, drei Tote und mehr als nur drei Fragen. Eine hat Gaby seltsamerweise nicht gestellt, nämlich die, *wo* Holger Eichhorn denn ums Leben gekommen ist. Und ich habe nicht erfahren, was Cora Furchtbares getan haben soll.

Eines erscheint mir sonnenklar: Auf seltsame Weise besitzt die immer geheimnisvoller werdende Igelfrau, die ganz außen vor zu stehen schien und die ich selbst nie in Verbindung mit den drei Todesfällen gebracht hätte, den Schlüssel zur Lösung des Mordes an Hans-Peter. Wahrscheinlich ist sie sogar seine Mörderin, Borderlinerin hin oder her. Und hat irgendwie auch Herrn Eichhorn mit dem Taxin verseucht. Wie nur? Warum? Wann? Sie war doch schon längst weggeradelt, als Holger Eichhorn bei mir auf der Kehr aufkreuzte. Und gleich danach fuhr er sich mit Eibengift im Körper am Märchenschlosstor zu Tode.

Warum nur kriege ich die Geschehnisse von vorgestern nicht ordentlich auf die Reihe? Weil ich an jenem Tag furchtbare Kopfschmerzen hatte. Wie Gudrun ja auch, obwohl sie vor Glückseligkeit beinahe geplatzt ist. Da kriegt man normalerweise keine Kopfschmerzen. Oder so schlimme Ausfallserscheinungen, wie ich sie jetzt auch grad erlebe. Das liegt natürlich daran, dass ich soeben ungute Stoffe eingeatmet habe. Aber vorgestern? Da hat nur Hans-Peters Pfeife in meiner Küche gequalmt. Die *Early Morning Pipe* mag zwar grässlich stinken, aber Kopfschmerzen hat mir ihr Rauch nie zuvor bereitet.

Zweimal hintereinander habe ich mich durch Rauch eingeschränkt gefühlt. Da muss es doch eine Verbindung geben. Langsam dämmert es mir. In der blauen Dose wird nicht nur Tabak gewesen sein, sondern ein weiterer, erheblich giftigerer Zusatz. Ein eibengiftiger. Nur so lässt sich erklären, dass Hans-Peter und Holger Eichhorn der Essenz dieses Nadelbaums zum Opfer fielen. Rauchen war tatsächlich tödlich für die beiden Männer, die sich aus der blauen Dose bedient haben.

Endlich gelingt es mir, die Nebelschwaden aus meinem Hirn zu vertreiben, die Benommenheit zurückzudrängen und logische Gedanken in meinem allmählich klarer werdenden Schädel zu sammeln. Ich weiß, dass ich immer noch bekifft sein muss, aber unter großer Anstrengung kann ich mich tatsächlich zwingen, klar zu denken; Marihuana wirkt sich offenbar anders als Alkohol aus, bei dem man abwarten muss, bis der Zustand der Vollidiotie vorübergegangen ist.

Alles läuft auf eine einzige Schlussfolgerung hinaus: Die so harmlos erscheinende burschikose Igelfrau hat zwei Menschenleben auf dem Gewissen! Drei, wenn ich Mutter Agnes mitzähle. Die im Schatten der Mordwaffe starb, der todbringenden Eibe. Vor meinem geistigen Auge sehe ich Cora. Wie sie Nadeln und Samen gleich an Ort und Stelle in ihren ökologisch abbaubaren Hanfbeutel steckt. Vielleicht nur für alle Fälle. Vielleicht aber wusste sie schon, wie, wo, wann und bei wem sie das Gift aus welchem Grund auch immer einsetzen würde.

Jeder, der in den vergangenen drei Tagen in mein Haus hereinspaziert wäre, hätte Gelegenheit gehabt, sich an Hans-Peters Tabakdose zu vergreifen. Als hätte ich geahnt, was für ein Unheil das verdammte Ding heraufbeschwören würde, hatte ich es andauernd loswerden wollen, und dann lag es ständig in der Gegend rum!

Cora hat sich eine Weile allein im Haus aufgehalten; als sie vorgab, den Säugling vor Linus zu retten. Da wird sie von der *Einkehr* aus auch Holger Eichhorn angerufen haben, entweder in Gabys Auftrag oder, was mir jetzt folgerichtig erscheint, aus eigenem Antrieb. Um ihn herbeizulocken und umzubringen. Da wird sie Hans-Peters Tabak bereits mit taxinhaltigem Eibenstoff versetzt haben, vielleicht mit Nadeln, die sie genauso liebevoll zerkleinert hat wie für Mutter Agnes. Stirbt man schon, wenn man eibengiftigen Rauch inhaliert? Überdauert das Gift die hohen Temperaturen in einem Pfeifenkopf?

Was sagte Marcel soeben? Im Körper von Herrn Eichhorn sei zwar Taxin nachgewiesen worden, gesichert sei aber nicht, ob dies seinen Tod herbeigeführt hat. Vielleicht haben ihn die paar Züge nur so benommen gemacht, dass er in der Kurve die Kontrolle über seinen Wagen verlor. Vor Schreck darüber und angesichts des Märchenschlosses blieb ihm das Herz stehen, während sein Auto durch das Tor bretterte. So ähnlich kann es gewesen sein.

Ich bin schuld. Ich habe der Mörderin meine Tür geöffnet. Ein Schauer nach dem anderen jagt mir den Rücken herunter. Meine Knie werden weich, und ich muss mich zwingen weiterzustiefeln.

Warum könnte Cora die beiden Männer umgebracht haben? Überwältigt von der Menge möglicher Mordmotive, bleibe ich vor dem ehemaligen Zollhaus wieder stehen und ringe um Atem. Vielleicht hat Hans-Peter die Igelfrau früher mal angebaggert und dann im Regen stehen lassen. Oder er hat Gaby daran gehindert, sie zu unterstützen. Nein, das taugt nicht als Grund, hätte sich Gaby zudem nicht bieten lassen. In dieser Ehe hat sie bestimmt, was geschah und was unterblieb. Ihr armes Würstchen von Mann hat sich allem gänzlich untergeordnet – und mir diese eindrucksvolle Dame vierzehn Jahre lang selbst als armes Würstchen serviert.

Heins sieben Todsünden fallen mir ein. Habgier! Cora ist hinter Hans-Peters unlautere Luxemburger Transaktion gekommen, hat sich das Geld unter den Nagel gerissen und ist damit getürmt. Nachdem sie dem Detektiv auf irgendeine perfide Weise für immer die schnüffelnde Nase gestopft hat. Aber sie konnte doch nicht wissen, dass er sich an Hans-Peters Tabak vergreifen würde. Vielleicht war dieser Tod ein Unfall in mehr als nur einer Hinsicht. Falls Cora nicht mit Herrn Eichhorn hinter Gabys Rücken gemeinsame Sache gemacht hat und sich dann durch einen als Unfall getarnten Mord ums Teilen herumdrücken wollte. Kann auch sein, dass Gaby Cora, der Bedürfnislosen, das Geld anvertraut oder sie um Hilfe bei der Wiederbeschaffung gebeten hat. Ich werfe den Blick auf das alte Zollhaus, in dem heute eine normale Familie wohnt. Auf Millionen in Cash würde man Cora an der Grenze garantiert nicht überprüfen, auf Drogen schon eher. Nein, wenn es ein Nummernkonto ist, würde sich Gaby irgendwann das Geld selbst abholen. Dafür brauchte sie weder Cora noch Herrn Eichhorn.

Wenn Cora hinter den Morden steckt, und das scheint sehr plausibel zu sein, wird sie die von Hans-Peter gestohlenen Stiftungsgelder bereits eingesackt haben. Das meinte Gaby wohl, als sie von dem *Furchtbaren* sprach, das Cora getan haben könnte. Wahrscheinlich haben sich die beiden Frauen zu einer Art von Verhandlungsgespräch im Wald getroffen. Das Sterben von Mutter Agnes kam ihnen in die Quere, und da hat Cora ihrer Kontrahentin unmissverständlich gezeigt, wozu sie fähig ist. Von wegen Borderlinerin! Alles bis ins Kleinste geplant, kaltblütig und verwegen. Doch, das traue ich der Igelfrau jetzt zu.

Nachdem die beiden Frauen Mutter Agnes von den Spuren ihres Todeskampfes befreit hatten, war Cora ihrer Gegnerin entwischt. Klar, dass sie in ihren ausgelatschten Sneakers schneller durch den Wald toben konnte als die Dame in ihren feinen Schühchen! Ich kann mir gut vorstellen, wie Gaby voller Verzweiflung auf die tote Mutter von Jupp herunterblickt. Nach dieser Tat brauchte Cora keine Drohung auszusprechen.

Alles passt zusammen.

Gabys Bemerkung, Cora habe keine Bedürfnisse, wische ich genauso zur Seite wie den Eindruck, den ich bisher von der Igelfrau hatte. Wie alt mag Cora sein? Mitte vierzig? Wie lange kann man da noch als Drifter unbekümmert überleben, als Zugvogel sorgenfrei abheben, sich mal hier, mal da niederlassen und den großen Meister einen lieben Mann sein lassen? Wie reagiert so ein Gegenwartsmensch, wenn der Körper Endlichkeitsmeldungen zu verschicken beginnt, die Zähne Ärger machen und die Augen eine Beute nicht mehr so scharf anpeilen können? Kleine Malaisen schüren Ängste, die im Laufe der Zeit größer werden. Für jemanden wie Gaby noch kein großes Problem. Mit ihrem Geld kann sie die ersten Verfallserscheinungen in die Schranken verweisen. Und sogar im Wald souverän Make-up und hohe Schuhe tragen. Cora hingegen könnte in Panik geraten, plötzlich befürchten, auf die falsche Lebenskarte gesetzt und den Anschluss an die real existierende Welt verpasst zu haben. Ohne Rücksicht auf Verluste zuschlagen, weil sie sich mittellos in die Ecke gedrängt fühlt.

Cora muss Gabys Schwester sein. Je länger ich über unsere Begegnung nachdenke, desto mehr bin ich davon überzeugt. Kleine Bewegungen, Stimmfärbungen, die Art, wie sie die Schultern hebt und die Nase rümpft, klassische Familienähnlichkeiten.

Seine Frau hat das Geld, hat Gudrun gesagt. Wenn die Schwestern aus einer reichen Familie stammen, wie Hans-Peter Gudrun gesagt hat, sollte eigentlich auch für Cora genug abgefallen sein. Vielleicht hat sie ihr Erbe einem Guru vermacht und ist inzwischen blank? Hat sich Gaby ihr Vermögen gar selbst erarbeitet und Hans-Peter durch den Luxus geschleppt?

Beim Googeln werde ich da wohl schwerlich was finden, aber einen Versuch ist es wert. Sonst soll Marcel sich damit befassen. Vielleicht fördern wir zutage, dass die zauberhafte Gaby von Krump eine etwas abgedrehte ältere Schwester hat, die viel auf Reisen ist. Den Himalaja erstürmt. Himalaja. Nepal, du meine Güte, da stolpern die Gurus, wenn sie nicht gerade schweben, doch noch mehr übereinander als hier im Grenzgebiet! Ein Dorado für eine Frau mit esoterischen Qualitäten. Aber ein bisschen weit weg. Höchstens für ihren Astralkörper schnell erreichbar, und an dem bin ich momentan wenig interessiert. Gut möglich, dass sie sich mit oder ohne Kohle wieder bei Victor versteckt. Rührende Storys kann sie ja geschickt auftischen, wie ich selbst erfahren habe. Ich habe ihr die Geschichte von dem Kampfhund, der das Nachbarbaby verschluckt hat, ja auch abgenommen.

Vor der *Einkehr* parkt ein Wagen mit Bitburger Kennzeichen.

Jedes fremde Auto ist mir jetzt verdächtig. Wer weiß, wen Gudrun diesmal hereingelassen hat, in welcher Gefahr sie jetzt möglicherweise schwebt. Leise öffne ich die Haustür und schleiche in die Küche. Da wartet zur Abwechslung mal eine erfreuliche Überraschung auf mich.

Mein alter Freund Josef Junk. Der ehemalige Polizeichef von Prüm hat im vergangenen Jahr mit wenigen Worten zur Lösung einer anderen schrecklichen Mordserie beigetragen, mir viel über das Räuchern von Schinken erzählt und ist im Laufe der Zeit zu einem guten Freund des Hauses geworden. Vielleicht kann er mir wieder mit klugem Rat weiterhelfen. Wenn auch nicht mehr als Polizist: Den Ermittlerposten hat er gerade gegen den des Verbandsbürgermeisters von Bitburg eingetauscht. Das war schon eine kleine Sensation: ein SPD-Mann, der in der sonst so schwarzen Eifel eine wichtige Wahl gewinnt. Wohl deshalb, weil er die Bürgernähe auf natürliche Weise ausstrahlt, die der belgischen Polizei von oben herab verordnet wird.

Gut, dass er nicht an jenem Tag hier hereingeschneit ist, als ich Heins Hanf aus dem Keller geholt und den beiden Scheiterhaufen übergeben habe! Bei Marihuana hört für Josef Junk der Spaß auf; dafür hat er mit viel zu vielen Drogendelikten in Prüm zu tun gehabt. Und so wütend ich auf Hein auch war; ausgeliefert hätte ich ihn ebenso wenig, wie das Gaby bei Cora vorhat – sonst hätte sie sich doch längst der Polizei anvertraut. Der hat sie wohl nur erzählt, dass sie vor Wut auf ihren Mann Mopsfledermäuse im Hohen Venn gejagt hat. Kein Mensch wäre auf die Idee gekommen, dass sie sich auf der Suche nach Sektenhäusern im Grenzgebiet Blasen gelaufen hat.

»Da bist du wieder mal in eine schlimme Sache reingeraten«, sagt Josef Junk nach einer herzlichen Begrüßung und deutet auf den riesigen Schinken und das fast so große Stück geräucherten Bauchspecks in der Mitte des Küchentischs. »Deshalb habe ich euch etwas zur Stärkung mitgebracht. Nicht fürs Restaurant, nur zum Privatverzehr«, setzt er streng hinzu.

»Er hat mir aber verraten, wie man so tollen Schinken selbst räuchert«, sagt Gudrun. »Sollten wir auch tun.«

»Ich brauche deinen Rat, Josef. Sag mir, wie ich jetzt vorgehen soll«, bitte ich.

So konzentriert wie möglich erzähle ich ihm die ganze Geschichte. Ein Blick von außen, von jemandem, der sich mit Menschen und Verbrechen auskennt, tut jetzt not.

Ich will ihn gerade fragen, ob er mich nach Krewinkel begleiten möchte, als uns lautes Reifenquietschen vor der Haustür aufschreckt.

»Was ist bloß jetzt wieder los!«, ächze ich, als ich mich vom Küchentisch erhebe. Josef und Gudrun folgen mir zum Eingang. Dort kollidiere ich mit einem hereinstürmenden Marcel. Vor den Augen der anderen nimmt er mich fest in den Arm und küsst mich ab. Verdattert und nicht gerade unglücklich lasse ich es geschehen.

»Gott sei Dank, Katja! Würg mich nie wieder so am Telefon ab! Ich hatte solche Angst um dich.«

»Wieso das denn?«

»Ich dachte, die bringt dich auch noch um; bin so schnell wie möglich hergerast.«

»Wer?«

»Die Krump-Kellenhusen. Die Mörderin, Katja! Du wärst ihr nächstes Opfer gewesen. Wie gut, dass du ihr entkommen bist!«

Ich starre ihn fassungslos an und löse mich aus der Umklammerung.

»Nein, Marcel«, erwidere ich und schlage ihn mit beiden Händen auf die belgische Polizistenbrust. »Du irrst dich. Ganz bestimmt nicht Gaby, die weiß nichts von den Morden, die hat ein ganz anderes Geheimnis. Cora ist die Täterin. Die steckt dahinter! Gabys Schwester! Die hat alle umgebracht. Auch Mutter Agnes. Da gibt es gar keinen Zweifel, ich kann dir gleich alles haarklein erklären. Was hast du denn herausgefunden?«

»Sag schnell, wo ist sie jetzt?«

Er ist völlig außer Atem, als wäre er die ganze Marathonstrecke von Sankt Vith auf die Kehr gerannt.

Ich hebe die Schultern.

»Gaby? Hier auf der Kehr. Wahrscheinlich noch im Wald. Da habe ich sie völlig fertig zurückgelassen. Obwohl sie es erst ziemlich eilig gehabt hat, nach Kronenburg zurückzukehren. Bevor sie das von den Morden wusste. Ihr Wagen, der von Hans-Peter, meine ich, steht bestimmt noch am Hochwasserbehälter.«

»Komm mit, Josef!«, fordert Marcel den einstigen Kollegen auf, anstatt ihn zu begrüßen oder mich zu fragen, was ich herausgefunden habe. »Vielleicht brauche ich dich, auch wenn du nicht mehr im Polizeidienst bist.«

Josef Junk lässt sich nicht zweimal bitten.

»Klar doch«, sagt er mit leuchtenden Augen und rennt hinter Marcel auf dessen Auto zu.

»Du darfst in Uniform nicht in Deutschland ermitteln«, schreie ich Marcel hinterher, »und du bist jetzt kein Polizist mehr, Josef!«

Wieder quietschen Reifen des belgischen Polizeiwagens auf bundesdeutschem Boden. Auf mich hört ja niemand.

»Marcel hat recht«, sagt Gudrun, als ich in die Küche zurückkehre. »Es war ganz bestimmt die Ehefrau. Habe ich immer gesagt.«

»Hast du, hast du, aber ihr irrt euch beide«, versichere ich. »Ihr habt sie nicht gesehen. Die fiel nicht nur aus allen Wolken, sondern war total verstört. Du hast doch eben gehört, was ich Josef erzählt habe.«

»Eine gute Schauspielerin. Das sieht man doch schon auf dem Foto.«

»Zum Schauspielern gehört einiges mehr, als sich nur gut herzurichten«, erwidere ich, »außerdem gibt es eine Menge Hinweise, dass Cora die Morde begangen hat. Und zwar alle drei.«

Gudrun schüttelt den Kopf.

»Dafür ist die doch viel zu chaotisch«, sagt sie. »Eine überkandidelte Esotante, die in irgendwas reingerutscht ist; das ist sie und sonst nichts.« Sie räumt Schinken und Bauchspeck in den Kühlschrank.

»Ich weiß jetzt, wie man räuchert, Katja«, sagt sie aufgeregt. »Ist überhaupt nicht schwer! Das Schweinefleisch wird eingesalzen, mit geheimen Gewürzen eingerieben, dann wird der Trog eingesolpert, und nach vier bis fünf Wochen ist der Schinken fertig. Der Bauch braucht sogar nur drei Wochen, ach ja, Buchenmehl und Wacholderzweige …«

Ausnahmsweise verspüre ich keine Lust, über die Zubereitung von Lebensmitteln irgendwelcher Art zu diskutieren.

»Ich muss jetzt weg, Gudrun«, unterbreche ich sie.

»Soll ich nun eine Schweinehälfte kaufen oder nicht?«, fragt sie.

Ich deute auf den Kühlschrank.

»Lass uns erst mal Josefs Gabe aufessen, die wird ein Weilchen reichen.«

»Wohin gehst du?«

»Zu Coras alter WG nach Krewinkel.«

Gudrun tritt auf mich zu, greift meine Rechte und drückt sie fest.

»Bitte, Katja, sei vorsichtig, nicht dass dir bei den Verrückten da unten was passiert.«

»Wohl kaum. Ich habe nicht vor, fliegen zu lernen, also werde ich auch nicht zu Boden stürzen. Außerdem weißt du, wo ich bin. Wenn ich mich in einer Stunde nicht bei dir gemeldet habe, sagst du Marcel Bescheid, einverstanden?«

Sie nickt erleichtert.

»Cora wird dir nichts tun«, versichert sie, »die mag dich, und so komisch sie sich sonst auch benimmt – sie achtet die Natur.«

Beides hat sie nicht davon abgehalten zu töten, denke ich. Dreimal. Laut sage ich: »Und was ist mit den geheimen Gewürzen für Josefs Schinken? Hat er dir die etwa auch verraten?«

Gudrun schüttelt schelmisch den Kopf. »Nee, aber du machst da bestimmt eine Mischung, die mindestens genauso gut schmeckt. Nimm Linus mit, Katja. Der geht jedem an die Gurgel, der dir was antun will.«

Der Hund zu Gudruns Füßen schnauft und legt den Kopf auf die Seite. Ich beuge mich runter und streichele das schwarz glänzende Fell.

»Ach, Dicker, was habe ich dich vernachlässigt!« Ich

schüttele den Kopf. »Er bleibt besser hier. Cora hat Angst vor ihm; vielleicht schreckt er sie ab.«

»Dann lass ihn eben im Auto«, sagt Gudrun. »Ich fühle mich sicherer, wenn er bei dir ist.«

Also nehme ich den Hund mit.

Lass dich nie wieder hier blicken, hat mir Victor zum Abschied zugeknurrt. Auf der kurzen Strecke bergab überlege ich, wie ich ihn dazu bringen kann, mich doch ins Haus zu lassen. Ich hatte schon erwogen, ihm zu drohen; ihm eine polizeiliche Heimsuchung der besonderen belgischen Art in Aussicht zu stellen. Gerti wird mir nicht sprachlos die Tür vor der Nase ins Schloss werfen, denn ich werde mit dieser Tür ins Haus fallen und *Mörder* brüllen. Und zwar so laut, dass halb Krewinkel zusammenlaufen wird. Dann muss man mich ja reinlassen. Sollte Victor dann immer noch herumzicken, werde ich ihm mitteilen, dass Cora eine Mörderin ist und gegen ihn als ihren Handlanger ermittelt wird.

Ich muss gar nicht grob oder laut werden. Ganz im Gegenteil. In der Kurve, die Holger Eichhorn leider nicht ganz geschafft hat, parkt ein Lieferwagen, aus dem gerade Elemente für ein neues mächtiges Holztor geladen werden. Victor steht blau gewandet wie immer daneben und dirigiert die Arbeiter. Er blickt zur Straße, als ich gegenüber anhalte und ihn Linus aus dem offenen Beifahrerfenster heraus anbellt. In Deutschland liegt der Hund immer hinter dem Netz im Kofferraum, aber für diese belgische Kurzstrecke gönne ich ihm seinen Lieblingsplatz neben mir.

Da lasse ich ihn auch trotz seines lautstarken Hundeprotests sitzen, als ich aussteige und auf Victor zugehe.

Zu meiner Überraschung zeigt er mir ein besonders erleuchtetes Lächeln. In Zeitlupentempo legt er die Handflächen senkrecht aneinander und neigt den Kopf, bis seine leicht nach innen gebeugten Fingerspitzen fast die Nase berühren.

»Frieden«, sage ich, weil es mir angemessen und notwendig erscheint.

»Ich habe dich erwartet«, sagt er, greift in eine Tasche seiner weiten Hose und zieht ein zusammengefaltetes Stück Papier hervor, offensichtlich eine bedruckte Seite, die aus einem Buch herausgerissen wurde.

»Das ist soeben unter anderem für dich abgegeben worden.«

»Unter *anderem*?«, frage ich verwirrt.

»Ja. Solltest du mit zweitem Vornamen Gaby heißen, dann ist es nur für dich.« Er entfaltet das Papier und tippt auf eine Seite, auf der FÜR KATJA/GABY mit schwarzem Marker notiert ist.

»Wer hat das abgegeben?«, frage ich und halte die Hand auf.

»Dem Anschein nach Cora. Einer der Männer …«, er nickt zu den Handwerkern hin, die begonnen haben, die Torelemente ineinanderzufügen, »… hat es von einer Frau mit sehr kurzen grauen Haaren und einem schwarzen Punkt auf der Nase für mich entgegengenommen. Eine ausreichende Beschreibung, findest du nicht auch?«

»Wann war das?«

»Gerade eben«, sagt er. »Warum hat sie es nicht bei dir im Restaurant abgegeben?«

Ich blicke zur Mauer. Da steht immer noch kein rotes Rennrad.

»Keine Ahnung«, gebe ich zurück, »ist sie mit dem roten Rad gekommen?«

»Das rote Rad gehört zu uns«, sagt er mit einer Intonation, die deutlich macht, dass dies für Cora nicht mehr gilt. Leises Bedauern schwingt in der Bemerkung mit. »Es ist nicht an mir, ihre Handlungen zu beurteilen. Alles, was sie macht, hat einen Grund, auch wenn wir ihn manchmal nicht verstehen. Alles wird irgendwann wieder seinen Platz finden.«

»Wie ist sie denn hergekommen?«, frage ich ungeduldig.

»Vielleicht zu Fuß?«, fragt Victor zurück. »Hat der Mann nicht sagen können. Das ist auch gleichgültig.«

Ich will nach dem Zettel greifen. Victor zieht die Hand mit dem Papier durch die Luft.

»Erst bitte ich dich, mir eine Frage zu beantworten.«

»Nur zu«, sage ich.

»Bist du ihre Schülerin?«

Ich starre ihn ungläubig an.

»Wie bitte?«

»Sie ist die Meisterin«, sagt er leise, »die dir im Funken der ursachlosen Seligkeit deine wahre Natur zeigen kann, wenn du bereit dafür bist, ihr zu folgen. Sie lehrt durch die Freiheit, die sie selbst lebt ...«

»Gestern war sie noch ein Zugvogel«, unterbreche ich, bevor er zu einem langen Monolog ansetzen kann. Coras Heiligkeit interessiert mich nicht. Ich möchte lesen, was auf dem Zettel steht.

»Das war für den belgischen Staat«, erwidert er ungerührt. »Ich möchte keine Schwierigkeiten mit den Autoritäten. Anderslebende werden hier wie überall misstrauisch beäugt und gelegentlich weggesperrt. Ich will nicht erleben, dass mich meine Kinder mal hinter Gitterstäben sehen müssen.«

Würde ein ganz schönes Gedränge im Gefängnis geben,

denke ich und stelle eine Gegenfrage: »Was verbindet dich mit Cora?«

Er schweigt erstaunlich lange. Sagt dann: »Sie wurde von meinem Lehrer gesegnet, dem einzig wahren Meister. Sie war seine beste Schülerin und macht ihm Ehre.«

»Du hast einen Meister über dir?«

»Nicht über mir. Er geht mir voran. Wie auch Cora mir vorangeht.«

»Wie kann das sein, wenn ihr doch beide seine Schüler seid?«, lasse ich mich wider Willen auf dieses Gespräch ein.

»Sie hat Jahre bei ihm gelebt. In Nepal …«

»Etwa bei diesem Ali Baba, der aus Asche Geld macht?«, unterbreche ich, weil mir eine Fernsehsendung einfällt, die ich vor wenigen Wochen gesehen habe.

»Du meinst Sathya Sai Baba«, entgegnet Victor müde, »diesen zaubernden Scharlatan. Nein, ich spreche von meinem Meister. Leider hatte ich nur einen Sommer lang die Ehre, bei ihm zu lernen.«

»Er hat bestimmt auch eine Menge von dir gelernt«, mache ich ein Kompliment, um endlich an den Zettel zu gelangen. Aber der Schuss geht nach hinten los. Victor händigt ihn mir nicht aus.

»Du bist nicht ihre Schülerin«, sagt er vorwurfsvoll, als hätte ich ihn betrogen. »Dein Unwissen und deine westliche Einstellung verraten dich. Ein Meister, der von seinen Schülern lernt, ist keiner. Es liegt in der Natur eines jeden wahren Meisters, seinen Schülern in allem mindestens einen Schritt voraus zu sein.« Ein tiefer Seufzer und ein zweifelnder Blick. »Cora wird wissen, weshalb ich dir dieses Papier geben soll. Es ist mir unbegreiflich, dass sie gerade dich erwählt hat, aber ich habe noch viel von ihr zu lernen.«

Er betrachtet den Zettel noch einmal, als falle es ihm schwer, sich von ihm zu trennen, drückt ihn mir in die Hand und wendet sich ohne Abschied wieder den Toraufbauern zu.

Es ist kein Brief. Dennoch verstehe ich die Nachricht auf der herausgerissenen Buchseite. Eine Textstelle ist schwarz unterstrichen:

Warte da auf mich, wo Chrysanthemen welken.

Normalerweise wäre das wohl ein Friedhof. Der Platz unter der Eibe kommt einer solchen Stätte nahe. Ich mustere das Papier genauer, aber ein Zeitpunkt ist nicht angegeben.

»Victor!«

Unwillig wendet er sich mir wieder zu. »Hat sie dem Mann gesagt, wann ich da sein soll?«

Er lacht.

»Du kennst sie doch«, antwortet er fröhlich. »Sie wird das Jetzt meinen, die einzige Zeit, die uns zur Verfügung steht.«

Wie schnell kann sie zu Fuß von Krewinkel in den Wald auf der Kehr kommen? Sofern sie nicht über die besondere Gabe des Fliegens verfügt, die möglicherweise nicht nur Zugvögeln, sondern auch wahren Meistern zu eigen ist.

Ohnehin geht Cora davon aus, dass ich vor ihr da bin: *Warte da auf mich, wo Chrysanthemen welken.* Damit sie mich dort umbringen kann? Oder Gaby, an die der Brief ja auch adressiert ist. Oder uns beide.

Sie wird mich nicht zwingen können, Eibennadeln zu essen oder Taxin zu inhalieren. Die Masse, die ich dieser mageren Kreatur mit meinem Leib entgegensetze, wird sie auch daran hindern, mich in die Bunkerschlucht zu stoßen oder mich auf andere Weise körperlich zu überwältigen. Und gegen Hypnose oder irgendwelche Psychotricks bin ich mit meinem Verstand ausreichend gewappnet. Ich habe nicht die geringste Angst, bin nur der Neugier voll, als ich mich wieder neben Linus ins Auto setze. Was aber, wenn Marcel und Josef noch da sind, weil sie Gaby an der Eibe gefunden haben? Ich muss die Möglichkeit in Betracht ziehen, dass Cora durch die Männer abgeschreckt werden könnte und wieder untertaucht. Aber wenigstens wird sie dann Gaby nichts antun können. Und Marcel wird begreifen, dass nicht Gaby die Killerin ist, sondern Cora.

Was will sie von mir? Mich für irgendwelche finsteren Aufgaben rekrutieren? KATJA/GABY. Als sei es ihr gleich, welche von uns beiden sie an der Eibe treffen wird. Bevor ich den Motor anlasse, schaue ich mir im Rückspiegel in die Augen. Die Rötung ist fast verschwunden. Auch die Synapsen in meinem Gehirn scheinen wieder bestens zu funktionieren. Jeder Gedanke gebiert einen neuen, der auf seinem Vorgänger aufbaut, und keiner versandet mehr in einem Zwischenbereich wie noch vor Kurzem.

Ich kurbele das Autofenster herunter, atme die saubere Eifeler Luft tief ein und schicke dann die hoffentlich letzten Cannabismoleküle in meiner Lunge hinaus in die Weiten der Schneifel.

Für Cora bin ich weit weniger wichtig als Gaby, die viel mehr von ihr und über sie weiß. Die vielleicht auch aus dem Weg geräumt werden muss, damit Cora in Frieden und Sicherheit in Nepal oder sonst wo ihre Millionen verprassen kann – lauter Worte, die zu der mir bekannten Igelfrau überhaupt nicht passen wollen. Sie hat mich manipuliert, anders lässt es sich nicht erklären.

Widerwillig muss ich dem Krewinkeler Schamanen

zustimmen: Sie ist auch mir immer einen Schritt voraus gewesen. Aber ich bin nicht ihre Schülerin und betrachte mich nach meiner Kenntnis der Lage für durchaus befähigt, sie einzuholen. Ich bin auf alles vorbereitet. Sie wird mir auch keine abenteuerliche Geschichte auftischen können, die dazu führt, dass ich völlig ahnungslos Gabys Ableben verursache.

Ich wende den Wagen und fahre wieder auf die Kehr. Die tief hängenden dunklen Wolken über der weiten Hügellandschaft künden Niederschlag an. Vielleicht Schnee, denke ich, als ich auf das Autothermometer blicke. Drei Grad. Hat sich Cora mit einem Schlafsack in den Fledermausbunker verzogen und harrt dort ihres nächsten Opfers?

Am Hochwasserbehälter steht kein weiteres Auto; also haben die Männer Gaby wohl verpasst. Ich stelle meinen Wagen ab und überlege, ob ich außer Linus noch einer Waffe bedarf. Der Hund springt überglücklich aus dem Auto und rennt augenblicklich in den Wald hinein.

»Bei Fuß, Linus!«, rufe ich ihn streng zurück.

Aber natürlich ist das, was er gerade erschnüffelt, viel interessanter als meine Stimme. Zu meiner Verteidigung taugt er wirklich nicht. Sein furchterregendes Aussehen wirkt zwar so abschreckend wie die Atombombe im Kalten Krieg, aber Cora weiß um die geringe Bedrohung durch meinen Hund. Der sie zudem kennt und vermutlich eher verteidigen als angreifen würde, wenn er denn überhaupt was täte.

Aber das vernachlässigte Vieh hat einen Auslauf verdient. Ich überlege, wie lange es dauert, Gartentorelemente abzuladen. Meine Kontrahentin kann noch gar nicht dort sein, wo sie mich hinbeordert hat. *Ich* soll ja auf sie warten. Nicht in der Kälte.

Also setze ich mich wieder in den Wagen und ziehe aus dem Handschuhfach die Tüte mit englischen Weingummis aus dem Ardenner Grenzmarkt in Losheim. Unter Umgehung der sehr künstlich schmeckenden grünen Teile futtere ich langsam die Tüte dünner. Der Zucker tut mir gut.

Ich rekapituliere die Ereignisse der letzten Stunden, und wieder fällt mir unweigerlich Marcel ein. Ich erwäge, ihn anzurufen und ihm mitzuteilen, dass ich dabei bin, die Mörderin zu stellen. Wo ist er jetzt, und was hat er vor, frage ich mich, als ich mein Handy hervorziehe, und wozu braucht er Josef Junk? Er will offensichtlich Gaby in Kronenburg stellen, ist vernagelt von der Vorstellung, sie wäre die Mörderin. Mir hat er nicht einmal richtig zugehört. Zugegeben, es hat mir sehr behagt, von ihm in den Arm genommen und geküsst zu werden, auch vor den anderen, aber *meine* Ermittlungsergebnisse hat er nicht ernst genommen. Warum nicht?

Weil er polizeiliche Erkenntnisse hat, über die ich nicht verfüge. Ich kaue langsamer, lasse das letzte Stück roten Weingummis sehr langsam im Mund zergehen. *Ich habe alles, was ich von der Frau brauche.* Indizien, Beweise gar? Er war sich seiner Sache so sicher. Ich bin mir meiner zwar auch sicher, aber …

Das rote Stück Weingummi fährt mir in den Schlund. Ich werfe die Tüte mit dem grünen Ausschuss auf den Beifahrersitz. Meine gesamte Indizienkette beruht einzig auf dem, was mir Gaby erzählt hat, auf ihren Reaktionen – eine gute Schauspielerin, hat Gudrun angemerkt –, auf ihrer vorgeblichen Sorge um Cora, die wunderbar logisch begründet war, und auf den Schlussfolgerungen, die ich auf dem Weg zur *Einkehr* daraus gezogen habe. Wo ich noch Nebelschwaden beiseiteschieben musste und die Synapsen noch nicht so geschmatzt haben wie jetzt. Mir kommt ein sehr böser Verdacht. Und je länger ich darüber nachdenke, desto sicherer bin ich mir, dass er begründet ist. Ich öffne die Autotür.

»Linus!«

Er hört nicht. Ich nehme die Tüte vom Beifahrersitz und raschele. Wupps, ist er da und sitzt schon im Auto, als ich die Tüte wieder hineinwerfe. Ich schlage die Tür zu. Er soll drinnen bleiben und Cora nicht abermals verschrecken.

Victor mag zwar ein fragwürdiger Menschenkenner sein, aber er und seine Sippe sind bestimmt nicht in die Ereignisse um Hans-Peters Tod verwickelt. Und so absurd seine Bemerkungen über Cora auch waren, in der Essenz wirkten sie wahrhaftiger als das, was Gaby über die andere Frau erzählt hat. Vielleicht habe ich mich von Gaby auf raffinierte Weise einwickeln lassen; diese Möglichkeit muss ich in Betracht ziehen.

Hans-Peters Witwe ist das, was die Engländer *sophisticated* nennen und wofür es keine deutsche Entsprechung gibt. Kultiviert, weltklug, anspruchsvoll, blasiert, raffiniert und unecht – das umschreibt sie perfekt. Und all dieses und noch viel mehr hat sie nachweislich eingesetzt, um Hans-Peter der Untreue in jeglicher Hinsicht zu überführen und ihn möglicherweise dann endgültig zu entsorgen, ohne ihm ihren Zugewinn in der Ehe auszuzahlen. Sie muss seiner doch schon seit Langem überdrüssig gewesen sein!

Ich, die dicke Exgeliebte Katja Klein, war ihr nicht im Weg gewesen, sondern bin ihr mit meinem neuen Wohnort gerade recht gekommen. Wahrscheinlich hat *sie* mich gegoogelt und die Information Hans-Peter so untergejubelt, dass er geglaubt hat, selbst darauf gekommen zu sein. Dank mir konnte sie alle auf eine falsche Spur leiten, und dank Cora hatte sie in der Eibe die Mordwaffe entdeckt. Moment mal, die Erfinderin der Stiftung für bedrohte Arten soll eine Eibe und ihren tödlichen Inhaltsstoff nicht kennen? Da habe ich mich aber schön blenden lassen! Den Tod von Holger Eichhorn hatte sie aber nicht auf der Rechnung, da bin ich mir sicher. Das war wirklich ein Unfall. Ich glaube nicht mehr, dass sie den Mann wegen der verschwundenen Stiftungsgelder angerufen hat. Wahrscheinlich wollte sie sich rechtzeitig von ihm in seinem flotten Auto nach Berlin zurückfahren lassen. Damit wäre sie weit ab vom Schuss gewesen, als die Leiche ihres Mannes aufgefunden wurde. Und ihr wäre es durchaus möglich gewesen, die Eibennadeln schon vor ihrem Verschwinden in die Tabakdose zu schleusen; vielleicht ist erst die wiederholte Aufnahme des Gifts tödlich, das werde ich später recherchieren. Wahrscheinlich hat Marcel dies schon längst getan.

Ich muss ihm einiges abbitten. Vielleicht bei einem Muschelessen im Café Pipas? Ehrlich gesagt, ich hätte überhaupt nichts gegen eine zweite Nacht in einer Hälfte seines belgischen Doppelbetts einzuwenden. Schon der Gedanke daran wärmt mich mehr, als es die dicke Daunendecke könnte.

Hat Marcel entdeckt, wie weit Gaby ihre Manipulationen getrieben hat? Ich halte es für ausgeschlossen, dass Mutter Agnes oder Jupp Teil des Plans gewesen sind; das muss der Zufall gewesen sein, an den Cora nicht glaubt, wie Gaby mir so zynisch versichert hat. Ich stecke mein Handy wieder in die Jackentasche. Der Akku ist sowieso fast leer. Und ich darf Marcel jetzt nicht stören. Er ist auf der richtigen Spur.

Liebe Igelfrau, ich habe mich in dir doch nicht völlig getäuscht! Du bist schräg, aber nicht gefährlich. Ohne die Chrysanthemen und Astern würde ich jetzt sogar annehmen, dass du von Mutter Agnes gar nichts wüsstest, dass dir Gaby ihren Tod in die Schuhe geschoben hat. Wie sie das später mit den Morden tun wird. Nach einem sicher sehr glaubhaft wirkenden Zusammenbruch wird sie irgendwann völlig verzweifelt die Vermutung äußern, du könntest auch an Hans-Peters und Holger Eichhorns Tod schuld sein. Dein Anruf aus Katja Kleins künftigem Restaurant trägt durchaus zur Glaubhaftigkeit dieser These bei. All das wird herauskommen, wenn sie dich auch getötet hat und es wie einen Selbstmord mit Eibennadeln aussehen lässt. Ja, Cora, jetzt glaube ich, dass dein Kampfhund das Kind der Nachbarin getötet hat. Marcel und Gudrun haben recht. Gaby von Krump-Kellenhusen ist die Mörderin. Nur du scheinst das noch nicht begriffen zu haben und erhoffst dir immer noch Hilfe von der falschen Schlange – warum sonst hast du unser beider Namen auf die herausgerissene Buchseite geschrieben?

Viel leichteren Herzens betrete ich den Waldweg. Ich werde nicht der Mörderin, sondern dem nächsten Opfer auf ihrer Liste begegnen. Und Cora das Leben retten.

Ich muss nicht warten. Zwischen den Fichtenstämmen erkenne ich von Weitem den grauen Jogginganzug. Es sieht so aus, als säße Cora unter der Eibe. Ich rufe ihren Namen und beschleunige meinen Schritt. Hinter mir raschelt es.

Schnell drehe ich mich um, sehe aber nichts Bedrohliches. Wahrscheinlich ist ein Reh, ein Kaninchen oder ein Wildschwein vorbeigehuscht. Lass es nicht Gaby sein, bete ich zu einem Gott, an den ich nicht glaube. Es kann nicht Gaby sein. Marcel und Josef beschatten sie doch. Hoffentlich.

Cora reagiert nicht auf meine Rufe. Ich fange an, querwaldein zu rennen, stolpere über Wurzeln und meine Füße. Seitenstiche machen mir das Atmen fast unerträglich.

Dann stehe ich vor der Eibe. Cora liegt zusammengesunken darunter.

»Wach auf, Cora«, stoße ich keuchend hervor, bücke mich zu ihr hinab und schüttele sie. Ihr Körper ist fast so schlaff wie der einer Puppe. Ich fühle ihren Puls. Sie lebt noch. Ich schlage ihr ins Gesicht. Die Augen öffnen sich halb.

»Was …«

Mehr kann sie nicht sagen. Ich packe den widerstandslosen mageren Leib, schiebe ihn zur Eibe und versuche, den Oberkörper am Stamm aufzurichten.

Dann geht alles ganz schnell. Die Puppe, die ich mit einem Arm umfasse, ist plötzlich sehr lebendig. Ihr rechter Arm bewegt sich rasend schnell. Ich sehe eine Spritze. Und spüre einen Stich im Hals.

Jüngstes Gericht

Crème brûlée
mit roten Waldbeeren, kandiertem weißen Wiesenkerbel und kross gerösteten Nadeln von Rosmarin

Entsetzt fahre ich zurück und greife mir an den Hals. Zu spät. Cora hat die Nadel bereits herausgezogen und schwenkt spitzbübisch die leere Spritze.

»Alles in Ordnung, Katja«, sagt sie fröhlich, »keine Angst, das wird dir guttun.«

Ich starre entgeistert auf meinen blutigen Finger. Mein Gott, die Frau hat mir eine Spritze in die Halsvene gejagt! Cora! Wieso Cora? Sie ermordet mich! Ich will aufspringen, aber die Beine versagen mir den Dienst. Meine Muskeln gehorchen mir nicht; mir ist schwindlig. Herr im Himmel, das Gift wirkt schon! Hinterrücks plumpse ich in den Farn.

»Mörderin!«, bringe ich keuchend hervor.

»Aber nicht doch, Katja, beruhige dich, alles wird gut«, sagt sie, tröstend wie zu einem kleinen Kind. Sie steht auf und hockt sich neben mich. Sanft streicht sie mir die Haare aus der Stirn.

»Hilfe!«

Der Schrei gleicht eher einem Flüstern und läuft in ein Röcheln aus. Als drehe meine Lunge den Lufthahn langsam zu. Das ist das Ende. Gleich wird mein Leben an mir vorüberziehen, und dann ist alles vorbei. Nach Mutter Agnes, Hans-Peter und Holger Eichhorn bin ich Coras nächstes Opfer. Nichts kann die Wirkung des Taxins, dieses seltsamen Alkaloidgemischs, aufhalten, hat Hein gesagt. Es gibt kein Gegenmittel. Und im Herbst soll die Eibe besonders viel davon produzieren, viel mehr als im Frühling. Das kam den lebensmüden Alten unter den alten Germanen sicher entgegen; dann brauchten sie sich nicht durch einen weiteren strengen Winter zu quälen.

Auch ich werde keinen Winter mehr erleben. Ich werde sterben. Und zwar sehr bald. Vielleicht schon innerhalb der nächsten Stunde. Nach einem furchtbaren Todeskampf. Von dem keine Spuren bleiben werden, weil die wahnsinnige Cora meine Leiche sicherlich genauso liebevoll herrichten und betten wird wie die von Mutter Agnes.

Warum? Was habe ich dieser Frau nur angetan? Sie muss verrückt geworden sein. Oder war es wohl immer schon. Gaby hatte mich vor der Borderlinerin gewarnt, aber ich war so arrogant, meiner eigenen Menschenkenntnis zu vertrauen. Zu spät kommt Demut auf, laut André Gide die Pforte zum Paradies. Die Demütigung, die Pforte zur Hölle, ist bereits weit aufgestoßen, denn ich bin der wahnsinnigen Cora hilflos ausgeliefert.

Himmel oder Hölle, gleich werde ich es wissen. Ich lausche in mich hinein, aber da geschieht nichts Erschreckendes. Ich habe keine Todesangst. Ganz im Gegenteil, mir ist federleicht um Hirn und Herz. Ich fühle mich angenehm entspannt, gönne mir Erholung wie nach einem langen Spaziergang und bin nach dem ersten Schrecken auf einmal nicht mehr im Geringsten aufgeregt. Als sei diese Demütigung mit meinem darauffolgenden unmittelbar bevorstehenden Tod völlig normal und in Ordnung.

Was macht es schon aus, dass ich nicht aufstehen kann? Ich habe mich noch nie gern bewegt. *Ihr Körper verordnet Ihnen Sport.* Dieser Behauptung meines Berliner Hausarztes würde mein Körper jetzt vehement widersprechen, wenn mein Hirn nicht viel zu träge wäre, dies an meinen Mund weiterzuleiten. Ach, ist das schön, hier einfach im Wald unter dem mörderischen Baum zu liegen, herumtanzende weiße Pollen zu beobachten und sich nicht darüber zu wundern, dass die Bäume im Oktober wieder blühen. Ist das schon der erste Einblick ins Paradies?

Wenn dies der Tod ist, kann ich damit leben. Weshalb macht man so viel Gewese darum? Ist doch gar nicht schlimm. Auch wenn es von Cora nicht nett war, mir Eibengift zu injizieren.

»Wie lange habe ich noch?«, frage ich. Eigentlich ist mir das ganz gleichgültig, aber da ich noch der Sprache mächtig bin, halte ich ein bisschen Neugier für angemessen. Außerdem möchte ich nicht ohne ein letztes Wort aus diesem Leben scheiden. »Licht, mehr Licht«, soll Goethe auf dem Sterbebett gerufen haben. Damit ist diese Formulierung schon besetzt. Außerdem will ich keinesfalls mehr Licht. Die Waldesdämmerung, der Blütenregen und die luftigen Nebelschleier passen zu meiner Stimmung und einem würdigen Ableben. Ach, was soll ich mir über einen klugen letzten Spruch den Kopf zerbrechen! An Cora wäre er doch nur verschwendet.

»Das weiß ich nicht. Ich bin nicht Gott«, erwidert Cora.

»Aber du spielst ihn«, sage ich und merke selbst, wie ich die Worte Gaby-mäßig hinhauche. »Mit der Spritze. Du bist böse, Cora. Du hast mich vergiftet.«

Cora bricht in ihr unbekümmertes lautes Igelfraulachen aus und klopft mir kräftig auf die Schulter. Bitte nicht so grob, mit Sterbenden soll man sanft umgehen. Ich mag jetzt keine laute Stimme, keine derbe Berührung und kein gleißendes Licht. Ich möchte den Frieden meiner letzten irdischen Minuten genießen. Gleich werde ich wissen, ob es ein Leben danach gibt. Und falls ja, ob ich mich vor dem Jüngsten Gericht verantworten muss.

»Was du nur denkst, Katja! Soweit ich weiß, ist noch kein Mensch an einer solchen Dosis Diazepam gestorben.«

»Diathe…«

Ich bekomme das Wort nicht heraus.

»Diazepam.«

»Diathepam, aha.« Weshalb nur lispele ich plötzlich?

»Ganz harmlos. Sonst hätte es mir der Arzt doch nicht verschrieben.«

»Warum?«

»Es hilft vorzüglich gegen Panikattacken und gegen andere Episoden meiner Erkrankung.«

Ihre Erkrankung interessiert mich nicht.

»Und warum ich?«

»Zu deiner Entspannung, Katja. Zu deinem Schutz.«

»Wietho Thut-th? Wath tholl mir denn pathieren?« Der S-Laut will mir nicht über die Lippen kommen. Auch egal. Sie versteht mich schon. Das ist auch gut so. Denn ich habe noch eine Menge Fragen an sie. Welche eigentlich? Da war doch was. So wichtig kann es nicht gewesen sein, sonst hätte ich es nicht vergessen.

»Ich muss dich vor Gaby verstecken. Sonst tötet sie dich auch noch.«

Gaby. Richtig. Die gibt es. Dunkelrote Haare. Die Mörderin. Hat Marcel auch gesagt. Und Gudrun. Na also, einiges in meinem Kopf funktioniert noch ganz passabel, das ist sehr beruhigend.

»Wo itht thie jet-th, die Gaby?«

»Sie tötet gerade deinen Marcel.«

»Marthel?«

»Ja, und den anderen Mann, den er bei sich hat.«

Marcel hat einen Mann bei sich?

»Marthel ith nicht thwuhl«, protestiere ich. »Du meintht Hein. Und Jupp.«

Cora nickt zustimmend.

»Schön, dass das auch geklärt ist«, sagt sie, als hätte ich bei einer Prüfung die richtige Antwort gegeben. »Dann können wir ja jetzt über Essen sprechen.«

Die Idee gefällt mir, auch wenn ich ausnahmsweise mal nicht hungrig bin. Aber auf eine süße Henkersmahlzeit hätte ich schon Lust. Nur was? Klassische Nachspeisen sind eigentlich nicht mein Fall, da ich Süßes gern mit Herbem, Saurem oder Pikantem mische. Ich habe doch ein Restaurant, oder nicht? *Umkehr? Rückkehr?* Nein, es heißt anders. Ist es eigentlich schon eröffnet? Oder ist mir schon wieder etwas dazwischengekommen? Egal. Ich kann mich an die Speisekarte nicht erinnern, aber ich weiß, dass ich mich immer um die Desserts herumgedrückt habe. Welches Gericht habe ich eigentlich als Letztes ersonnen?

»Woran denkst du?«, fragt Cora munter und kneift mich in den Unterarm. Was überhaupt nicht wehtut.

Das Sprechen fällt mir schwer. Aber vielleicht kann mir die Igelfrau helfen; sie ist doch grad erst im Restaurant gewesen. Und hat mir Kräuter aus ihrem Garten gebracht.

»Anth jüngthte Gericht«, gebe ich zurück. »Ich weith nicht mehr, wath eth war.«

Wieder das viel zu laute Lachen. Ich sehe Tränen in

Coras Augen. Mit der Hand wischt sie sich übers Gesicht. Der Igelpunkt rutscht zur Seite. Das muss ich ihr sagen. Damit die Ordnung wiederhergestellt ist. Aber ich finde die Worte nicht. Nach einigen Versuchen gehorcht mir mein Arm und hebt sich. Ich will mit dem Finger ihre Nase berühren, treffe sie aber nicht.

»Da …«, sage ich hilflos und versuche, mir an die eigene Nase zu fassen, greife aber daneben.

»Oh«, sagt sie und rückt den Punkt wieder dahin, wo er hingehört. »Das jüngste Gericht also. Das kann nur Crème brûlée sein, Katja.«

Ich denke nach. Fader Karamellpudding mit Kruste?

»Nee, patht nich, ith thu langweilig.«

»Nicht, wenn du sie machst«, antwortet Cora. »Schau her, Katja, das ist doch ein Vorschlag: Crème brûlée mit aparten Ergänzungen. Zum Beispiel mit diesen.«

Direkt unter dem Nadelbaum, da, wo es selbst für den Farn zum Wachsen zu dunkel ist, breitet sie eine weiße Serviette aus, öffnet ihren Hanfsack und lässt ein paar wunderschön glänzende rote Beeren darauf kullern.

»Rote Waldbeeren würden die Creme doch prima anreichern, meinst du nicht? Und vielleicht ein paar kross geröstete Rosmarinnadeln für die herbere Note?«

Sie schüttet den Hanfsack aus. Ein kleiner Nadelregen fällt auf das Tuch. Wie Puderzucker lassen sich ein paar weiße Blütenpollen darauf nieder und verschwinden zwischen den Nadeln.

»Dathu kandierter Wiethenkerbel«, kombiniere ich laut, »dath itht eth.«

»Ja, das ist es«, wiederholt sie. »Probier doch mal, ob die Beeren zu dem Rosmarin passen.«

»Wird thon pathen«, sage ich, weil ich zu faul bin, mich zu bewegen.

»Iss!«, schreit sie mich an.

Ich bin sehr erschrocken. Warum brüllt sie? Warum macht sie die Stimmung kaputt? Eben war sie doch noch freundlich. *Iss!* Genauso hat mich früher meine Mutter angeschrien, wenn ich meinen Teller nicht leer gegessen hatte. Erst als alles verputzt war, wurde sie wieder lieb. Cora soll wieder lieb sein.

Gehorsam greife ich nach einer Beere.

»Alles zusammen!«

Sie kauert ganz dicht neben mir und balanciert ein Häuflein Waldbeeren und Rosmarin auf der offenen Hand. Vor meinem Mund. Ich muss mich gar nicht bewegen, kann ihr direkt aus der Hand essen.

Was soll's, den Karamellpudding werde ich mir dazudenken. Ich beuge den Kopf, wundere mich noch über den fehlenden Geruch der Rosmarinnadeln, als mir plötzlich irgendetwas Massives gegen den Rücken prallt. Ich falle Cora entgegen und halte mir die Ohren zu. Lautes Bellen kann ich jetzt überhaupt nicht vertragen.

»Linus!«

Das ist doch Marcels Stimme. Mühsam wende ich den Kopf. Wo kommt der Kerl so plötzlich her? Von der Jagd? Sieht ganz so aus; er hat ein Fell in der Hand. Was für ein seltsames rotbraunes Tier hat er denn erlegt? Und warum fällt Josef über Cora her – warte, wenn ich das seiner Maria erzähle!

Dann schlingen sich Arme um mich. Die fühlen sich gut an, vertraut und richtig. In der plötzlich ausgebrochenen Hektik fühle ich mich geborgen. Wenn die Leute um mich herum nur nicht so schreien würden! Coras Stimme ist entsetzlich schrill geworden, Josefs klingt wie böses Donnern. Wenn sie mich doch nur in

Ruhe einschlafen lassen würden. Und bitte das Licht ausmachen.

»Katja! Alles in Ordnung?«

Marcels Stimme überschlägt sich. Das Echo in meinem Kopf ist unerträglich. Er schüttelt mich so, dass eine ganze Lawine von Rumpelsteinen in meinem Körper abzugehen scheint. Dreht er jetzt etwa auch durch?

»Mach nich tho viel Wind!«, sage ich, will mich an ihn schmiegen und nur zärtlich lieb gehabt werden. Aber daraus wird nichts.

Er hält mich von sich ab und mustert mich aus eiskalten Augen wie ein fremdes Wesen von einem anderen Stern.

»Katja! Hast du was gegessen?«

»Leider noch nich«, murmele ich, enttäuscht, dass er mir seine Körperwärme entzieht. »Linuth war böthe. Er hat mich gethtört, da ith alleth runtergefallen.«

Wie immer, wenn sein Name fällt, beginnt der Hund glücklich zu bellen. Marcel hält ihn mit einer Hand auf Abstand.

»Wach auf, Katja! Verdammt, wach auf!«

Er schlägt mir ins Gesicht. Ich breche in Tränen aus. Alles hätte ich von diesem Mann erwartet, aber nie, dass er mich misshandelt. Wie man sich doch in den Menschen täuschen kann! Schon wieder! Was haben diese Männer mit Cora und mir vor? Alles war wunderbar friedlich, bis sie unser Picknick im Wald so brutal abgebrochen haben.

Noch eine Ohrfeige.

»Katja! Was hat sie dir gegeben?«

»Geben?«

»Tablette, Pulver, Spritze …«

»Thprit-the, ja, Foto …«

»Foto? Katja, das ist wichtig. Denk nach, sag alles, was dir einfällt. Ich liebe dich, du darfst nicht sterben! Bitte, bitte, sprich!«

»Du liebtht mich!«

»Ja. Natürlich. Foto ... und weiter?«

Wie gefühllos dieser Mann doch ist! An meinem Sterbelager möchte ich nicht gezwungen werden, nach Worten für etwas zu fahnden, an das ich mich kaum erinnern kann. Da will ich Herzerwärmendes hören. Vor allem von Marcel. Er liebt mich. Das ist doch schon mal ein guter Anfang für das Ende.

Jetzt schüttelt er mich auch noch. Er wird keine Ruhe geben. Ich muss etwas sagen. Als ob solche Silben für die Nachwelt interessant wären.

»Foto, Dia ...«

»Diazepam«, höre ich Coras Stimme. Sie steht neben Josef unter der Eibe und trägt Handschellen. Der Mann hat sie offenbar verhaftet, wenn ich das richtig sehe. Wie kann das denn sein? Das darf er gar nicht; er ist doch nicht mehr Polizist. »Diazepam, etwa fünfzig Milligramm. Das war angesichts ihrer Körperfülle angemessen.«

Ja, ja, ihr Leute, in Kürze werde ich mein Fett tatsächlich wegkriegen. Aber das sehen dann nur noch die Maden. Ich möchte bitte verbrannt werden. Meine Versuche, dies zu äußern, werden missachtet. Marcel hört nur Cora zu. Neulich hat er ja auch lieber sie nach Hause gefahren, als noch etwas Zeit mit mir allein zu verbringen. Was findet er nur an der mageren Igelfrau?

»Sie wird es überleben«, behauptet Cora jetzt. »Hat nur ein paar interessante Nebenwirkungen.«

Womit sie recht hat. Ich sehe Dinge, die nicht sein können. Oder warum sollte Marcel jetzt das rotbraune tote

Tier vom Waldboden fegen und es ihr plötzlich über den Kopf stülpen? Er zupft an ihr herum und präsentiert mir eine Cora mit langen rotbraunen Haaren. Die auf einmal fast wie Gaby aussieht. Mit einem Igelpunkt auf der Nase. Den Marcel einfach abnimmt.

»Ein Schönheitspflaster«, sagt er, klebt den schwarzen Punkt auf seinen Zeigefinger und hält ihn mir hin.

»Moment mal«, sage ich verwirrt. In meinem Alter kann man die Augen nicht so schnell auf scharf stellen, und in meinem Scheißegal-Zustand kann ich nicht geschwind schalten. Im Gegensatz zu Linus. Hundeleckerlis können auch klein, rund und dunkel sein.

Marcel wischt sich die Hand an der belgischen Polizistenhose ab.

»Linus«, sagt er vorwurfsvoll, »du darfst keine Beweismittel schlucken.«

»Wau«, antwortet mein Hund mit dem Tonfall, den er immer drauf hat, wenn ihm etwas nicht schmeckt. Mir fällt ein, dass ich ihn füttern sollte, aber das einzig Essbare im näheren Umfeld hat er ja selbst auf dem Waldboden verstreut. Das soll ihm eine Lehre sein. Ich wende meine Aufmerksamkeit wieder Cora zu.

»Jetth thiehtht du genau tho auth wie deine Thwethter«, sage ich und versuche aufzustehen. Dieses Phänomen will ich aus nächster Nähe betrachten. Aber ich schaffe es nicht. Ich falle um. Ach, wie weich der Boden dieses Waldes doch ist. Wenn es nur nicht so kalt wäre. Aber das wird sich bald ändern. Für Crème brûlée braucht man offenes Feuer. Bis es geschürt ist, werden mich die Daunen wärmen, die vom Himmel herunterschweben und sich auf mir niederlassen. Der kandierte Wiesenkerbel, den ich vorhin noch für Pollen gehalten habe.

Weder Daunen, Pollen noch kandierter Wiesenkerbel sind auf mich herabgerieselt, es war nur der gemeine Eifeler Oktoberschnee. Der immer noch in dicken Flocken fällt, als ich die Augen öffne und aus dem Fenster meines Schlafzimmers blicke. Schnee. Kokain. Drogen. Marihuana. Du lieber Himmel, ich hätte nie gedacht, dass Cannabisrauch solche gefährlichen Auswirkungen hat. Hein muss unbedingt auf Entzug gehen. Man darf doch Schlafstörungen nicht mit Mitteln bekämpfen, die einen Albtraum verursachen, wie den, an den ich mich zu erinnern glaube! Genaueres weiß ich nicht mehr, nur dass ich in ihm dem Tode nah war. Nachdem ich den Hanf verbrannt habe, ist irgendwie alles aus den Fugen geraten. Ich habe einen totalen Filmriss.

Aber zum Glück liege ich völlig unbeschadet in meinem Bett, auch wenn ich nicht weiß, wie ich da hineingekommen bin.

»Katja! Wie geht es dir?«

Marcel sitzt auf dem breiten Eichenhocker neben meinem Bett. Er ist unrasiert, sehr blass und sieht aus, als belaste ihn etwas.

»Du hast sehr heftig auf die Droge reagiert.«

Wohl wahr. Ich schließe wieder die Augen. Du lieber Himmel; er weiß Bescheid! Hat er an meinem bewusstlosen Körper einen Drogentest durchgeführt? Ist so etwas überhaupt erlaubt? Oder habe ich das Gras nicht ordentlich entsorgt? Hat Marcel Spuren meines Scheiterhaufens gefunden, die ihn zum polizeilichen Handeln zwingen? Hat er mich widerrechtlich über die Bundesstraße nach Belgien geschleppt, um gegen mich zu ermitteln?

»Wirst du mich jetzt festnehmen?«

»Wieso das denn?«, fragt er leise lachend. »Du hast damit doch gar nichts zu tun.«

»Das stimmt«, gebe ich erleichtert zurück und setze mich auf. »Ich war immer voll dagegen.« Und weil ich Hein nie im Leben verraten oder belasten würde, setze ich hinzu: »Glaube mir, ich habe keine Ahnung, wie das zu mir kam und wer dahintersteckt.«

»Wir aber«, erwidert Marcel. »Alles ist aufgeklärt, und du kannst ruhig weiterschlafen, wenn du magst. Du hast eine schlimme und anstrengende Zeit hinter dir. Wie wir alle.«

Und Hein hat eine schlimme Zeit vor sich, denke ich. Werden sie ihm im Gefängnis erlauben, sich die Haare zu färben? Gefängnis? Was fällt Marcel ein, unseren gemeinsamen Freund den deutschen Autoritäten auszuliefern? Das darf ich nicht zulassen.

Ich setze mich auf und mühe mich, die Reste der Benommenheit abzuschütteln. Marcel tauscht seinen Hocker gegen die Bettkante ein. Als er seinen Arm um mich legen möchte, wehre ich ihn ab. Ein Freund, der einen Freund verrät, ist keiner. Außerdem hat mich Marcel geschlagen. Daran erinnere ich mich, obwohl ich nicht mehr weiß, in welchem Zusammenhang. Aber schlagen ist immer schlecht. Hat er die Wahrheit aus mir herausgeprügelt? Dann gehört er hinter Gitter. Und ich sollte mich über Frauenhäuser in Belgien informieren.

»Möchtest du etwas trinken?«

Dankbar greife ich nach dem angebotenen Glas Wasser und leere es in einem Zug.

»Kannst du dich noch an irgendetwas erinnern?«, fragt Marcel. »Weißt du, was gestern im Wald vorgefallen ist?«

Als ich nichts erwidere, setzt er nach: »Du warst nicht ganz bei Sinnen, Katja, du standest unter Drogeneinfluss.«

Schuldbewusst senke ich den Kopf. Er hat ja so recht. Aber nichts werde ich ihm von Heins einstiger Hanfplantage hinter meinem Haus erzählen. Da kann er sich auf den Kopf stellen oder noch mal zuschlagen. Soll er doch denken, dass ich heimlich kiffe! Immer noch besser, als einem Freund in den Rücken zu fallen.

»Diazepam«, sagt Marcel eindringlich. »Erinnerst du dich?«

»Diazepam …« Ich schließe die Augen und atme tief durch. Diazepam hat niemand hinter meinem belgischen Haus angebaut. Es geht gar nicht um den Hanf, es geht um ein Medikament. Das steckte in einer Spritze und die in meiner Vene. Ich fasse mir an den Hals und ertaste ein kleines Pflaster.

Allmählich lüftet sich der Schleier der Erinnerung, auch wenn ich vorerst nur Schemen sehe: Cora mit ihrem spitzbübischen Lachen. Wir haben uns im Wald getroffen und über das jüngste Gericht für die *Einkehr* gesprochen, eine ganz besondere Crème brûlée mit herber Note.

Mit extrem herber, teuflischer Note!

Endlich begreife ich.

»Es war Cora! Die wollte mich umbringen?!«

»Linus hat dir das Leben gerettet.«

»Und du. Und Josef!«

Cora hätte bestimmt darauf bestanden, dass ich ihre spezielle Variante von Waldbeeren und Rosmarin ordentlich kaue und runterschlucke. Beeren und Nadeln der tödlichen Eibe. Ich hätte es getan. In meiner gestrigen Verfassung wäre mir Widerstand gar nicht möglich gewesen. Mit der Spritze hat mich die Frau willenlos gemacht, gefügiger, als ich je im Leben gewesen bin. Jetzt ist mir alles klar.

»Cora ist die Mörderin!« Triumphierend setze ich hinzu: »Ich hatte also recht!«

»Du hattest recht.«

»Und du hast dich geirrt! Wie Gudrun warst du davon besessen, dass es Hans-Peters Ehefrau war.«

»Wir hatten auch recht.«

»Bitte?«

»Es war Gabriele von Krump-Kellenhusen.« Offensichtlich erfreut über meinen verständnislosen Gesichtsausdruck, fährt Marcel gedehnt fort: »Cora – und – Gaby. Sie sind ein und dieselbe Person.«

»Unmöglich!«

»Dachte ich erst auch. Obwohl mir der Verdacht schon ziemlich früh kam – eine Frau aus deinem Bekanntenkreis verschwindet auf der Kehr, und eine andere taucht zur selben Zeit in deinem Umfeld auf.«

»Solche Zufälle gibt es doch immer wieder!«

»Hier?«, fragt Marcel zweifelnd.

Natürlich nicht. Auf der Kehr taucht ja nicht einmal in der Tourismussaison ein Fremder auf. Wer von Prüm nach Malmedy oder umgekehrt fährt, rast gänzlich unbeeindruckt durch unsere Ortschaft, drosselt am grünen Ortsschild kaum je die Geschwindigkeit. Lohnt sich für die paar Meter ja nicht. Was sich mit der Eröffnung meines Restaurants unbedingt ändern muss. Vielleicht mittels eines Warnschildchens mit der Aufschrift *Radar*? Soll sich Hein erkundigen, wer dafür zuständig ist – der Straßenrand gehört schließlich den Belgiern, die den deutschen Behörden erlaubt haben, dort ihre Schilder aufzustellen. Würde ja auch komisch aussehen, wenn auf einer Straßenseite deutsche und auf der anderen belgische ständen.

»Es hat lange gedauert, bis ich die Beweise in Händen

hatte und zeitlich alles auf die Reihe setzen konnte«, fährt Marcel fort und setzt leiser hinzu: »Fast zu lange, aber Linus sei Dank gerade noch rechtzeitig. Nur eine Sache ist mir noch rätselhaft, aber die hat mit der Lösung des Falls nichts zu tun.«

Diesmal lasse ich es mir gefallen, dass mich mein Lebensretter in den Arm nimmt. Ich rücke sogar ein wenig zur Seite, damit er sich in meinem Anderthalbpersonenbett neben mir ausstrecken kann. Was er erst tut, nachdem er sich die Uniform ausgezogen hat. Er legt Hose, Jacke und Hemd erstaunlich sorgfältig über das Fußende und dann sich in seinen grauseidenen Boxershorts und dem Baumwoll-T-Shirt neben mich.

»Socken«, murmele ich vorwurfsvoll.

Ich habe schließlich auch keine mehr an. Nur T-Shirt und Slip. Hat mich Marcel etwa entblättert?

Während er die Socken abstreift, liest er wieder einmal meine Gedanken.

»Keine Sorge, Gudrun hat dich ausgezogen.«

»Du hast mich noch ausgezogener gesehen.«

»Das ist etwas anderes«, sagt er und verfehlt mit dem Sockenbündel den anvisierten Stuhl.

So viel Sensibilität von einem Mann, der mich geschlagen hat?

»Warum hast du mich gehauen?«

Er nimmt mich in den Arm und küsst mich.

»Es tut mir so leid, Katja, aber ich hatte riesige Angst. War total verzweifelt, dass du schon von dem Zeug was eingeholt hast … da gibt es dann kein Zurück. Ich musste dich irgendwie zur Besinnung bringen. Es tut mir leid.«

»Ich war zu bis unter die Haarwurzeln.«

»Ja. Übrigens Haarwurzeln, das war ein Teil der Lösung.«

»Erzähl!«

Er schüttelt den Kopf und schiebt mich mit einigen Mühen in die Horizontale.

»Später, Katja, wenn du wieder richtig wach bist.«

»Bleibst du hier?«, frage ich und kuschele mich dankbar an den schlanken warmen Leib.

»So lange du willst«, flüstert er mir ins Ohr, ohne die Arme von mir zu nehmen. In mir und um mich herum herrscht ein ähnlicher Frieden wie vorhin im Wald, als mir Cora die Speise gereicht hat. Nur dass ich jetzt erheblich komfortabler liege, von einem anderen Körper gewärmt werde und herrlich weichen Stoff von seidenen Boxershorts genießen darf. Ich schlafe augenblicklich wieder ein.

Ich erwache mit einem Ruck. Als wäre plötzlich die Last der Welt auf mich niedergekommen. Oder ein Elefant, der mir den Brustkorb zerquetschen will.

»Linus!«, brüllt Marcel.

Kein Elefant. Der Druck ist weg. Ich hole tief Luft, versuche mich aufzurichten und öffne die Augen. Neben meinem Bett hockt der schwarze Riesenhund mit heraushängender Zunge und sieht genauso erstaunt wie ich auf Marcel. Der sitzt mit abgespreizten Armen auf der Bettkante und macht seltsame Fingerbewegungen.

»Meditation?«, bringe ich hervor.

»Arme eingeschlafen«, antwortet er und nickt dankbar, als er es endlich schafft, die rechte Hand zur Faust zu ballen.

»Mensch, Gudrun, was fällt dir ein, uns hier mit Linus zu überfallen!«

Jetzt erst sehe ich Gudrun in der Tür stehen.

»Entschuldigung«, sagt sie und strahlt übers ganze

Gesicht. »Aber ich dachte, nach vierundzwanzig Stunden …«

»Vierundzwanzig Stunden?«, frage ich fassungslos.

»Alles zusammen«, sagt Marcel rasch, »du hast eben noch mal zwei Stunden geschlafen. Wie geht es dir?«

Ich fasse mir an den Kopf. Er sitzt da, wo er hingehört, und scheint ansonsten auch sehr klar zu sein.

»Gut«, sage ich erstaunt. »Ich glaube, sogar sehr gut. Und dir?« Seine Finger machen kein sehr geglücktes Lufttheater.

»Bestens«, antwortet er. »Heute ist Sonntag, da darf alles an mir ausschlafen.«

Ich versuche, nach seinen Händen zu greifen. Wem an meinem Körper die Arme einschlafen, dem schulde ich eine Massage.

»Das mache ich«, bestimmt Gudrun. Sie setzt sich unbekümmert neben ihn auf die Bettkante und beginnt, Marcels Finger zu reiben. »Du bist dafür noch viel zu schwach, Katja. Außerdem muss ich euch was Wichtiges sagen.«

»Kann das nicht warten?«, fragt Marcel. »Ich muss Katja auch noch was sagen. Was sehr Wichtiges.«

»Wohl wahr«, stimme ich zu. »Haarwurzeln.«

»Ich fühle meine Fingerspitzen wieder, Gudrun. Danke.«

Widerwillig erhebt sie sich.

»Der Amerikaner ist da!«, platzt sie heraus und sieht uns erwartungsvoll an.

Ich schließe die Augen. Bitte, lieber Gott, nicht schon wieder eine neue Geschichte, bitte nicht wieder ein neuer Mann in meinem Eifeler Leben! Vorerst sollen alle Fremden an der Kehr vorbeirauschen. Kein Radarschild bitte. Ich will jetzt in Frieden neben Marcel liegen und von ihm hören, warum Cora und Gaby zu einer Person verschmolzen, weshalb Hans-Peter und Herr Eichhorn tot sind und wie mein belgischer Lieblingspolizist den Fall gelöst hat!

»Welcher Amerikaner?«, fragt Marcel genauso müde, wie ich mich gleich wieder fühlen werde, wenn Gudrun nicht schleunigst verschwindet.

»Dem mein Haus jetzt gehört! Der rechtmäßige Erbe; sein Großvater ist in dem Haus geboren worden und hat da gelebt, bis die Nazis …« Sie bricht ab. Diesen Teil der Geschichte, der so schmerzlich mit ihrer eigenen Familiengeschichte verbunden ist, mag sie aus verständlichen Gründen nicht weitererzählen. »Ein ganz toller Mann, wirklich! Und so witzig! Ihr werdet staunen, was der alles zu erzählen hat …«

»Ich kann kein Englisch«, knurrt Marcel. »Jetzt geh bitte, Gudrun.«

»Er spricht prima Deutsch! Hört sich ganz niedlich an! Finden Hein und Jupp auch. Und er wohnt in Texas neben dem Westwall, sein Vater hat ein ganzes Stück davon nach USA mitgeholt, da staunt ihr, was?«

»Nein, Gudrun«, melde ich mich jetzt zu Wort. »Da staunen wir gar nicht. Wir möchten jetzt nur allein sein.«

»Oh«, sagt sie enttäuscht. »Na schön. Aber wir sehen uns später in der *Einkehr*?«

»Ja!«, brüllen wir unisono.

»Und Linus?«

»Mitholen!«, schreien wir im Chor.

Als die Tür hinter den beiden Störenfrieden ins Schloss fällt, atmen wir beide gleichzeitig extrem tief aus. Wir haben es nicht nötig zu erwähnen, wie ähnlich wir denken, fühlen und wie nah wir einander sind. Weshalb wir uns augenblicklich ausgiebig dem Animalischsten aller

Kommunikationsmittel widmen. Und damit ist der letzte Zweifel an meinem derzeitigen Aggregatzustand gänzlich beseitigt. Ich lebe, und wie!

»Haarwurzeln?«, frage ich, als Marcel nach einer kleinen Ewigkeit die zu Boden gerutschte Daunendecke aufhebt und wieder über uns bettet. Voller Behagen setzen wir uns beide auf, stopfen uns die riesigen Kissen in den Rücken und blicken aus dem kleinen Fenster meines verfallenden Bruchsteinhauses hinaus in das oktoberliche Schneegestöber der Dämmerung.

»Ja«, sagt er. »Die Haare, die am Bunker gefunden wurden, stimmten nicht mit den Haaren überein, die ich der Dame am Burghaus abgeschnitten habe …«

»Wie, abgeschnitten?«

»Unterbrich mich nicht! Ist schon kompliziert genug. Ich bin in Kronenburg zum Rauchen rausgegangen, weil ich schon ahnte, dass die Frau abhauen wird, wenn sie hört, dass wir da sind. Die wollte kein Risiko eingehen. Ich habe mich neben dem Burghaustor hinter einem Auto versteckt und ihr mein Zigarilloetui auf die Füße geworfen. Natürlich hat sie sich danach gebückt. Reflex eben. Da hatte ich übrigens auch gleich ihre Fingerabdrücke und konnte die später mit denen auf meiner Beifahrertür vergleichen – du erinnerst dich doch, dass ich deine Igelfrau nach Krewinkel gefahren habe?«

»Haarwurzeln?«

»Ich habe eine Schere an meinem Schweizer Taschenmesser. Als sie sich bückte, bin ich auf sie zugesprungen und konnte ihr unbemerkt ein paar Haare abschneiden …«

»Aber du sagtest doch gerade, dass die Haare nicht mit denen am Bunker übereinstimmen?«

»Weil sie in Kronenburg eine Perücke trug. Das hat der Friseur bei mir unten im Haus schnell herausgefunden. Ihre alten echten gefärbten Haare hat sie am Bunker zurückgelassen, genau wie das Blut, um uns alle auf die falsche Spur zu bringen.«

»Wie geht das denn? Und wozu das ganze Theater?«

»Um ihren Mann am Verschwinden mit den gestohlenen Geldern zu hindern, ist sie selbst verschwunden. Mit seinem Personalausweis und unter Hinterlassung des Babys. Nach einem künstlich herbeigeführten Streit im Kronenburger Hotel ist sie schnurstracks ins *Hotel Balter* in Losheim gegangen. Von da aus hat sie erst Holger Eichhorn in Berlin angerufen und ihn in die Eifel beordert. Dann hat sie sich die Haare bis auf den grauen Ansatz, den sie wohl extra dafür herauswachsen ließ, abgeschnitten, ein paar lange Haare behalten, um sie später am Bunker zu verteilen, sich ein Schönheitspflaster auf die Nase geklebt, einen Jogginganzug angezogen, sich in Cora verwandelt und ist nach Krewinkel gegangen.«

»Wo hatte sie die Perücke her?«

»Von Berlin mitgeholt.«

»Dann war alles schon vor Langem geplant?«

»Nicht bis in jedes Detail; das erzähle ich dir gleich. Und durch den nicht eingeplanten Tod von Holger Eichhorn war sie gezwungen, spontan zu improvisieren. Der Mann sollte ihr Alibi sein. Mit ihr zurück nach Berlin rasen, bevor Hans-Peter tot aufgefunden wurde.«

»Und Victor? Die Sekte?«

Marcel lacht.

»Völlig ahnungslos. Die leben ja auf einem anderen Stern.«

»Den sie aber entdeckt hat«, gebe ich zu bedenken.

»Sie kannte irgend so einen Guru im Himalaja, den er auch kannte und auf dessen Homepage sich Victor mit ehrerbietigen Grüßen aus Krewinkel verewigt hat …«

»… aber Mutter Agnes?«

»Nachdem sich die Krump in der Sekte eingenistet hatte, das war übrigens erst am Tag vor deiner Begegnung mit ihr, ging sie zum großen Bunker, um Spuren zu legen, und stieß auf Mutter Agnes …«

Er kann nicht weiterreden. Ich auch nicht. Wir rutschen von unseren Kissen in die Horizontale und halten einander fest. Sehr lange. Und diesmal sehr keusch.

Nie werden wir wirklich erfahren, ob erst die Art des Freitodes von Jupps Mutter die Frau aus Berlin auf den Gedanken gebracht hat, ihren Mann auf diese Weise auch ins Jenseits zu schicken. Ich hoffe, dass sie die Eibe schon vorher ausgewählt hat.

»Es war nicht nur der Tabak«, sagt Marcel, nachdem wir uns wieder aufgerichtet haben. »Sie hat auch seine Lieblingsessenz für den Saunaaufguss mit dem Gift angereichert – wahrscheinlich fürchtete sie, dass das Taxin bei den heißen Temperaturen im Pfeifenkopf nicht tödlich wirkt. Über dieses Alkaloid ist nicht sehr viel bekannt, auch wenn sich die Giftzentralen bei euch in Deutschland und bei uns in Belgien ständig damit beschäftigen.«

Deshalb also ist sie nach rechts und nicht nach links geradelt, fällt mir ein. Während ihr Mann in Euskirchen von der Polizei vernommen wurde, hat sie sich ins Hotel geschlichen, das Zimmer mit ihrem Schlüssel geöffnet und Eibengift in den Saunazusatz praktiziert.

»Sie hatte also von Anfang an vor, ihn zu ermorden?«

»Das hat sie energisch bestritten. Angeblich hatte sie ihm nur einen Denkzettel verpassen wollen. Das glaube ich ihr sogar.«

»Wie bitte? Die Frau führt ihrem Mann das tödliche Taxin zu …«

»Anfangs ging es ihr wohl nur darum, das Geld ihrer Stiftung wiederzubekommen und die ganze Angelegenheit fern von Berlin zu regeln. Erinnerst du dich an den Abend, als sie bei dir ans Küchenfenster geklopft hat?«

»Wo du ihr gegenüber deinen ganzen Charme hast spielen lassen …«

»Um ihr auf den Zahn zu fühlen, Katja. Die Frau kam mir höchst suspekt vor. Jedenfalls hatte sie damit gerechnet, Hans-Peter bei dir anzutreffen.«

»Sein Auto stand vor der Tür.«

»Genau. Wie auch das der belgischen Polizei. Sie wollte ihm einen gehörigen Schrecken einjagen, um ihn zur Besinnung zu bringen.«

»Und dann erfährt sie nicht nur, wie gleichgültig dem Mann ihr Verschwinden war, sondern auch noch, dass er sich gleich wieder zu einer neuen Dulcinea ins Bett gelegt und das Kind bei euch abgeladen hat. Da packte sie die kalte Wut. Er musste sterben.«

»Aber sein Fremdgehen hat sie doch früher nicht gestört!«

»Er hat immerhin zwei Millionen Euro zur Seite geschafft. Und wollte sie verlassen.«

»Bestimmt Gudruns wegen!« Schon die Vorstellung finde ich so erheiternd, dass ich beinahe in lautes Gelächter ausbreche.

»Auch«, erwidert Marcel gelassen.

Jetzt fange ich wirklich an zu prusten.

»Hör auf, darüber Witze zu machen!«

»Mache ich nicht.«

»Das ist geschmacklos.«

»Vielleicht, aber es ist die Wahrheit.«

»Wahrheit, Wahrheit! Dass du immer noch alles glaubst, was Gudrun so von sich gibt«, entgegne ich kopfschüttelnd, »die hat sich doch ständig in ihren hoffnungslosen Tagträumen von einer Zukunft namens Hans-Peter verloren. Ihr Männer seid einfach zu gutgläubig.«

»Meine Erkenntnis stammt nicht von Gudrun.«

»Dann hat seine Frau das wohl vermutet, aber sie kennt Gudrun doch kaum.«

»Auch nicht von seiner Frau.«

»Dann kannst du es nur von Hans-Peter selbst haben, aber eine Leiche redet normalerweise nicht«, gebe ich jetzt scharf zurück.

»Aber bevor er eine Leiche war, bevor er in die Sauna gegangen ist, hat er einen kurzen Brief an seine Tochter geschrieben und sie gebeten, darüber nachzudenken, ob ihr Kind nicht vorerst bei ihm und Gudrun in gesunder Landluft aufwachsen solle. Du hast ihn eben nicht so gut gekannt, wie du dachtest, Katja. Er hat es mit Gudrun wirklich ernst gemeint.«

Marcel legt wieder einen Arm um mich. Ich rücke ab. Diese Bemerkung kommt mich sehr bitter an. Vierzehn Jahre mit mir hatten nicht genügt, um einen Schlussstrich unter die Ehe zu ziehen, doch nach einer Nacht mit Gudrun wollte Hans-Peter alles über den Haufen werfen?

»Aber er hat Gudrun gerade erst kennengelernt!«, schnaufe ich. »Nach zwei Tagen macht man doch keine Zukunftspläne!«

»Was ist schon Zeit«, bemerkt Marcel fast bittend. »Für ihn war Gudrun zur richtigen Zeit am richtigen Ort.«

»Mann, bist du verkitscht!«

Jetzt rückt er so weit von mir ab, dass er fast aus dem Bett fällt.

»Ursprünglich hatte er wohl vor, dich zu reaktivieren. Mit dir und der Kohle abzuhauen. Wie hast du ihn denn begrüßt, als er zu dir in die *Einkehr* kam?«

»Ich bin ihm um den Hals gefallen und habe begeistert *endlich* gerufen«, erwidere ich.

»Wohl kaum. Hättest du das getan, wäre er vermutlich entkommen und Herr Eichhorn nicht gestorben.«

Hans-Peter und Holger Eichhorn sind tot, weil ich nicht nett zu meinem Exlover war? Was für ein ungeheuerlicher Gedanke.

»Für meine Herzlosigkeit wird Gaby wohl lebenslang im Gefängnis büßen.«

Marcel schüttelt den Kopf.

»Nein. Die Frau wird in die Geschlossene kommen. Sie hat eine schwere psychische Störung. Ihr Arzt hat sie als äußerst labil bezeichnet.«

Wie Hans-Peter früher mir gegenüber auch. Da hat der Kerl ausnahmsweise mal nicht gelogen.

»Aber was hatte Hans-Peter mit Vinzenz vor, seinem Enkel, warum sollte der mit ihm und …«, ich schlucke schwer, »… Gudrun aufwachsen? Ein Gauner auf der Flucht belastet sich doch nicht mit einem Säugling!«

Marcel hebt die Schultern.

»Das hat seine Frau auch gedacht. Wahrscheinlich wollte er mit dir *und* dem Baby abhauen, was weiß ich. Dir sozusagen endlich ein Kind schenken können.«

Weil ich ja anders nicht mehr in das Vergnügen kommen kann. Ich rutsche auf meiner Seite aus dem Bett und werfe mir den Bademantel um, der von irgendeinem fernen Morgen her noch auf der Matte daneben liegt. Marcels Bemerkung weckt Erinnerungen an zwei sehr unangenehme und längst vergessen geglaubte Arztbesuche in Berlin. Zu denen mich Hans-Peter gedrängt hatte. *Unsere*

Beziehung ist noch nicht reif für ein gemeinsames Kind. Und da wollte er mir anderthalb Jahrzehnte später seinen Enkel unterschieben? Wut auf den toten Mann kocht in mir auf. Aus Pietätsgründen leite ich sie an den Lebenden weiter. Ich gehe um das Anderthalbpersonenlager herum und blicke auf den Polizisten herunter, der ein Drittel der Fläche für sich beansprucht.

»So ein Schwachsinn!«, fauche ich ihn an. »Ich habe mir nie von einem Mann ein Kind machen lassen und werde mir erst recht keines von einem schenken lassen!«

»Sei doch nicht schon wieder so aggressiv!«

»Aggressiv! Wer hat denn zugeschlagen, he?«

Ich warte nicht auf seine Antwort, sondern stolziere ins Badezimmer. Überlege, welche Kleidungsstücke im Haus herumliegen, damit ich nicht an den Schrank im Schlafzimmer heranmuss. Einem Mann, der solche Theorien entwickelt, möchte ich mich nicht länger als nötig halb bekleidet zeigen. Wieso hat Marcel eigentlich keine eigenen Kinder? Immerhin war er zehn Jahre verheiratet, bevor seine Frau das Weite gesucht hat.

Dass ich keine habe, lag nicht nur an den Arztbesuchen. Ich war eine Karrierefrau in der Medienwelt der Achtziger- und Neunzigerjahre. Zu meiner fruchtbaren Zeit wäre es undenkbar gewesen, als Journalistin Kinder in die Welt zu setzen und trotzdem weiterzuarbeiten. Glasklar, unerbittlich und von der Verlagsleitung sehr deutlich – wiewohl sittenwidrig – formuliert: Entweder oder. Oder bedeutete Abhängigkeit. Von einem Mann, der später Gudruns entdecken könnte. Katjas waren keine Gefahr, denn die beherzigten die alten Spielregeln und gingen freiwillig zum Arzt. Ich kenne keine Frau, die damals Kind und Karriere geschaukelt hätte, weil es diese Journalistinnen zu meiner Zeit nicht gab.

Vor dem Badezimmerspiegel mustere ich meine Labialfalten. Bin ich etwa neidisch auf die Kolleginnen der Neuzeit? Nein. Ich schicke einen stummen Gruß an Alice Schwarzer, die an der Wiege der Wahl gestanden hat, und angele aus meinem Wäschekorb den engen langen Rock, den ich in Kronenburg getragen habe und der durchaus noch passabel aussieht. Blödsinnig und sehr unökologisch, den nach einmaligem Tragen zu waschen. Die Bluse tut es auch noch. Ich ziehe alles an und bestäube das Ganze mit etwas Parfüm und meinem Pflanzenbesprüher, um es aufzufrischen.

»Olala«, sagt Marcel, als ich ins Schlafzimmer zurückkehre. »Da will jemand ausgehen.«

»Weil mich jemand zum Muschelessen eingeladen hat.«

Die Antwort ist schneller raus, als ich denken kann. Nach dem wunderbaren Erwachen in mein neues Leben darf ich Marcel nicht des toten Hans-Peters wegen böse sein. Er springt aus dem Bett und fahndet in seinen Klamotten nach dem Handy.

»Dann bestelle ich uns gleich einen Tisch im Pipas.«

Ich höre ihn reden. In einer Stunde also.

»Wir müssen noch mal rüber zur *Einkehr*«, sage ich lustlos. »Uns den vermaledeiten Amerikaner ansehen. Oje, Gudrun hatte schon wieder Hans-Peter-Augen. Das kann doch nur schiefgehen. Schon wieder. Ich mag nicht mehr.«

»Komm, Katja, Gudrun ist unsere Freundin.«

»Was ist eigentlich mit Gabys Stiftungsgeldern? Hat Gudrun die etwa auch?«

Marcel lacht. »Natürlich nicht. Die liegen immer noch auf der Luxemburger Bank.«

»Und sind für alle verloren, weil sie auf einem Nummernkonto ruhen?«

»Wir sind hier doch nicht in Österreich! Da können die Erben von einem Nummernkonto in die Röhre gucken, wenn ihnen Zahl und Kennwort fehlen. Unsere Freunde, die Luxemburger, sind so anständig, bei der Suche zu helfen.« Ach ja, Sankt Vith hat ja immer noch den Luxemburger Löwen im Stadtwappen. Und vielleicht wird sich die DG dem Großherzogtum anschließen, wenn Belgien auseinanderfällt. »Zumal Holger Eichhorn herausgefunden hat, in welcher Bank das Geld lagert.«

»Und wo geht es jetzt hin?«

»Es fließt wieder der Stiftung zu, natürlich.«

Der Stiftung für bedrohte Arten. Zu denen auch die Eibe gehört. Die mir zum Verhängnis geworden wäre, wenn Linus, Marcel und Josef mich nicht gerettet hätten.

»Wie hat dir eigentlich Josef geholfen?«, frage ich, während ich den zweiten meiner High Heels suche. Mit sichtlichem Widerwillen wendet sich Marcel seinen Kleidungsstücken zu. Er hätte wohl lieber mein Bett für den Rest des Sonntags gepachtet.

»Hans-Peters Wagen stand nicht mehr am Hochwasserbehälter«, sagt er und greift nach seinem Polizistenhemd. »Also sind wir nach Kronenburg gefahren. Bingo. Auf dem großen Parkplatz vor dem Burgtor haben wir ihn entdeckt. Sicherheitshalber hat sie nicht vor dem Hotel geparkt.«

»Falsches Knopfloch.«

Er knöpft um.

»Mir war klar, dass sich die Frau wieder als Cora verkleiden wird, um dich zu treffen. Sie muss geglaubt haben, dass du hinter ihr Geheimnis gekommen bist.«

Ich weiß, wo Cora ist. Mit dieser Lüge hatte ich mein Todesurteil unterschrieben! Und Gaby Gelegenheit gegeben, mich durch meinen scheinbaren Selbstmord als alternative Täterin aufzubauen, um notfalls die Polizei von der Spur der verschwundenen Cora abbringen zu können. Bei diesen Gedanken wird mir wieder ganz schwindlig.

Marcel berichtet, wie er Dirk Peters bekniet hat, ihm das Zimmer der Frau zu öffnen, die unbedingt nicht gestört werden wollte.

»Es gehe um Leben und Tod, habe ich ihm gesagt.«

»Lass mich raten: Er hat die Tür der bedauernswerten Witwe aufgemacht, weil er dich kennt und ihr beide Belgier in der Bundesrepublik seid und gegen böse Deutsche zusammenhalten müsst?«

»Letztendlich ja, aber es hat schon etwas Überzeugungsarbeit gekostet. Ich habe nur noch die Perücke gefunden. Die Frau war schon raus.«

»Dann muss sie euch doch im Flur begegnet sein?«

»Es gibt zwei Flure. Josef hat die Frau erwischt; er bewachte das andere Treppenhaus und gab mir Bescheid. Sie joggte durch Kronenburg, stieg hinter dem Burgtor aber nicht ins Auto, sondern rannte weiter.«

»Und ihr hinterher?«

»Klar, aber unauffällig. Mit Abstand. Das war unser Fehler. Weil sie oben plötzlich rechts um die Ecke bog, und futsch war sie. Futsch, verstehst du, weg!«

»Wie weg?«

»Josef sagt, er hat einen Automotor gehört. Aber wo holt sie ein Auto her? Wir rennen um die Ecke, und da ist keine Frau mehr.«

»Taxi?«, schlage ich vor.

»Ja, das wissen wir jetzt auch. Vom Hotel aus hat sie Diana angerufen und sich mit ihr hinter der Ecke verabredet; als Gaby war sie mit Diana ja schon zweimal gefahren. So ist sie auf die Kehr gekommen, wo sie dich dann getroffen hat.«

»Und nach dem Mord an mir sollte Diana sie wieder in Kronenburg absetzen?«, frage ich ungläubig.

»Nein«, sagt Marcel. »Wir haben später das rote Rennrad im Wald gefunden, das muss sie irgendwann dort abgestellt haben.«

Ich weiß schon, wann. Nach unserer *ersten* Begegnung im Wald muss Gaby als Cora den Zettel für mich sofort bei der Sekte abgegeben haben. Vermutlich hatte sie sich nicht einmal ganz abgeschminkt, nur die Perücke abgesetzt und sich das Schönheitspflaster auf die Nase geklebt. So was reicht als Beschreibung. Sehr raffiniert.

Im allgemeinen Wirbel um das neue Tor hat sie sich wohl des Rennrads bemächtigt und es im Wald versteckt. Jetzt musste sie nur noch das Auto und die Perücke in Kronenburg loswerden. Die Rezeption vom Zimmertelefon aus bitten, nicht gestört zu werden, und als Cora wieder rausschleichen. Generalstabsmäßig geplant.

»Wir hatten sie verloren«, fährt Marcel fort und zupft sich das Hemd faltig. »Und keine Ahnung, wo und ob sie sich mit dir verabredet hat. Auf deinem Handy war nur die Mailbox erreichbar. Schaff dir endlich ein neues an, der Akku ist zu schnell platt. Also fuhren wir wieder auf die Kehr.«

Er kämpft mit seiner Krawatte und deutet verzweifelt auf den zusammengezurrten Knubbel am Hals. Ich binde ihm einen wunderschönen Windsorknoten.

»Danke, dass ihr rechtzeitig da wart!«

»Ich bin wie der Teufel gefahren.«

Darin hat er zum Glück reichlich Übung. Er berichtet, wie sie meinen Wagen am Hochwasserbehälter entdeckt hatten.

»Er war wieder mal nicht abgeschlossen«, sagt er vorwurfsvoll.

»Zum Glück, sonst hättet ihr Linus nicht so schnell rauslassen können«, gebe ich zurück. »Irgendwie erinnere ich mich daran, dass Josef die Cora, ich meine die Gaby, festgenommen hat. Als Zivilist durfte er das doch gar nicht!«

»Ich als belgischer Polizist in Uniform hätte das auf keinen Fall gedurft. Ich hätte die Euskirchener Polizei anrufen und untätig auf sie warten müssen.«

»Und Josef ist kein Polizist mehr.«

»Er hat Paragraf 127 der deutschen Strafprozessordnung angewandt.«

»Was ist das denn?«

»Eine Bürgerfestnahme. Hättest du auch tun können, wenn du gekonnt hättest.«

»Ich habe auf der ganzen Linie versagt«, gestehe ich. Mir fällt etwas ein: »Du hast vorhin gesagt, dass dir eine Sache rätselhaft ist. Welche?«

»Wie konnte sie sich so schnell von Gaby in Cora verwandeln? Ich meine, das müssen ja nur Minuten gewesen sein! Und wie hat sie das mit der Augenfarbe gemacht?«

Ich lache.

»Ach, ihr dusseligen Männer«, erwidere ich. »Von Cora zu Gaby wäre ein Zeitproblem gewesen. Aber zum Abschminken braucht man nur Sekunden! Und farbige Kontaktlinsen lassen sich sehr schnell herausnehmen.«

Marcel schüttelt den Kopf.

»Weibervolk«, murmelt er, und dann verlasse ich mit dem perfekt gekleideten Polizisten mein Haus. Ohne abzuschließen natürlich.

Die Tür der *Einkehr* steht sogar weit offen.

»Nach allem, was hier passiert ist, seid ihr immer noch so leichtsinnig«, schimpft Marcel.

Ich höre Hein in der Küche reden und lege einen Finger auf die Lippen.

»Psst«, flüstere ich, »alles, was hier passieren kann, ist nach Murphys Gesetz schon passiert. Also können wir jetzt wieder unsere Türen offen lassen und in Frieden leben. Was meinst du, warum ich nicht mehr in der Großstadt wohnen will? Verbrechen an jeder Ecke. Psst, Marcel, lass uns mal lauschen.«

Wir schleichen in den Flur.

»Eiben«, doziert Hein gerade, »werden oft auf Friedhöfen und ums Haus gepflanzt. Sie sollen vor Hexen und bösen Geistern schützen. Eine Eibe fällen soll Unheil bringen.«

Eiben stehen lassen kann das auch, denke ich und stoße die Küchentür weit auf.

Am Tisch sitzen meine Freunde und ein fremder dunkelhaariger Mann. Ein Exemplar, das man in unseren Eifeler Breiten selten antrifft. Etwa Mitte vierzig, durchtrainiert, braun gebrannt, lustige Lachfältchen um die Augen, außerordentlich adrett.

Und sehr höflich. Jedenfalls steht er als Einziger auf, als ich in die Küche rausche.

»Wie schön, dass es dir wieder gutgeht, Katja«, begrüßt mich Hein. »Weißt du, was Eibe auf Englisch heißt? Alles andere versteht er. Das ist David. David, das ist Katja.«

Der Mann hat einen festen Händedruck. Er setzt sich wieder hin und legt die Füße auf den Küchentisch.

»Gut, dass ihr da seid«, begrüßt uns auch Jupp. »Ich muss unbedingt wissen, in welchem Knast die Frau sitzt.«

»Wieso das denn?«, frage ich und versuche, nicht

ungehalten darüber zu sein, dass mich nicht alle voller Euphorie im Leben zurück begrüßen.

»Ich muss sie kennenlernen«, flüstert Jupp. Als Einziger am Tisch sieht er unglücklich aus. »Sie hat meine Mama als Letzte gesehen. Sie hat gemacht, was ich nicht konnte. Sie hat ihr geholfen. Das war gut von ihr. Auch wenn sie sonst böse war. Und dass sie Mama dann auch noch so schön gewaschen und hingelegt, ihr Blumen gebracht hat …«

»Holt jemand noch Kaffee?«, unterbricht ihn Gudrun, die jetzt auf keinen Fall eine ungemütliche oder traurige Stimmung aufkommen lassen will. Schon gar nicht, wenn ein so attraktiver Mann sie mit seinem Zahnpastalächeln voller Wohlwollen mustert und ihr zunickt. Vielleicht weint sie in der Stille ihres Kämmerleins Hans-Peter noch nach, aber das glaube ich nicht. Als Eifeler Stehauffrauchen hat sie gelernt, schon kurz nach Schicksalsschlägen so weiterzumachen, als hätte es nie eine Unterbrechung des Alltags gegeben, als wäre das Böse gar nicht erst in ihr Leben getreten. Das war im vergangenen Jahr genauso.

»Danke«, sagt David, als ihm Gudrun die Tasse vollschenkt. »Es ist sehr gemütlich bei euch. Ich fühle mich ganz zu Hause. Bis auf den Schnee ist es wie daheim in Texas!«

»Versteh ich«, sagt Hein. Er legt seine Füße in den grünen Schuhen neben die texanischen Stiefel zwischen die Kaffeetassen auf den Küchentisch und verkündet mit gewissem Stolz: »Die Eifel liegt schließlich auch im Wilden Westen!«

Ich danke …

… den üblichen Verdächtigen, die sich schon beim ersten Kehr-Krimi der Mittäterschaft schuldig gemacht haben. Vor allem den Dauner Gaunern, auch wenn sich einige Schneifeler vehement gegen die Bezeichnung Dauner wehren werden, aber auf euren Autokennzeichen ist nun mal die Zugehörigkeit zu diesem Landkreis dokumentiert: Antje und Klaus Lipka, Anneliese und Klaus Quetsch, Marlene und Karl-Heinz Jenniges, Alfred Heintges und natürlich Nicole Quetsch, deren Hund Linus in meinen Eifelkrimis so weiterleben wird, wie er in unserer Erinnerung verankert ist,

… Marion Freyaldenhoven, geborene Quetsch, fürs Mitspielen und diverses Organisieren,

… Diana Gier für sich und ihr Taxi,

… Gisela und Otto Leuer für ihren Zuspruch,

… Erwin Hannen, dem Polizeiinspektor aus Sankt Vith, der mir in der belgischen Verhörzelle der Polizeizone Eifel tiefe Einblicke in Marcel Langers Werdegang, Arbeitsmethoden und Zukunftsperspektiven verschafft und der selbst auch eine besondere Beziehung zum Burghotel Kronenburg hat,

… Josef Junk, der auch im echten Leben inzwischen zwar die Uniform des Polizeihauptkommissars gegen die Amtskette des Bürgermeisters von Bitburg-Land eingetauscht, sich aber dennoch bereiterklärt hat, Katja in ihrer Not wieder beizustehen und dafür auch seinen Namen herzugeben,

… Albert Peters, dem Eigentümer des Burghauses Kronenburg, in dessen Schloss ich ein Verbrechen begehen durfte, sowie seinem Sohn und Miteigentümer Dirk Peters, der mir viele Türen in seinem Mordshotel geöffnet und gern mitgespielt hat,

… meiner Freundin Brigitte Ahrens, die nicht nur Katja das Diazepam verabreicht hat, sondern sämtliche Figuren ärztlich betreute, sowie ihrem Lebensgefährten Thomas Augustin, der mich auf die Spur der Eibe brachte.

… Nathalie Heinen, meiner Spezialistin für richtiges belgisches Deutsch und logisches Denken. Vor allem ihrer unermüdlichen Korrektur ist zu verdanken, dass Marcel Langer so spricht, wie sie es ihren Schülern an der Maria-Goretti-Schule in Sankt Vith wohl nur ungern durchgehen lässt,

… Werner Kirsch und Christine Neumann für kriminellen Rat und hochdeutsche Korrekturen,

… meinem Lebenspartner Michael Hake, der den Mut hat, mit mir unter einem Dach zu leben, obwohl ich ständig Morde begehe, an denen er übrigens dankenswerterweise kräftig beteiligt ist,

… allen Kehrern, die schon wieder Schwerverbrechen in ihrer unmittelbaren Nachbarschaft dulden müssen. Und die ich vorwarnen möchte: Ein Ende ist nicht abzusehen …

M.K. Frühjahr 2010

Martina Kempff

Einkehr zum tödlichen Frieden

Ein Eifel-Krimi. 288 Seiten.
Piper Taschenbuch

Bis in die hinterste Eifel muss Großstädterin Katja Klein reisen, um endlich ihren Bruder kennenzulernen. Schließlich findet sie ihn – erschlagen in einer Blutlache. Wie soll sie beweisen, dass sie dem Mann noch nie zuvor begegnet ist? Furchtlos beginnt die Journalistin selbst zu ermitteln und taucht so immer tiefer in die Abgründe ihrer unbekannten Familiengeschichte ein.

»Die gekonnte Mischung aus Dramatik, Witz und Authentizität überzeugt und macht schon jetzt neugierig auf die nächste ›Einkehr‹.«
Saarbrücker Zeitung

05/2521/01/L

Martina Kempff

Die Marketenderin

Historischer Roman.
Mit einem Nachwort zur Taschenbuchneuausgabe. 432 Seiten.
Piper Taschenbuch

Februar 1812: Die willensstarke Marketenderin Juliane Assenheimer beschließt, mit den württembergischen Truppen zu ziehen, die Napoleons Armee im Rußlandfeldzug verstärken. Neben der harten Realität des Krieges macht ihr vor allem ihre Liebe zu Leutnant Gerter zu schaffen, die aufgrund des großen Standesunterschiedes unerfüllbar zu sein scheint. Mit viel Energie und Mut kämpft sich Juliane bis nach Moskau durch, wo sich die Lage dramatisch zuspitzt … Ein spannender Roman über eine mutige Frau, die sich gegen Gewalt und Unrecht auflehnt.

»Starke Frauenfiguren vor historischer Kulisse – Autorin Martina Kempff ist mittlerweile Spezialistin für diese Kombination.«
Norddeutscher Rundfunk

05/2262/02/R